도깨비와　춤을

한 승 원
장편소설

도깨비와 춤을

위즈덤하우스

사랑은 늘 혼자 깨어 있게 하고
혼자 헤매이게 한다, 그대는
나의 사랑을 받을 수 있는 그대가 아니므로 나는
어찌할 수 없이 그대를 사랑하는 그대라고 말해야 한다.

아, 나의 말은 늘 사랑하는 그대를 죽인다, 그러므로
내 그대를 얻어도 얻은 것이 아니다.
그대 내게 와서 강으로 흐르고
나 그대의 강에서 헤엄친다.

사랑함이 있으므로 미워함이 있다 하여
어찌 그대 나 보기를 태워버린
곡식의 싹같이 하며 나
그대 대하기를
허공중에 찍힌 새의 발자국같이 할 수 있으랴.

— 시 「잠 못 이루는 밤」

제1화

그림을 그리는 묘법은 같은 것과 같지 않은 것 사이에 있는데

作畫在似與不似之間爲妙

너무 같게 그리는 것은 세속에 영합하는 것이요

太似爲娟俗

너무 다르게 그리는 것은 세상을 기만하는 일이다

不似爲欺世

— 제백석齊白石

개가 짖는다

서재에서 이 소설 『하늘에 발자국을 찍는 새』를 쓰는 새벽 4시, 이웃집 맹견인 도사견이 짖고 있다. 깜깜한 밤의 세상이 우렁우렁 흔들리도록 짖는다. 따져보면 소설가인 나도 깨어 일어나 서재에서 짖고 있는 것이다.

개는 자기 앞에 어른거리는, 어두운 세상 속에서 알 수 없게 움직거리는 어떤 검은 형상인가를 향해 짖을 터인데 소설가인 나는 어떤 형상을 향해 짖고 있는가.

내 속에 밤낮으로 쉬지 않고 바윗덩이를 굴리며 올라가는, 천형 받은 늙은 시시포스 한 놈이 있다. 정상에 올려놓으려 하지만 바위는 다시 굴러떨어지고, 그는 걸어 내려가서 그 바위를 다시 굴리며 올라가곤 한다. 나는 늙은 그를 향해, 천형 받은 그의 내부에 들어 있는 어떤 어둠의 형상을 향해 짖고 있지 않을까.

나는 늘 의심한다. 나의 늙은 사유에 대하여, 내가 기껏 밤새워 써놓은 사유의 결과들에 대하여 그것들이 제대로 되어진 것인지 아닌지를 의심한다. 그것들을 이튿날 총총한 의식으로 읽어본 후 싹 지우고 다시 쓰거나, 수정과 첨삭과 가필을 하곤 한다. 미욱한 짓인 줄 알면서도 하루도 빠짐없이 그 짓을 반복한다.

개는 지친 기색 없이 짖는다. 이천오백여 년 전, 칭병한 채 석가모니의 제자들을 불러들여 '불이즈二'와 '불가사의 해탈'을 설파한 인도 가비라성의 유마도 그렇게 자기 자신의 어둠을 향해 짖고, 니체도 숲속에서 밤이면 차라투스트라*와 더불어 그렇게 짖지 않았을까.

참모습

참으로 알 수 없는 일이었다.

남강시에 갔다가 거울 속에 비친 나의 모습과 똑같다 싶은 음유시인 한 사람을 만났는데, 그는 나와 같은 '한승원'이라는 이름을 쓰고 있었다. 나는 어리둥절했고, 당혹감에 사로잡혔다. 혹시 내가 일란성 쌍둥이로 태어났는데 어머니가 나와 함께 낳은 쌍둥이 하나를 도둑맞아서 이 사람이 바로 그 쌍둥이이지 않을까. 어머니는 왜 그 사실을 나에게 숨겨온 것일까.

---

* 프리드리히 니체의 『차라투스트라는 이렇게 말했다』에 등장하는 주인공이다. 차라투스트라는 "나, 너희에게 위버멘슈ubermensch를 가르치노라" 하고 사람들에게 외쳤다. 위버멘슈를 일본학자들은 '초인超人'이라고 번역했지만, 이후 많은 번역자는 거기에 동의하지 않는다. 나도 젊은 시절에 초인이라고 번역된 책을 읽은 바 있다. 니체는 반역사적인 퇴행의 길을 가고 있는 오늘날의 인간에게 인류의 미래를 맡길 수 없다는 판단에서 '새로운 유형의 인간'을 제시했는데, 그 인간의 유형이 위버멘슈이다. 번역가들은 우리말로는 마땅하게 번역할 어휘가 없다고 말한다.

나는 그의 얼굴을 대하면서 추사 김정희 선생이 늘그막에 과천에서 살 때 그린 자신의 수묵 자화상에 붙인 화제畵題를 떠올렸다. 그 화제는 시인이자 서예가이자 화가이고 조선 왕조 후기의 유학 사상가답게 깊은 성찰을 담고 있다.

나라고 해도 좋고 내가 아니라고 해도 좋다謂是我亦可 謂非我亦可.

나라고 해도 나이고 내가 아니라고 해도 나이다是我亦我 非我亦我.

나이건 나 아니건 나라고 새삼스레 말할 것은 없다是非之間 無以謂我.

조화 세계의 구슬이 겹겹이 쌓였거늘帝珠重重

누가 큰 여의주 속에서 참모습을 찾아낼 수 있겠는가 하하

誰能執相於大摩尼中 呵呵!

과천 늙은이가 스스로 화제를 쓰다果老自題.

모든 사람 너울을 쓴 자들이 무엇인가를 추구하며(가령 달이나 별을 따거나 꽃을 꺾으려고) 순례하듯 길을 나서는 것은 결국 자기 참모습을 찾아내려는 것 아닐까. 일란성 쌍둥이처럼 닮은 그와 나는 사실은 한 사람인데, 동전의 양면처럼 어느 한쪽은 허깨비이거나 그림자이고 다른 한쪽은 참모습이 아닐까. 우리 두 사람이 서로의 모습에서 자신의 참자아를 찾아내라고 신이 대면하게 해준 것 아닐까.

또 하나의 나

도시 한복판을 가로질러 흐르는 강의 북편 언덕에 위치한 호텔 리버의 연화홀에서 시 낭송회가 있었다. 나는 거기에 낭송자로 초청을 받아 참석했다. 그도 마찬가지로 시 낭송회에 초청을 받은 처지였다.

남해군 창선도 지족 마을의 남향 언덕에 집을 짓고서 남해의 전통 어장인 죽방렴이 밀물과 썰물 때면 물살을 희부옇게 가르곤 하는 해협을 내려다보고 산다는 그는 나와 동갑이었고, 생월생시가 추석 직후 한가을이라는 것도 같았다. 그는 여느 때 생활한복을 상표처럼 걸치고 하얀 목도리를 하고 다니는 나처럼 검정 바지에 하얀 저고리를 입고 명주 목도리를 둘렀다.

머리칼이 반백이고, 양쪽 눈썹이 바다 갈매기 날개처럼 살짝 휘어지고, 코는 주먹처럼 뭉툭하고, 잠 오는 듯싶은 거슴츠레한 눈매에 석화 껍데기 모양의 귀와 얼굴 살갗 여기저기에 점점이 박힌 어두운 보라색 저승꽃 몇 점도 모두 거울 속의 내 모습과 흡사했다.

나와 다르다 싶은 것은 그의 눈빛이었다. 천 길 심연 속에 서려 있는 푸르스름한 어둠 같은, 영혼에 검은 구멍 하나가 크게 뚫려 있는 듯싶은, 나로서는 알 수 없고 그 혼자서만 아는 어떤 결핍의 너울 같은, 짝 잃은 늙은 수컷 노루의 눈빛 같은 처연함이 그의 눈에 서려 있었다. 그것은 알 수 없게 상처 입은 그의 영혼이 빚어낸 홀로그램이나 아우라일 듯싶었다.

그를 대하자마자 나는 직업의식이 발동했고, 속으로 웃었다. 그를 소설가인 내 앞에 보낸 것은 신이다. 나와 그의 삶을 대비하여 속속들이 세상을 향해 진술하라는 것이다.

보통의 새들은 창공에 발자국을 남기지 않지만 소설가라는 새는 창공에 날개 자국과 발자국을 반드시 남겨놓으려 하고, 그것을 어떤 방법으로든지 (마치 천기를 누설하기라도 하듯이) 진술하지 않고는 못 견디는 특이한 동물이다. 소설가는 싱싱한 생선이든지, 굴비처럼 삭은 물고기든지 상관하지 않고 눈에 보이는 대로 먹어치우거나 기억 창고에 보관하는 잡식성 동물이다.

이날 나는 주최 측의 요청에 따라 짤막한 콩트 같은 담시 하나를 밋밋하게 낭송했다. 그런데 나와 동명이인인 그는 음유시인이자 시 낭송 전문가답게 무대에 오르자마자 건들바람처럼 웃으면서 "누군가가 시인과 애인과 광인(미친 사람)은 동의어라고 말했습니다. 그것을 증명해줄 시 한 편을 낭송해드리겠습니다" 하고 엉뚱한 객설 한 자락을 깔아놓고 나서는 서글프게 추적추적 내리는 가을비 소리처럼 낭송을 했다. 그것은 나의 시였다.

"참사랑. 한승원. 자기 팔뚝에 제 손으로 마약 주사하고 허허허허 너털거리듯 / 그 남자와 맨살 마주 댄 채 환혹의 / 하늘과 바다와 산과 짙푸른 평원 위를 / 떠다닌다고 소문 자자한 그 여자가 말했다.

/ '당신 이런 미친놈 알아요? / 눈도 코도 귀도 없는 그 / 남의 논에 물을 대며 가슴 두근거리곤 하는 남자.' / '당신 이런 미친년을 알아요? / 죽어라고 피땀 흘려 농사지어놓은 논에서 / 어느 한 놈이 도둑 추수해 가는 것을 보고도 / 억울해하고 분해할 줄 모르고 오히려 / 행복에 겨워 눈물 질금거리는 여자.'"

객기 혹은 광기

시 낭송 행사가 끝난 다음, 뷔페식으로 먹은 저녁밥에 곁들여 마신 와인으로 인해 약간 얼근해진 그가 나를 붙잡고 놓아주지 않았다.

그 행사에 나를 초청한 김보살 시인은 그에게 이끌려 가는 나를 불러 세우고 "그 사람 조심하이소" 하고 귀엣말을 해주었다. 그는 얼마 전에 상처하고 혼자 사는데, 자기 속내를 알아줄 만한 사람을 만나면 붙잡고 한없이 이야기를 하려 할 뿐 아니라 감정이 격해지면 감당할 수 없도록 훌쩍거리기도 하고, 아주 붙잡고 밤을 새우려 하기도 한다는 것이었다. 나이가 내년이면 팔십인데 술 마시는 것, 이야기 늘어놓는 것, 시 낭송에 매달리는 열정이 청년 못지않다고 했다.

아닌 게 아니라 그는 매우 적극적이고 도전적이었다. 나는 거부감이 느껴졌지만, 그를 따돌릴 수 없도록 하는 묘한 이끌림이 내 속에 서려 있었다. 아마 그의 눈빛이 발산하는 처연한 아우라에다가 나와 닮았을 뿐 아니라 같은 이름을 쓰고 산다는 것, 문학에 취한 채 문학 행위로 먹고사는 동업 중생이라는 요인들이 작용했을 터였다.

사실대로 말한다면 그의 삶을 속속들이 탐색하고 싶은 소설가의 호기심을 주체할 수 없었다고 해야 할 것이다. '시인과 애인과 광인은 동의어'라는 말도 안 되는, 선문답 같은 말을 뱉어냈다는 사실이 신통하기도 했다.

그는 나에게 잠시 기다리라고 하고 로비로 가더니 객실 열쇠 두 개를 들고 왔다. 주최 측에서 특별히 나와 그를 위해 객실을 나란히 잡아주었다고 하며 열쇠 한 개를 내 호주머니에 넣어주고 호텔의 최상층에 위치한 스카이룸으로 나를 이끌었다.

반짝이는 별빛 같은 조명들이 분위기를 그윽하게 만들고 있는 데다가 창밖으로 내려다보이는 시가지와 강의 야경이 휘황찬란했다. 점멸하는 무지갯빛 네온사인과 점점이 켜져 있는 가로등과 그것들이 찬란하게 투영되어 있는 강줄기의 황홀한 낭만적 분위기가 나를 설레고 달뜨게 했다.

탁자를 가운데 두고 나와 마주 앉은 그는 내 손 하나를 잡아다가 탁자 한가운데 놓고 자신의 두 팔뚝에 이마를 얹었다. 격하게 달아오른 감정을 가라앉히는 것인지, 소리를 죽이며 우는 것인지 알 수 없었다. 나는 당황스러웠지만 그의 손에서 내 손을 빼낼 수 없었다. 가슴 한복판이 뭉클했고, 겨드랑이에 미세한 전류 같은 것이 흘렀고, 그를 조심하라던 김보살 시인의 말이 떠올랐다.

잠시 뒤 그가 내 손을 놓아주고, 고개를 들고 심호흡을 하며 손수건으로 눈물을 훔친 다음 "죄송합니다" 하고 어색하게 웃었다.

"저는 이렇게 잘 울어 탈이라예. 아내가 살았을 적에는 그러지 않았는데 혼자 살면서부터는 걸핏하면 울음이 나오곤 하는 걸 어찌할 수가 없어예. 아내가 없어짐으로 해서 제 삶 절반 이상이 무너져버렸어예. 사모님한테 잘하이소. 저는 남해 창선 지족 마을의 토굴에서 죽방렴이 널려 있는 해협을 내려다보고 사는데, 창밖에 밤바람이 휘돌아 달리거나 님 오는 발짝 소리처럼 부슬비가 내리는 밤이면 전등불을 끄고 촛불 한 개를 밝히고 혼자 포도주를 마시며 노래를 부르다가 웁니다. 멀리 떠나간 아내를 생각하면 울음을 참을 수 없어예. 촛불을 밝히면 촛불 심지 근처에서 솟아 나오는 파란색 빛 공간 속에서 싹터나는 씨앗처럼 아내 얼굴이 솟아오릅니다."

그는 잠시 뜸을 들였다가 말을 이었다.

"……저, 선생님의 시를 무척 좋아합니다. 『사랑은 늘 혼자 깨어 있게 하고』라는 두 번째 시집에 들어 있는 촛불 연가 연작시들을 모두 암송합니다. 그 시들은 몽환적이고 철학적이고 신화적인 분위기를 가지고 있어서 저를 늘 흠뻑 취하게 하는 기라예."

내 연작시들*을 달달 외운다는 그의 말에 나는 우쭐해지지 않을

---

* 나는 오래전 연작시 쓰기에 맛을 들인 적이 있었다. 어느 술자리에서 한 평론가가 "소설 잘 쓰고 사는 너에게 시 그게 무엇인데 그렇게 부지런히 쓰는 것이냐" 하고 물어서 내가 대답했다. "세속적인 삶 속에서 시를 쓰며 산다는 것은 삶의 굽이굽이에 별처럼 살아 있는 보석을 사리앙금처럼 심어놓기이다" 하고 대답했더니 그 평론가가

수 없었다.

꽃뱀

그는 고백하듯 말했다.

"제가 자꾸 울곤 한 것은 꽃뱀 한 마리가 제 토굴을 다녀간 뒤부터였어예."

나는 '아하, 이 사람이 꽃뱀한테 당한 모양이로구나' 하고 생각했다. 홀로 사는 늙은 남자들에게 접근하여 홀리어 돈을 옭아내는 젊은 여자를 꽃뱀이라 한다고 들었다. 꽃뱀은 남자들에게서 돈 냄새를 기막히게 맡아낸다고 했다. 그런 꽃뱀이 그사이에 이 외로운 홀아비에게 접근해서 영혼을 흔들어놓고 돈을 빼먹은 모양이라고 나는 지레짐작했다.

그런데 내 예측은 어처구니없이 빗나갔다.

"그럼 단편적으로 쓰지 말고 같은 제목, 같은 주제로 연작시를 한 이삼십 편씩 써보아라" 하고 말했다. "그렇게 쓰는 연작시는 한 사물을 여러 측면에서 우주적으로 깊이 읽어내기와 다름없다." 그 말에 나는 크게 깨달았다. 연작시를 쓴다는 것은 우주를 여러 측면에서 나만의 색깔로 색칠해간다는 것이다(나에게 그 충고를 한 지 오래지 않아 그 천재적인 평론가는 불행하게도 세상을 떠났다). 그런데 같은 주제로 연작시를 쓰기는 결코 쉬운 일이 아니었다. 다방면의 공부가 필요했다. 정신분석적, 신화적, 문화인류학적, 사회학적, 역사학적, 철학적, 미생물학적, 천문학적, 보석학적, 종교적, 종교기하학적, 동물심리학적, 식물심리학적, 해양학적⋯⋯.

"그 사람이 멀리 떠난 지 얼마 지나지 않은 지난해 여름 칠석날 밤, 견우직녀의 만남을 생각하며 잠자리에 들어 있는데 섬찟하는 차가운 무엇인가가 오른쪽 팔을 스쳤어예. 깜짝 놀라 불을 밝히니 받침대 없는 제 침대 매트리스 위에 꽃뱀 한 마리가 똬리를 틀고 혀를 널름거리며 저를 쳐다보고 있는 기라예. 기겁을 했지예. 한 70센티미터쯤 되는 것인데 머리부터 꼬리 끝까지 암홍색이고 검은 얼룩무늬가 촘촘히 박혀 있었어예. 이놈이 어떻게 들어왔을까. 이놈한테 물렸다면 어찌 될 뻔했는가. 당혹감에 사로잡힌 저는 얼떨떨하고 멍해진 상태에서, 떨리면서 맥이 빠지는 몸을 간신히 추스르고 그놈을 밖으로 퇴치할 궁리를 하며 허둥댔어예. 그러다가 벽난로에 쓰는 부집게를 생각해내고, 그걸 가져다가 그놈의 몸통을 얼른 집었지예. 그놈이 부집게를 휘감더라고예. 저는 현관문을 열고 나가서 정원 끝에 있는 이웃 농부의 고추밭으로 던져버렸어예. 그러고는 한동안 고추 밭둑 옆에 우두커니 서 있었어예. 하늘에는 금방 와르르 쏟아질 듯싶은 붉은 별, 푸른 별, 노란 별들이 눈을 깜박거리더라고예. 저는 어지러운 공황 속에서 빠져나오지 못하고 있었어예. 그놈이 어떤 경로로 들어와서 내 침대 위로 올라와 내 팔에 몸을 비빈 것인가. 모든 문틀에는 틈새가 없고 창문에는 방충망이 쳐져 있는데…… 그야말로 불가사의였어예. 저는 문득 죽은 아내를 생각했어예. 저승에 간 아내가 잠깐 뱀의 모습을 하고 나에게 찾아와, 자신을 잊지 못하고 슬퍼하는 나를 크게 놀라게 하여 정을 떼어주려는 것 아니었을까. 당신을 못 잊어하고 사는 나의 모습이 얼마나 안타깝고 짠하면 정을 떨어뜨리려고 그 징그러운 모습으로 나타났을까. 그 생각을 하니 속에서 뜨거운 울음 덩이가 밀고 올라왔어예. 방으로 들어온 저는 침대에 앉아 엉엉 소리쳐 울었어예……. 그 이후로 쭉, 혼자 살고 있는 저를 못 잊어할 아내의 넋을 생각하기만 하면 터져 나오는 울음을 주체할 수가 없는 기라예."

나는 그의 불합리한 미신을 어떤 말로 바로잡아줄까, 하는 생각 속으로 빠져들었다. 하긴 내 토굴에도 꽃뱀 한 마리가 들어온 적이 있었다. 그때 내가 태극부채를 이용하여 꽃뱀을 방충망 밖으로 퇴치하고 나자, 아내는 냉담하게 빈정거리듯이 "당신 첫사랑이 찾아왔어요" 하고 농담을 했다. 내 고향 마을에 사는 나와 동갑내기 첫사랑 여자가 자동차 사고로 몇 해 전에 죽었다는 사실을 아내는 알고 있었다. 아내 말마따나, 그 여자의 넋이 찾아왔을까 하고 반신반의하기는 했지만 절대로 그럴 리가 없다고 나를 타일렀던 것이다.

나는 도리질을 하며 그에게 말했다.

"그게 아내의 넋일 거라는 생각도 하나의 착각이고 집착일 것입니다. 아내를 떠나보낸 선생님으로서는 그러한 생각이 들 만도 하겠습니다만……, 그렇지만 그냥 살아 있는 동물이 어딘들 들어오지 못하겠느냐, 합리적으로 생각하고 얼른 거기에서 벗어나십시오."

그가 고개를 저으며 슬픈 목소리로 말했다.

"합리적! ……그런데 선생님, 저는 세상이 합리만으로 되어 있다고 믿지 않습니다. 합리가 50퍼센트이고 비합리가 50퍼센트라고 믿지예. 그 50퍼센트의 비합리라는 것을 저는 알 수 없는 신비라고 생각합니다……. 물론 저도 아내가 뱀 형상을 하고 다녀갔다는 그 집착에서 벗어나려고 노력은 하는데 쉽지가 않네예. 문득문득 아내의 모습과 꽃뱀의 모습이 교차하곤 하는 것을 어떻게 제어할 수가 없어예. 그것을 극복하는 방법으로 시 낭송에 매달리곤 합니다. 주로 한 선생님의 시들을 외우곤 하지러."

영혼보다는 몸을 신뢰

그는 눈을 거슴츠레하게 뜬 채 목청을 가다듬고 나의 두 눈을 응시하며 말했다.

"제가 촛불을 켜놓고 그 촛불을 향해 우는 것은 아마 몽상적이고 원초적인 제 몸의 울음일 터입니다. 저는 영혼보다는 몸을 더 신뢰하는 촌스런 놈입니다……. 좋은 시를 읽으면 영혼보다 몸이 더 예민하게 반응을 합니다. 겨드랑이에서 귀뚜라미 소리가 들리는 듯싶으면서 온몸이 오싹해진다고예. 그 말을 심리상담사에게 했더니 그게 일종의 엑스터시 같은 오르가슴일 거라고 그러더라고예. 몸의 엑스터시적인 오르가슴을 저는 신에게로 나아가는 것이리라고 믿고 싶니다."

나는 어쩌면 그가 무당처럼 살짝 신에 들려(씌어) 있는지도 모른다고 생각하며 "아, 그렇군요" 하고 고개를 끄덕거려주었다. 시인이 무당처럼 살짝 신에 들린 것은(아니 어쩌면 살짝 미쳐 있는 것은) 시를 위해 좋은 일일 수도 있다고 나는 생각했다. 대개의 좋은 시는 신의 뜻, 혹은 우주의 섭리를 읽어내서 독자에게 누설하는 것이므로, 그것을 읊을 때 몽환적인 전율이나 엑스터시 현상이 나타나기도 하는 것 아닐까.

그는 언제 울었느냐 싶도록 환하게 웃으면서 말했다.

"저, 젊어서부터 한 선생님을 무지 존경하고 사랑해왔고, 만나 뵙고 싶어 했어예. 한 선생님은 제 롤 모델이라예. 선생님과 나누고 싶은 이야기가 무진장 많습니다……. 저는 지금 혈혈단신이라예. 자식들은 다 서울이나 경기도에서 살고 저희 부부만 남해도로 내려왔는데 그 사람이 갑자기 떠나갔어예. 저는 혼자서 남해 금산 보리암에 올라가 절 주위를 거닐며 시를 외우다가 내려오기도 하고, 여기저기 다니면서 시 낭송을 하고 삽니더. 한 선생님이 쓰신 시들을 특히 좋아합니다. 한 선생님은 평생 동안 소설을 쓰고 사시면서도 시집을 여섯 권이나 내셨데예. 특히 물활론적物活論的인 시편들, 선생님이 바라본 대상에 신성한 감성과 기억이 신화적으로 투영된 시들을 저는 다 줄줄 외웁니더. 저는 선생님의 시 쓰는 태도나 자세가 존경스럽습니더……. 시 쓰는 일을 여기餘技로 생각하지 않는다고 한 것, 경허 스님의 술 마시는 방식*으로 시를 쓴다는 것."

---

* 경허는 제자 만공과 더불어 어느 술집에서 술을 마시고 나오다가 물었다. "자네는 술을 어떻게 마시는가." 만공은 "술이 있으면 마시고 없으면 마시지 않습니다" 하고 대답했다. 그러자 경허는 말했다. "나는 그렇게 마시지 않네. 먼저 좋은 밀씨를 구해다가 기름진 밭에 뿌리고 성심껏 가꾸어 수확한 밀을 갈아 누룩을 빚고, 가장 잘 익

그는 코를 찡긋하고 나서 말을 이었다.

"저도 선승인 경허 스님의 술 마시는 방법으로 시 낭송을 치열하
게 하곤 합니다. 시를 낭송할 기회가 닿으면 하고 없으면 하지 않는
그런 낭송인이 아닙니다. 저는 제 돈을 들여가면서 한 선생님의 시만
으로 낭송회를 한 해에 한 번꼴로 공연하듯 열곤 하지예. 여기저기
사는 '시미친'들을 모아놓고예. '시미친'이라는 말은 제가 만든 것인데
시에 미치고, 최소한 백 번은 읽어가지고 달달 외워서 낭송을 하고,
그 낭송을 삶 속으로 끌어들여 시처럼 사는 사람을 '시미친'이라고
칭합니다. 한자로 글 시詩, 아름다울 미美, 친할 친親이라고 씁니다.
낭송할 시 한 편을 눈 감고도 욀 수 있을 때까지 머리와 가슴(심장)과
혀끝에 담습니다. 눈 감고도 낭송을 할 수 있을 때까지, 겨드랑이에
서 귀뚜라미 울음이 들릴 때까지 이백 번쯤은 읽어야 합니다."

그는 잠시 뜸을 들이다가 와인 한 모금을 마시고 나서 말했다.

"……보통 때는 제 토굴에서 혼자 놀아예. 물론 외롭고 심심하고
슬프지예. 떠나간 그 사람을 따라서 죽어버릴까 생각도 해봤어예.
둘이 쓰려고 모아놓은 돈은 새끼들한테 다 줘버리고 그 사람 따라서
훨훨 날아가자…… 머나먼 구름 속으로, 창공 속으로 바람처럼 훨

은 쌀로 고두밥을 지어, 그것들을 알맞게 섞고, 산골 옹달샘 물을 길어다가 질그릇
동이에 부어 따스한 아랫목에 두고, 부글부글 괴어 향기가 진동하면 진국을 떠서
코가 비틀어지게 마시네." 나는 시를 그렇게 쓴다.

훨······"

나는 '훨훨'이라는 그의 말에서 불교적인 해탈과 자유자재를 생각했다. 그러면서도 그의 목소리가 감상적으로 변하는 이 대목에서 그가 또 울음을 터뜨리지 않을까 조마조마해졌다.

그는 와인 한 모금을 머금었다가 삼키고 목울음 섞인 목소리로 말을 계속했다.

"그런데 제 도깨비라는 놈이 죽다니, 무슨 소리를 하느냐고, 아직 너는 제2기의 청춘을 살고 있다고, 십칠 세 소년의 피로 더 즐기다 가야 한다고······. 그래서 저 혼자만의 심심함과 외로움을 그놈과 함께 이겨내고 즐기면서 삽니다. 선생님이 쓴 시 가운데 '섬만 섬*이 아니고, 혼자 있는 것은 다 섬이다'라는 짧은 것이 있더라고예."

도깨비와 춤을

그는 말했다.

"저는 사랑하는 친구 도씨와 더불어 제 토굴 앞의 정자에 걸터앉아 젊은 시절부터 외워 담은 시들을 암송하곤 합니다. 제 도깨비를

---

* 이천오백 년 전, 석가모니가 죽기 직전에 제자 아난이 "스승님이 열반에 들고 나시면 우리는 어디에 의탁을 할까요?" 하고 묻자 석가모니가 말했다. "우리는 하나하나의 섬이다. 신에게도 악마에게도 의탁하지 말고 내 등불은 내가 밝혀 들고 나아가라." 나는 그 유언을 참작하여 그 시를 썼다.

저는 '도씨'라고 부릅니다……. 늘 우두커니 앉아서 굽이쳐 도는 해협을 내려다봅니다. 죽방렴이 물살을 가르는 해협이 한 폭의 그림 같아예. 선생님을 제 토굴에 꼭 한 번 모시고 싶습니다. 구름은 한가롭게 하늘을 떠돌고, 슬픈 전설의 새인 갈매기들은 '삶을 즐기면서 버텨라' 하며 끼룩거리고, 바다는 무시로 변색하는 하늘을 흉내 내느라고 회색이나 회청색이나 청남색이나 암녹색이나 옥색으로 낯빛을 바꾸곤 하지예. 아침 햇빛이 쏟아질 때나 만월이 떠오를 때는 비늘 찬란한 물고기들이 모두 수면으로 올라와 눈이 시리게 파닥거리는 듯싶습니다. 땅의 비둘기와 까막까치와 제비와 흰두루미와 먹황새와 해오라기들은 늘 창공과 들판과 갯벌에서 훨훨 자유로워예. 저와 도씨는 변화무쌍한 하늘과 땅과 바다로 인해 명상하고, 그것들에 대하여 이야기할 거리가 한없이 많아집니다. 선생님이 보기에는 어줍지 않을지 모르지만, 그것들은 한 편 한 편의 시와 아름다운 그림으로 변환되곤 하지예."

나는 그냥 묵묵히 그의 얼굴을 응시하고만 있었다. 내가 얼마 전에 한 문학지에 「도깨비와 춤」이라는 단편을 발표했는데, 그가 그것을 읽고 내 삶의 일부를 표절해 사용하고 있는 모양이었다. 그럼에도 불구하고 그는 일말의 부끄러움도 없이 뻔뻔하게 그것을 말하고 있었으므로 나는 어이가 없었다.

그는 와인 한 모금을 마시고 말을 이었다.

"저는 그냥 객기로 살아갑니더, 아니 광기로 살아간다고 말해야 맞을 기라예."

목소리에 울음이 들어 있었지만, 다행히 그는 잠시 심호흡을 하고
나서 말을 이어갔다.

그의 표정이 너무나 태연하여 나는 그가 내 삶을 표절하여 사는
게 아닌지도 모른다고 생각을 바꾸었다. 그도 오래전부터 나와 같은
방식으로 살아온 듯싶었다.

그는 내 시 「모래밭에서」가 자기 심사를 아주 잘 표현해준다고 하
며 줄줄 외웠다.

"……몸에 옥색 천 두른 인어 같은 / 늦가을 스무사흘 밤의 가슴
저리는 / 달빛 옷 입은 여신 / 그 맨살 만져보셨습니까……."*

시를 외우고 나서 그는 눈을 거슴츠레하게 뜬 채 말을 이었다.

---

* 시 전문은 이렇다. "진시황이 동남동녀들에게 잡아 오라고 했다는 / 몸에 옥색 천
두른 인어 같은 / 늦가을 스무사흘 밤의 가슴 저리는 / 달빛 옷 입은 여신 // 그 맨
살 만져보셨습니까. // 홍합들처럼 다닥다닥 붙어 비비적대는 번뇌에 / 엎치락뒤치
락하고 난 이튿날 아침 / 물 자국을 밟습니다. 간밤의 꿈인 듯 꿈 아닌 듯한 사념들
을 / 죽어버린 고둥 껍데기 덮데기 덮데기를쓰고 조심스럽게 운신하는 집게처럼 // 지지난밤의
밀물 흔적 / 지난밤의 썰물 흔적 / 그 틈바구니에 새겨진 은색 방게 걸어간 발자국
/ 물떼새가 그린 상형문자들 위에 / 이뚤비뚤 씌어 있는 / '사랑은 새털보다 가볍고
삶은 산보다 무겁다' / 읽으며 울음을 삼킵니다. // 무인도처럼 살아가는 / 몸뚱이
여기저기에 이별과 상실의 구멍들 숭숭 뚫리어 / 미역 냄새 나는 바람에 피리 소리
흘러나오는 한 풋늙은이가 / 먼바다에서 떠밀려 온 다시마 미역 해파리 / 별들이 땅
의 정령들과 먼동이 틀 때까지 사랑 놀음하느라고 / 보석처럼 박아놓은 이슬방울
들을 밟으며 시방 / 밀물지면 지워질 공룡 발자국 같은 구두 발자국 찍으며 가고 있
습니다."

"이 독거노인이 사는 토굴이, 저를 둘러싼 세상이 그야말로 적막강산이 되어버린 기라예. 그런데 그림자처럼 저를 따르는 도씨가 그것을 느끼지 못하도록 이렇게 저렇게 홀리듯 이끌어주곤 합니더."

나는 생각했다. 그에게 도깨비란 무엇일까. 나에게 도깨비는 내 자존심의 한 표상이고, 나의 고독을 이겨내게 해주는 반항적인 그림자이다. 그것은 내 정체성의 또 다른 이름이기도 하다. 젊은 시절, 내가 누군가에게 체면을 구길 경우 나의 도깨비는 불쑥 나서서 기어이 상대에게 어떤 식으로든지 복수를 하라고 보채곤 했다. 그것은 상대를 두들겨 팬다든지, 말로 닦아세운다든지 하는 향일성向日性의 복수가 아니고, '너 이 자식, 두고 보자, 내가 언젠가는 너를 뛰어넘어(극복해)줄 것이다' 하고 이를 악물고 분투하듯, 미친 듯 책을 읽고 글을 쓰는 배일성背日性의 복수였다. 청탁을 받아야만 글을 쓰는 것이 아니고, 쓰지 않고는 못 배겨서 썼다. 나를 무시한 세상에 복수를 해야 하므로 숨어서 엎드려 글을 썼다. 나의 글쓰기는 내 몸과 영혼에 숭숭 뚫려 있는 공허와 결핍 메꾸어가기와 복수하기였다.

청탁을 받으면 이미 완성해놓은 것을 마감 날까지 고치고 또 고치곤 했다. 완성한 것이라 해서 나는 그것을 완성되어 있는 것이라고 믿지 않았다. 세세한 부분에서 전체적인 것까지를 제대로 형상화됐는지 늘 의심하곤 했다. 나는 모든 글을, 절망하면서 쓰고 희망하면서 고치고 또 고쳤다.

그는 술에만 취한 것이 아니었다. 자기가 좋아하는 시와 자기가 순간순간 내뱉는 말에 취해 있었다. 아니, 어쩌면 롤 모델이라고까지 말한 동명이인인 나와 만난 분위기에 취해 있었다. 그는 늘 그렇게 취한 채 자기 심사를 누군가에게 지껄임으로써 독거노인성 소외와 우울과 고독을 해소하는 모양이었다.

"……제 도씨는 저보다 늘 한참 젊게, 십 년 이십 년은 더 젊게 사는 놈입니다. 철없던 젊은 시절의 저를 극성스럽게 본떠서 행동하지예. 보라색의 굽 높은 중절모를 쓰고, 오래 입어서 소매 끝이 닳은 진한 벽돌색의 양복저고리에 검정 바지를 입고, 부드러운 밤색 구두를 신는 기라예. 살찐 통마늘 같은 코와 쌍꺼풀진 눈매에 눈썹이 넓고, 자잘하고 눌눌한 옥니가 드문드문하고, 반곱슬머리인 도씨의 모습은 제 눈에는 보이지만 저 이외에 어떤 사람의 눈에도 보이지 않는 투명한 존재입니다. 모습만 투명한 것이 아니고, 목소리도 하얗게 바래고 체취도 없어서 제 아내도 살았을 적에 이놈의 존재를 알아채지 못했어예. 이놈은 길이 잘 든 애완동물처럼 저를 따르는데, 제가 이놈과 말을 주고받으면 아내는 혼자 뭔 말을 그렇게 중얼중얼해쌓느냐고 애교 어린 볼멘소리를 하곤 했지예."

나는 그를 자의식이 넘치는 사람이라고 생각했다. 자의식이 넘쳐난다면 어떤 대상, 어떤 서사인가를 시시콜콜 미주알고주알 캐고 저작咀嚼하는 소설을 써야 하는데 그는 왜 시를 쓰고 시 낭송만 즐기며 살아왔을까.

결핍의 앙금

"제 도깨비는 아주 은혜로운 놈입니더."

서울 삼각산 밑에서 살다가 오십 대 후반에 남해 창선도 바닷가 마을로 이사를 온 것도 자신의 도씨가 그렇게 하자고 보챈 때문이라고 그는 말했다.

남해로 이사를 한 다음에도 그는 도씨의 보챔에 따라 해변 언덕 위에 29평짜리 한옥을 지어서 '海山土窟(해산토굴)'이라는 현판을 달고 작가실로 사용했다. 해산은 그의 아호이고 토굴은 허름한 집이라는 뜻인데, 그 집을 찾아온 한 스님은(나중에 알고 보니 암자 지을 자리를 물색하고 다니는, 목소리 가느다란 비구니 닮은 수좌였다) 자기가 풍수지리에 밝다고 하면서 주위 풍광을 둘러보고 그 현판을 쳐다본 다음 선문답 투의 실없는 농담을 했다.

"이 토굴 주인은 날마다 '해산解産'을 하시겠네요."

누군가에게 편지를 쓸 때는 사연 끝에 '해산'과 '산인散人'이라는 말을 덧붙이곤 했다. 산인은 세상일을 버리고 한들한들 사는 자유자재의 걸림 없이 사는 사람을 뜻한다.

150미터 아래쪽에 빨간 벽돌로 지은 양옥에서 아내는 살림을 하고, 그는 토굴에서 밤낮으로 도씨와 함께 세상살이를 즐기다가 세끼 밥을 먹기 위해 아내의 살림집을 들락거렸다. 물론 이때도 이놈은 그림자처럼 동행했다.

　이 대목에서 나는 불쾌해졌다. 그는 나의 이런저런 글을 읽고 거기에 까발려진 내 삶의 방법이나 모양새를 그대로 흉내 내어 살아온 것이 분명했다. 자기 도깨비와 산다는 것이 그렇고, 작가실을 '해산토굴'이라 명명했다는 것도 그랬다. 그렇지만 나는 참아야 했다.

　"토굴 집들이를 한 첫날밤에 자기 혼자만 아는 어떤 시공인가를 휭 다녀온 제 도씨가 '야, 우리 거래를 하자' 하고 말했어예. '무슨 거래를 하자는 것이냐?'는 제 물음에 그놈이 말했어예. '파우스트도 말년에 악마하고 거래를 했지 않으냐? 죽은 다음에 영혼을 악마에게 주기로 하고, 젊음을 새로이 받는……. 너도 파우스트 영감처럼 우리 도깨비 나라의 은행에 네 영혼을 저당하고, 네 머리로는 도저히 계산할 수 없는 천문학적인 액수의 돈을 대출해다가 토굴에서 바라보이는 바다의 모든 것, 그 너머로 가로지른 육지, 떠오르는 달과 해, 가을 풀밭의 들꽃 같은 밤하늘의 초롱초롱한 별들, 바다에 끼는 안개, 흐르는 구름, 바람, 초혼招魂된 넋처럼 내리는 하얀 눈송이들, 물새들, 물고기들, 농토를 일구고 사는 농부들, 바다를 달래며 사는 어부들, 검은댕기두루미, 해오라기, 먹황새, 도요새, 물떼새, 갈대밭에 둥지를 틀고 사는 개개비, 앞산 뒷산에 사는 꿩, 밤에 우는 부엉이…… 그것들을 다 사가지고 주인 노릇을 하며 살아라. 물론 네가 죽은 다음에는 우리 도깨비 나라로 네 영혼을 수습해 간다는 조건이다.' 그놈의 엉뚱하고 뜬금없는 제안이 마음에 들어 '그래 좋다' 하고 말했는데, 그놈이 '조건이 하나 더 있다'라고 말했어예. 무슨 조건이냐니까 '이제부터는 어떤 것에도 한눈팔지 않고 이 토굴 안에 깊이 너를 가둔 채 이때껏 읽지 못한 책을 읽어내고, 시 쓰는 일에 팍 미치겠다는 조건이다' 하고 나서 콧노래를 흥얼거리며 딴청을 부렸어예. 제가 흔쾌히 그 조건대로 하겠다고 했으므로 흥정은 곧바로 이루어졌고, 그놈이 가져다준 돈으로 토굴에서 보이는 남해 바다 주변의 모든 우주를 다 사버렸고, 저는 일약 남해 일대 우주의 주인이 되었는 기라예."

그가 도씨와 더불어 수시로 애용하는 정자는 아름드리 원목 소나무 기둥 네 개에 걸쳐서 마루를 놓고, 동편과 북편과 서편에 등받이용 난간을 두르고, 진회색 너와 지붕을 얹은 두 평 남짓의 털털한 것이었다. 지붕 앞면에 '見月亭(견월정)'이라는 현판을 달았는데 달을 보는 정자라는 뜻이었다.

나는 어처구니가 없었다. 서울에서 살다가 바닷가로 낙향한 것이나 도깨비와 거래한 것이나 정자에 견월정이라는 현판을 단 것도 내가 하고 사는 그대로를 본뜬 것이었다. 나는 내 앞에서 이야기를 하고 있는 이자가 사람이 맞는가, 혹시 어떤 도깨비가 나를 홀려서 희롱하려고 보낸 귀신이 아닌가 의심스러웠다.

초상집 개

그가 나의 많은 것을 본떠서 사용하기는 하지만, 쉰일곱 살 되는 해에 내가 불현듯 서울을 버리고 장흥 안양 바닷가 마을로 이사한 까닭만은 본떠서 사용하지 못하고 있었다.

장흥 안양 바닷가로의 이사, 그것은 나만의 특이한 결핍과 미래에 대한 두려움으로 인한 것이었다. 그것에 대하여 말하려면 먼저 '초상집 개'에 대하여 이야기해야 한다.

장례식장이 일반화되지 않은 1960~1990년대만 해도 나는 주위에서 초상집 개를 많이 볼 수 있었다. 밥이 넉넉지 않던 그 시절에는 시골 마을에서 초상이 나면 마당에 차일을 치고 하루 내내 조문객을 받았다. 장의 준비를 하는 동안 상주가 지인들의 조문을 받는 일은 슬픈 의식이지만, 가난한 마을 사람들을 비롯한 조문객들에게는 일종의 축제일 수 있었다. 상주의 살림살이 형편이 웬만하기만 하면 돈 몇 푼을 부조하고 나서 하루 종일 들락거리며 허리띠를 풀어놓은 채 먹고 마실 수 있는, 축제 아닌 축제.

모든 축제는 신과의 소통을 위해 마련되는 것이다. 돼지를 잡고, 밥을 짓고, 떡을 찌고, 홍어를 비롯한 해물 안주를 장만하고, 고깃국을 끓이고……. 푸짐하게 차린 음식을 얻어먹기 위해 세상의 모든 거지가 쉬파리들처럼, 잡귀신들처럼 다 몰려들었다. 거기에 마을에서 놓아먹이는 잡종 개들까지도 기어들었다.

밥이 하늘이라는 가르침을 받은 바 있는 집사는 심부름하는 자들에게 명하여, 거지들에게는 대문간 가까이에 멍석을 펴고 개다리소반에 간단한 음식상을 차려주지만, 몰려든 개들은 엉덩이를 걷어차서 내몰았다.

초상집의 음식 냄새를 맡고 찾아든 개를 사람들은 '초상집 개'라고 부른다. 엉덩이를 걷어차여본 외상 후 장애(트라우마)가 있는 개는 두 뒷다리 사이에 꼬리를 깊이 집어넣어 급소를 가리고, 흘긋흘긋 눈치를 살피면서 조문객들의 음식상 주변을 맴돌며 땅에 떨어진 고기 뼈나 음식 찌꺼기로 허겁지겁 배를 채우는 것이다.

나는 서울에서 살던 사십 대 초반에서 오십 대 중반까지 초상집 개의 모양새를 닮은 사람들을 여럿 만날 수 있었다.

당시 출판기념회나 문학상 시상식에 가면 뷔페 음식을 식장 가장자리에 차려놓고 행사를 치렀는데, 행사가 끝나면 참석자들이 모두 접시 한 장과 나무젓가락을 손에 들고 음식을 가져다 먹으며 오랜만에 만난 지인들과 담소를 하게 되어 있었다.

나는 늘 뒤늦게 식장에 들어섰으므로 앉을 자리를 차지하지 못하여 뒤편에 서 있곤 했다. 그러한 나에게 다가서면서 손을 내밀어 인사를 청하는 낯선 연상의 남자 한둘이 있었다. 나는 얼떨떨한 채 그 남자들이 내민 손을 두 손으로 맞잡아주며 누구시냐고 물을 수밖에 없었다. 그들은 대개 소설가 아무개라고 자기소개를 했고, 나는 놀라서 고개를 깊이 숙이며 못 알아봐 미안하다고 사죄의 말을 해야 했다. 그들은 나의 칠팔 년쯤 선배 소설가들인데, 나는 그들의 소설을 대학생 시절에 《사상계》나 《현대문학》에서 읽었던 것이다. 그렇지만 그들은 오래전부터 작품 활동을 무슨 이유로인가 접었으므로 잡지 편집자나 독자들에게서 잊힌 사람이었다.

나는 그 선배 소설가들의 헤픈 짓이 실망스러웠다. 그들은 나한테 그랬듯 다른 내 또래의 활발하게 활동하는 소설가들도 찾아다니면서 자기소개를 하고 악수를 나누었는데, 그 모습이 천하고 비굴스럽게 느껴졌다. 그들은 행사 절차가 끝나기 무섭게 접시와 젓가락을 집어 들고 음식들을 듬뿍 담아다가 먹어댔다. 그러면서 흘긋흘긋 사람들의 얼굴을 살폈다. 그 짓을 하는 중년의 남자 소설가나 여자 소설가들이 최소한 열 명은 될 듯싶었다.

소설가 집단에도 권력 서열이 있다. 능력 있는 자는 이런저런 협회의 회장을 하거나 분과위원장쯤 맡고, 잡지사를 운영하며 제자들을 등단시키고, 각종 문학상 심사를 하고, 설날에는 많은 후배나 제자, 그에게 은혜를 입은 후배 작가들에게서 선물을 받고 세배를 받는다.

문학상 시상식이나 출판기념회가 끝났을 때 이렇다 할 권력도 없는 나를 챙겨주는 제자나 후배는 당연히 없었다. 혼자 집으로 쓸쓸히 돌아가면서 나는 작가들의 권력 서열이 엄존하는 서울을 버려야 한다고 스스로를 설득했다. 서울에서 늙는다면 나도 초상집 개가 될 게 뻔하다 싶었다. 돈을 많이 벌어놓은 것도 아니고, 이런저런 협회의 간부를 맡아 행세하거나, 잡지사의 편집권을 가지고 후배나 제자를 도와줄 처지도 아니고, 문학상 심사를 하여 그들에게 혜택을 줄 입장도 아니지 않은가. 서울 바닥에서 소외되지 않으려고 이런 모임, 저런 모임에 자의 반, 타의 반으로 불려 나가고, 외롭지 않으려고 친구들과 술자리, 밥자리 만들어 어울려 사느라고 책다운 책도 읽지 못한 채 쓸쓸히 헌털뱅이 소설가로 늙어가야 할 이유가 없었다.

그리하여 문단의 권력이 미치지도 작용하지도 않는 무중력상태의 그윽한 곳으로 내려가 노년을 조용히 보낼 꿈을 꾸기 시작했다. 한적한 고향 마을로 내려가 가난하게 살면서 그동안 서울살이에 쫓기고 시달리느라 슬렁슬렁 읽은 동서양 고전들을 새로이 깊이 읽고, 나중에 쓰자고 미루어놓은 소설들을 광부가 새 광맥을 찾아 파고들듯 쓰면서 말년을 보내자. 그런 생각으로 이도한 곳이 장흥 안양이다. 안양은 극락과 동의어이다.

그러한 내 낙향의 깊은 내막을, 남해 창선에 사는 그가 표절해 사용할 엄두를 내지 못하고 있다는 것을 나는 속으로 즐겼다.

달

강진에서 십팔 년 동안이나 유배 생활을 한 다산 정약용 선생은 백련사의 혜장 스님과 주고받은 시문과 편지글을 혜장 스님이 입적한 다음에 모두 모아서 『견월첩見月帖』이라는 작은 책을 펴냈다고, 그의 도씨가 말했다.

『원각경圓覺經』에 "달을 보라면 달을 볼 일이지 손가락은 왜 보느냐"는 말이 있는데 거기에서 달을 가져온 것이라고 했다. 달이라는 것은 '더 이상 참되고 아름다울 수 없는 삶의 드높은 경계'를 뜻한다면서 "정자를 만든 것은 너이지만 그것의 주인은 네가 아니고 빛과 바람이다" 하고 잘난 체를 했다. "정자는 그야말로 우주적인 자유자재의 시공이고, 원효가 말한 무애(걸림 없음)의 시공이기도 하다."

아내가 멀리 떠나간 다음, 그는 자기 도깨비와 한층 더 밀접해졌다. 토굴에 들어 있을 때는 잠을 자거나, 책을 읽거나, 음악을 틀고 도씨와 더불어 막춤을 추었다. 그는 바람벽에 '狂氣(광기)'라는 말을 붓글씨로 써 붙였다. 발악하듯이 광기로 살아가자는 것이었다. 자식들이 그를 서울의 자기네 집으로 데려가려 했지만, 그는 아내의 냄새가 서린 분위기를 버리고 갈 수 없다고 도리질을 했다.

한동안은 아내를 잊기 위하여 그는 자신을 혹사했다. 예초기를 짊어지고 정원의 풀을 깎았고, 사다리를 타고 올라서서 웃자란 정원수들의 가지치기를 했다. 혹사당하는 팔다리가 후들후들 떨렸고, 관절이 아팠고, 땀으로 멱을 감았다.

지방자치단체에서 운영하는 사회봉사단에 들어가 노인당이나 고아원에 다니면서 그들을 돌보기도 하고, 운신이 불편한 독거노인들의 집에 찾아가서 청소를 해주기도 하고 그들과 장기나 바둑을 두기도 하고 화투를 치기도 했다.

그것은 허위였고 안간힘 쓰기였다. 늙은 몸으로서는 그 일들이 힘들었고 그 일을 하는 사이사이에 속에서 들솟곤 하는, 까만 숯가루 같은 알 수 없는 회의와 절망감을 주체할 수가 없었다. 봉사 활동을 마치고 저녁 늦게 버스를 타고 돌아와 적막강산 같은 토굴로 들어서면 속에 잠재해 있던 우울과 고독이 독감 바이러스처럼 영육을 갉아먹었다.

그 우울과 고독 바이러스의 활동을 촉진하는 것이 부정맥이었다. 운신하기 어렵도록 지치거나 감기가 오려 할 때 그 전조 현상으로 부정맥이 문득 나타나곤 했다. 심장이 두근두근 뛰다가 한 차례씩 쉬곤 하는 것이었다. 그때는 가벼운 현기증이 일면서 가슴이 답답하고 불안해졌다. 그러면 의사가 처방해준 약 한 알을 먹곤 했다. 그 약을 늘 호주머니 속에 넣고 다녔다.

부정맥이 시작되면 자기 삶에 대한 회의가 해일처럼 밀려들었다. 그러면 당장 마음을 바꾸곤 했는데 그것은 스스로도 예측할 수 없는 변덕이었다. 변덕이 일어날 때면 도씨가 얼굴을 드러냈다. 도씨는 미세하게 쪼개진 하얀 해 조각들이 떠 있는 해협을 가리키며 "늙은 너의 얼마 남지 않은 시간을 그런 식으로 가벼이 투사하며 살아서는 안 되지 않느냐" 하고 말했고, 그는 거기에 동의하지 않을 수 없었다.

부정맥

"아, 한 시인한테도 부정맥이 있군요."

내가 말했다. 나도 부정맥이 있었다. 부정맥이 일어나면 제꺼덕 생각을 바꾼다는 변덕스러움에 동의했다.

부정맥 증세는 어느 한순간 심장이 딱 멈출지도 모른다는 불안한 생각이 들게 하면서 길바닥에 쓰러져 죽어가는 나의 모습을 떠오르게 하고, 세상은 별것 아니라는 생각과 까만 숯가루 같은 허무를 들숨처럼 거듭 들이켜게 한다.

부정맥이 시작되면 변덕이 유혈목이처럼 고개를 쳐든다. 먼저 대학병원 심장센터에서 처방해준 약을 먹고, 부정맥으로 인한 불안 증세를 잊으려고 컴퓨터 앞에 앉아 글을 쓰거나 이미 써놓은 글을 수정하면서 가필하곤 한다. 그래도 진정되지 않으면 그 증세를 가라앉히려고 포도주 한 잔을 마시곤 한다. 포도주 한 잔은 눈앞에 현훈이 감돌게 한다. 그 푸른 색깔의 어지러움을 앞세워 부정맥을 잠재우려고 정원을 산책하기도 하고, 하늘과 바다와 산을 바라보며 심호흡을 하기도 하고, 시를 생각하기도 한다.

"내가 늘 하늘을 바라보는 까닭은 그 속에 별 하나가 있어서입니다"* 하고 읊는다. 시를 생각하거나 중얼거리는 것은 무지개 색깔의 비

---

* 시 전문은 이렇다. "내가 늘 하늘을 보는 까닭은 / 그 한복판에 수직으로, 수직으로 상승하고 있는 새 아닌 / 새 / 한 마리가 거기 있어서입니다. // 내가 늘 하늘을

눗방울 같은 환상적인 영상을 먼 허공으로 날려 보내는 것이다. 시를 쓴다는 것은 나의 헐거운 세속적인 삶 틈바구니 사이사이에 아기자기한 보석을 박아 넣는 행위이다. 그것은 나 스스로에게 최면을 거는 일이다. 최면은 하늘빛 무념무상의 시공으로 나를 인도하려는 것이다.

어느 순간 부정맥이 진정되면 언제 그랬냐 싶게 다시 탐욕이 생긴다. 세상은 별것 아니라는 생각에서 '그래, 세상은 제법 별것'이라는 생각으로 바뀐다. 앞으로 십 년은 더 살 수 있으리라는 생각, 내일 지구가 무너질지라도 사과나무를 심을 계획, 어지러운 세상에 새로운 길 하나를 낼 꿈을 가지게 된다.

섭동攝動

그는 호주머니에 들어 있는 하늘색 비상 약병을 꺼내서 흔들어 보이며 말했다.

"이 약입니다. 하얀 심장 모양새인 이 약으로 인해 부정맥이 사라지면 도씨는 즉각 적막강산에 묻혀 사는 저의 우울해진 삶을 활성

보는 까닭은 / 한낮임에도 불구하고 알 수 없는 / 별 아닌 / 별 / 하나가 거기 떠 있어서입니다. // 내가 늘 하늘을 보는 까닭은 / 말을 하기는 해야 하는데, 입이 떨어지지 않는 / 내가 최후에 남겨야 할 말 아닌 / 말 / 하나가 거기 있어서입니다."

화해야 한다고 말합니다. 그것도 일종의 변덕을 촉진시키는 것이지 예. 저도 도씨도 똑같이 오래전부터 셀린 디옹, 세라 브라이트먼의 싱싱하면서도 탄력성 있는, 시쳇말로 섹시한 목소리를 좋아합니다. 어떤 때는 베토벤이나 슈베르트나 차이콥스키나 드보르작이나 모차르트나 브람스를 틀어놓고 창틀에 놓인 난초 화분들을 상대로 두 팔을 저으며 멋들어지게 지휘를 합니다. 속 모르는 누군가가 그러한 저를 엿본다면 아마 미쳤다고 할 겁니다."

하늘을 운행하는 별들이 인근에 있는 어떤 별의 간섭(인력)을 받아 자신도 모르는 새에 궤도를 약간씩 수정하곤 하듯, 그의 삶의 궤도도 도씨에 의해 조금씩 수정되곤 하는데 그것을 그는 즐겁게 수용했다.

아침밥을 먹은 다음 잔디밭으로 나갈 때 도씨는 그에게 바람이 차갑다며 명주 목도리를 하고 헌팅캡을 머리에 쓰라고 하고, 푸른 잔디 잎에 맺혀 있는 아침 이슬방울 하나하나에서 우주적인 만다라들을 읽으라고 했다. 순하게 길든 짐승처럼 그는 도씨의 말을 잘 따랐다. 도씨는 이슬 한 방울의 내면으로 깊이 침잠하여 사유하라 하고 푸르스름한 쑥부쟁이 꽃, 동백꽃, 은초롱 꽃, 사랑초 꽃 앞으로 이끌고 가서 그 꽃들 속으로 들어가라 했다. 그는 꿀벌이 되어 꽃의 안자락 속에 머리를 처넣곤 했다. 어떤 때는 흘러가는 구름을 쳐다보라 하고, 그 구름에서 노자와 장자의 무위無爲를 배우라 하고, 그 구름을 올라타고 먼 하늘 먼 항구를 떠돌아다니는 낭만의 삶을 꿈꾸라고 했다.

　어느 허공에서인가 날아온 박새가 공작단풍의 가느다란 가지에
앉아 있다가 박차고 날아간 다음 그 가지가 미세하게 흔들리는 것에
서 '꽃 한 송이 피어나니 세계가 일어나는' 경지, 우주의 율동을 읽
고 시로 표현하라고 도씨는 말했다. 시의 경계 속으로 들어가서 살
라고 했다.
　도씨는 놀라운 말을 지껄였다.
　"시라는 것은 꽃 한 송이, 풀잎 한 장, 새 한 마리에게서 우주의 섭
리, 혹은 신의 뜻(천기)을 깊이 읽어 독자에게 누설하는 것이지 않느
냐. 시인이라는 사람은 천기 누설자인 것이다."

　바닷가 산책을 하다가 죽방렴횟집에서 우럭매운탕에 밥을 말아
먹고, 토굴로 돌아와서 자리에 눕거나 우두커니 앉아 있곤 했다.
　감기 바이러스처럼 번지는 심심함과 외로움을 이기지 못하고, 누
군가에게 전화질을 하려고 핸드폰의 연락처를 뒤적거리면 그의 도
씨는 대번에 자기 고독을 견디지 못한 채 전화질이나 하고 있는 것은
바보 멍청이들이나 하는 짓이라고, 물러지고 헤퍼진 영혼 한 자락을
꼬집어 뜯었다. 특별한 일도 없으면서 친지에게 전화질을 하면 그들
이 '자기 고독을 무서워하는 겁쟁이'라며 깔본다고 무참을 주고, 외
로우면 차를 마시거나 산책을 하거나 음악을 듣거나 책을 읽거나 시
를 쓰거나 시 낭송을 하라고 말했다.

도씨의 간섭에 따라 얼마 전부터 '이별 연습'이라는 연작시를 쓰고 있었다. 세상과 이별하는 연습이었다.

이별 연습이라는 것은 세상과 더 진한 사랑을 나누며 보석 같은 순간순간들을 사는 것이라고, 멀리 떠나간 아내의 극락 생활을 빌어주는 삶이라고 말했다. 이별 연습이란 시인으로서 신의 뜻을 더욱 깊이 읽어 영원을 사는 행위인 것이라고도 했다.

꽃으로부터 기氣를 받기

초여름의 어느 날 아침나절, 늘 자기 영혼에 옥색 한산세모시 옷차림을 하게 하고, 청초하고 그윽하게 차茶를 마시고 시 낭송을 즐기며 사는 오십 대 중반의 여성 둘이 한껏 멋진 치장을 하고 그의 토굴에 찾아왔다. 시 낭송 행사 때 만나곤 하는 '시미친' 여인들이었다.

죽방렴 어장들이 보얗게 물살을 짓는 해협의 수면에는 찬란한 해의 조각들 수억만 개가 떠올라 크리스털 조각처럼 반짝거리고 있었다. 동쪽 기둥 둘이 풍우로 삭아서 반쯤 문드러져 있는 정자에 걸터앉으면 그 해협이 바야흐로 자주색 꽃 만개한 정원의 배롱나무 가지들 사이로 내려다보였다.

두 여자는 정자 앞에 선 채 흐드러진 자주색 배롱나무 꽃떨기들을 보고 가슴이 설렌다며 찬탄했고, 그 꽃송이들 사이로 보이는 찬란한 해협의 풍광에 십 대 소녀들처럼 "어머어!" 하고 호들갑스럽게 탄성을 질렀다.

"선생니임, 이 풍광, 아주 그냥 쥑여주네예."

"선생님은 정말정말 신선처럼 사신다!"

"여기 앉아 있으면 시가 저절로 흘러나오시겠어예."

"여기서 사시면 시간 가는 줄 모르겠고, 고독이라든지 우울이라든지 느낄 틈이 없겠고, 늙지도 않겠네예. 여기가 바로 극락이고 천국인데…… 쓸쓸해질 틈이 있기나 하겠어예?"

"세상의 호사는 선생님이 혼자 다 누리시네예."

갱년기를 벗어난 오십 대 중반인 그들의 호들갑과 수다 속에서 그는 검은 숯가루 같은 외로움과 우울 속으로 빠져들었다. 이 여자들은 풍광의 밝음만 볼 뿐 그 밝음 뒤편의 어둠을 볼 줄 모른다. 빛이 밝을수록 어둠은 더욱 짙은 법인데……. 그들이 매정스럽게 느껴졌고, 속에 숨어 있던 울음이 기어 나오려고 꿈틀거렸다.

"원래 사람이라는 동물은 자기가 보고 싶은 것만 보는 법이다" 하고 그의 도씨가 말했다. "생각을 바꾸어라. 견물생심이라는 말은 진리이다. 저들 둘 가운데 한 여자를 훔치는 생각, 춘정春情을 품어라. 강진에 유배됐던 다산 정약용 선생도 남의 여자를 훔치고 싶어지는 심사를 흑산도에 유배된 형님 정약전에게 편지로 써 보낸 적이 있다. 춘정은 노인을 젊어지게 한다."

그는 그들을 토굴 안으로 들였다. 그들은 독거노인의 토굴 안에 번져 있는 향기와 분위기에 민감했다. 두리번거리며 킁킁 냄새를 맡고 있었다.

"무슨 향기인지…… 아주 그윽하네예."

토굴에는 은은한 금목서 꽃향 같은 것이 퍼져 있었다. 그는 그들의 방문 예고 전화를 받고 미리 만리향이라는 이름의 향불을 피웠던 것이다.

그는 오래전부터 자기 몸이 뿜어낼지도 모르는 늙은 홀아비 냄새를 두려워했다. 대개의 노인들은 지방산이 완전히 연소되지 않는 까닭으로 피부가 구중중한 냄새를 뿜는다. 그것을 노네날nonenal 냄새라고 한다. 그는 아내가 살았을 때부터 아침마다 속보 산책을 한 다음에는 반드시 비누질 샤워를 하고 가볍게 바디 로션을 바르곤 했다. 손님이 오면 향불을 미리 피웠다.

그들을 차탁 앞에 앉힌 다음 차를 우려 대접했다.

김도경이라 불리는 작달막한 여자는 레이스가 요란한 하얀 블라우스와 단추를 잠그지 않고 걸치는 청재킷에 짧은 청치마를 받쳐 입었고, 자기 이름 '김숙자'가 촌스럽다고 '자'를 빼고 '숙'으로만 불러주기를 희망하는 호리호리한 여자는 흰 블라우스에 짧은 바다 물빛의 주름치마를 입었는데 오동통한 허벅다리가 무람없이 드러났다.

도씨는 그들의 치마 속에 대하여 말했다.

"동백꽃이나 석류꽃을 닮은 저 통치마 속의 검은 그늘은 천둥소리와 지령음地靈音을 품은 그윽하면서도 은밀한 시공이다. 그 속에서는 밤하늘 초롱초롱한 별들의 운행처럼 출렁거리며 순환하는 신화의 바

람과 마약처럼 취하게 하는 성스러운 체취가 서려 있다. 한 종교학자
가 인간과 식물은 정반대 성향이라고 했다. 식물의 꽃은 하늘을 향하
고 있지만, 인간의 꽃은 땅을 향하고 있는 까닭이라는 것이다."

야한 생각으로 빠져드는 그를 위하여 도씨가 숭엄한 모성성에 대
하여 말했다.

"이 세상 어느 누구인들, 모든 남자가 신비로워하고 그리워하는 그
치마 속의 은밀한 그늘 늪에서 태어나지 않았으랴."

그는 마른 입술에 침을 발랐다. 도씨는 계속해서, 앞에 앉은 여자
들의 볼륨 짙은 유방과 쇄골과 코와 도톰한 입술을 르네 마그리트처
럼 초현실적인 시각으로 응시하고, 그들에게서 번져 오는 체취에서
기氣를 얻으라고 속삭였다.

"초현실주의 작가인 마그리트는 〈강간〉이라는 제목으로 얼굴 모양
새의 그림 하나를 그렸는데, 두 눈이 있어야 할 자리에는 봉싯한 하
얀 유방의 오디 두 개를 그리고, 코가 있어야 할 자리에는 배꼽을 그
리고, 입이 있어야 할 자리에는 여성 성기를 그려놓았다. 아내를 떠
나보내고 난 독거노인이 우울증을 극복하는 길은 풋풋한 생명력을
회복하기인데 그 기운을 여성들에게서 받아야 한다. 그것은 성스러
운 사랑의 묘약이다."

그들은 향기로운 차 생활과 시 낭송을 즐기는 '시미친'들답게 그가
내놓은 차의 향과 배릿한 맛에 대하여 이야기했다. 이야기는 초의
스님의 차론茶論 쪽으로 흘러갔고, 그는 그 분위기에 취하여 덩달아
많은 이야기를 해야 했다.

"여럿이 함께 마시는 차는 그냥 보시普施일 뿐이고, 둘이서 마시는 차는 담소를 위한 것이고, 혼자 마시는 차는 자기 깨달음을 위한 것이다." 거기에 초의 스님의 선시 한 대목을 곁들이기도 했다.

"꽃나무 가지를 쳐내니 황혼에 젖은 아름다운 먼 데 산이 보인다." 그것은 환혹적인 삶이 그치면 진리가 보인다는 선문답 같은 시이다.

그는 마지막으로 석가모니가 열반에 들면서 남긴 말도 끌어다가 지껄여주었다. "우리는 모두가 다 하나하나의 섬이다. 신에게도 악마에게도 의탁하지 말고 내 등불은 내가 켜 들고 나아가야 한다는 말이 이 차 속에 들어 있다."

두 여자가 돌아가고 나자 토굴은 다시 텅 빈 혼자만의 어둡게 그늘진 시공으로 변했고, 그의 몸 깊은 곳에 잠재해 있던 쓰디쓴 우울과 고독 바이러스가 활동을 개시했다. 그 여자들은 위안이라는 약을 가지고 왔다가 허전함이라는 그늘을 풀어놓고 갔다. 그 허전함은 말을 많이 함으로써 속에서 들솟는 공허함이다. 그들에게 말 많이 한 것을 후회했다. 맥이 빠졌다. 그는 바다를 향해 선 채 거듭 심호흡을 했다. 심호흡은 생기를 보충하려는 몸부림이었다.

엄살

나는 그가 엄살이 많은 사람이라고 생각했다. 나도 아내를 잃는다면 그처럼 슬프고 우울하고 고독하다고 징징거리며 엄살을 부릴까.

시 낭송을 전문으로 하는 음유시인인 그와, 시도 쓰지만 소설을 주로 쓰며 살아온 나는 노인성 우울과 고독에 대처하는 태도가 많이 다르다 싶다.

일벌은 이 꽃 저 꽃에서 잉잉거리며 꿀을 수집하고, 수집해 온 꿀의 수분을 날갯짓으로 증발시키느라고 우울과 고독을 느낄 새가 없다고 들었다. 소설가인 나는 내 소설 속의 등장인물들로 구성된 공화국에서 함께 일을 하며 사느라고 꿀벌처럼 우울과 고독을 느낄 새가 없다. 아니, 나는 바위를 굴리며 산정으로 올라가는 시시포스처럼 우울과 고독과 노동을 즐기려고 애쓴다.

어느 날 나를 찾아온 한 여자가 "토굴에 혼자 살기 외롭지 않습니까?" 하고 내 얼굴을 빤히 건너다보며 물은 적이 있다. 마시라고 따라준 차를 마실 생각은 하지 않고 나의 대답을 기다리고 있었다.

나이를 가늠할 수 없도록 늘씬하고 가슴이 알맞게 풍만한 그녀는 화장을 하지 않은 듯하지만 사실은 화장을 했고, 머리를 손질하지 않은 듯하지만 사실은 손질했다.

이 여자는, 도시에서 멀리 떨어진 전라도 장흥 안양의 바닷가 토굴에 사는 내가 외로워하며 사는가, 전혀 외로움을 타지 않고 사는가 하는 게 뭐 그리 궁금하다는 것인가. 내가 외롭다고 하면 어찌하고, 외롭지 않다면 어찌할 것인가.

내 토굴의 모양새를 보고도 그것을 짐작할 수 없다는 것인가.

나의 토굴은 강원도 평창에서 실어 온 강철같이 단단한 낙엽송 목재로 지은 25평 뱃집 한옥이다. 지을 당시에 돈이 여유롭지 못하여 성급하게 덜 마른 목재를 깎고 다듬어 지은 까닭으로 마르면서 기둥과 모리와 문지방과 서까래에는 굵고 자잘한 금이 벌어졌고 송진이 녹아 흘러내렸다. 황토를 이겨 벽을 만든 다음 흰 석회를 발랐는데 바람벽과 건너지른 목재나 기둥 사이에 미세한 틈들이 생겨 있다. 문지방과 문틀과 문설주 사이에도 약간의 틈이 나 있다. 토굴 여기저기에는 책들이 무질서하게 쌓여 있다. 가뜩이나 현관문 앞 솟을대문 모양의 작은 비 가리는 지붕을 떠받치는 기둥 둘은 투박한 원목을 그대로 썼다. 지난해 태풍에 그 지붕의 일부가 떨어져 나갔다. 그야말로 '해산토굴'이라는 당호답게 털털하고 산만한 집이다.

지은 첫해 겨울에는 외풍이 심해서 난방 연료를 많이 써야만 했다. 이듬해 봄에 모든 문의 바깥에다 황갈색 나무 색깔의 알루미늄 덧문을 달았더니 외풍이 덜했다. 외풍이 덜하다는 것은 바깥바람이 나를 덜 괴롭힌다는 것이다. 나에게 '바깥바람'은 많은 의미를 지니고 있다. 그것은 이런저런 사람들과의 성가신 거래社호를 말하기도 한다.

작가실을 짓고 '토굴'이라 명명한 것은 스님들처럼 수도하듯이 살겠다는 것이다. 수도하듯이 산다는 것은 나를 토굴 속에 가두고 바깥바람으로부터 격리시키겠다는 것이다. 가둔다는 것은 그 속에서 나를 양생養生한다는 것이다. 양생은 노자처럼 순리의 삶을 산다는 것이다. 책 읽고 글 쓰는 일을 하면서만 살겠다는 것이다. 과연 나는 글쓰기에 미쳐 사는 사람이다. 글쓰기는 고통스럽기도 하지만 써내는 순간순간마다 환희를 느낀다.

"토굴에 혼자 살기 외롭지 않습니까?"

나는 그녀의 물음에 대꾸하지 않았다. "외롭습니다." "전혀 외롭지 않습니다." 이 대답 가운데 어느 쪽을 선택하건 그녀는 내 속마음을 이해할 수 없을 터이다. 나는 "차가 식습니다" 하고 말했다. 이 말은 일종의 화두이다. 나는 누군가와 다탁에 마주 앉아 이야기를 나눌 때 마땅히 대꾸할 말이 없으면 "차가 식습니다"라고 말하곤 한다.

과연 그녀의 차는 식어가고 있었다. 음악도 그쳐 있었다. 차는 식으면 향기와 맛이 주저앉는다. 차의 맛과 향은 '주전자에 넣은 차의 질과 양, 물의 온도, 우리는 시간'의 조화와 균형에 따라 정비례한다.

그녀는 내 대답에 무안해하며 찻잔을 집어 들고 마셨다. 나는 그녀의 무안을 해소하기 위하여 이태백의 「산중문답山中問答」이라는 시 이야기를 해주었다.

어째서 푸른 산중에 혼자 사느냐고 물으면問餘何意棲碧山
대답 않고 그냥 웃지만 마음은 한가롭네笑而不答心自閑.
복사꽃 물에 떠 묘연히 흘러가니桃花流水杳然去
인간 세상 아닌 별천지이네別有天地非人間.

손님이 "당신은 왜 산중에서 혼자 사십니까?" 하고 묻자 주인은 대답하지 않고 그냥 웃지만 마음은 한가롭다. 그런데 산중에 혼자 사는 까닭이 나중에 나온다. "복사꽃 물에 떠 묘연히 흘러가는 인간 세상 아닌 별천지를 즐기고 사네." 여기서 "복사꽃 물에 떠 묘연히 흘러가는"이라는 것은 실재하는 것이어도 좋고 실재하지 않는 것이어도 좋다. 그것은 도락道樂을 즐기고 산다는 것이다.

내 설명을 듣고 난 그녀는 더 말하지 않고 빙긋 웃기만 한다. 그녀는 참으로 영리한 여자이다. 나에게 '당신이 도락으로 삼는 것은 무엇인가요?' 하고 묻지 않고 건너뛴 채 차와 음악과 시의 맛과 향만 음미한다.

차에 달통한 사람은 말을 구구하게 많이 하지 않는다. 차인은 차로써 묻고 차로써 답한다. 차인은 세속적인 말 너머의 말 아닌 말을 할 줄 알고 알아들을 줄 안다. 그게 선禪이다.

그것은 차와 음악과 시의 향과 맛을 코와 입으로 맛보는 것이 아니고 귀로(마음으로) 듣는 경지이다. 차의 맛과 향을 귀로 듣는 사람은 대답 않고 그냥 웃지만 마음은 한가로운 경지를 즐긴다.

초의 스님이 초록한 『다신전』에서 말했다. "혼자 홀짝홀짝 음미하며 마시는 것은 차의 신명(완전한 맛)을 느끼며 선정에 드는 차 마시기이고, 둘이서 마시는 것은 서로의 마음과 마음을 통하게 하는 이심전심의 차 마시기이다."*

---

* 이 부분은 산문집 『꽃을 꺾어 집으로 돌아오다』에서 인용했다.

개

마을 입구에 사는 박 노인은 늘 개를 데리고 다녔다. 목줄을 해서 끌고 다니는 것이 아니고, 그냥 친구처럼 데리고 다니는 것이었다.

박 노인의 개는 자유를 즐겼다. 박 노인을 앞장서기도 하고 뒤따르기도 하면서 여기저기에 코를 대보고, 길 가장자리의 한 지점에 한쪽 뒷다리를 들고 오줌을 찔끔 갈겨놓기도 했다. 순백색의 잡종 진돗개인데 두 귀가 쫑긋 치솟고, 눈이 황갈색이었다.

박 노인을 따라온 그 개는 정자에 걸터앉은 그에게 달려와서 그의 바짓가랑이와 허벅다리와 사타구니 인근을 킁킁 냄새 맡았다. 사타구니 한가운데 냄새를 가장 오래 맡곤 하는데, 그때 그는 심사가 뒤틀리고 자존심이 상했다. 그가 "이 자식, 지금 무얼 하는 거야!" 하고 몸을 움츠리면 박 노인은 "우리 개는 물지 않아예. 말도 못 하게 영리한 놈이라예" 하고 말했다.

그는 개를 키우는 사람들이 입에 담곤 하는 "우리 개는 물지 않아예"라는 말을 믿지 않았다. 개를 키우는 사람들은 모두 주관적이고 이기적이고 편파적이라고 그는 생각했다.

그는 중학교 3학년 겨울에 읍내의 주조장 앞을 지나가다가 잡종 셰퍼트에게 허벅지를 물린 적이 있었으므로 개를 보면 언제 어느 때든지 머리끝이 곤두서곤 했다. 물린 허벅지의 옷은 찢어졌고, 개 이빨로 인해 살갗이 깊이 긁혔다. 주조장 집 청년과 나란히 오던 그 거무칙칙한 개는 무서워 몸을 움츠리는 그를 갑자기 물었던 것이다. 병원 치료를 열흘 동안이나 받았다. 만일 그 개가 광견병 균을 가지고 있었다면 그는 그때 죽었을 것이다.

그는 무지하여 자신을 문 개에 대하여 아무런 조치도 취하지 않았고 치료비도 위자료도 받아내지 못했다. 이후로도 그 개는 늘 주인을 따라다니곤 했는데, 오래지 않아 그는 그 읍내를 떠났다. 그때는 참으로 개판 세상이었다.

따지고 보면 개에 관한 한 그의 생각도 개를 키우는 사람들처럼 주관적이고 편파적이었다. 개가 아무리 영리하다고 할지라도, 반려견 애호가들이 아무리 변호를 할지라도 '개는 역시 개'일 뿐이라는 생각을 그는 가지고 있었다. 우리 삶이 인간주의에서 상생의 우주주의로 나아가야 한다는 생각을 하기는 하지만, 개를 인격체人格体로 받아들이지 못하고 견격체犬格体로만 인식했다. 자신을 물던 개가 생각나면 「길」이라는 시*를 떠올리곤 했다.

---

* 시 전문은 이렇다. "사람에게는 사람의 길이 있고 / 개에게는 개의 길이 있고 / 구름에게는 구름의 길이 있다. / 사람 같은 개도 있고 / 개 같은 사람도 있다. / 사람 같은 구름도 있고 / 구름 같은 사람도 있다. / 사람이 구름의 길을 가기도 하고 / 구름이 사람의 길을 가기도 한다. / 사람이 개의 길을 가기도 하고 / 개가 사람의 길을 가기도 한다. / 나는 구름인가 사람인가 개인가. / 무엇으로서 무엇의 길을 가고 있는가."

타산지석

"인간은 두 개의 돌을 가지고 살아야 한다" 하고 그의 도씨가 말했다.

한 개의 돌은 거울(석경石鏡 혹은 귀감龜鑑)이고, 다른 한 개의 돌은 숫돌이다. 다산 정약용이나 원효 같은 분을 귀감으로 삼아 살고, 못된 짓을 하는 사람을 내 지혜의 날을 벼리는 숫돌로 삼아 살아야 한다는 것인데, 그 숫돌을 타산지석他山之石이라 생각하라고 도씨는 말했다. 숫돌로 삼을 사람이 개와 함께 다니는 박 노인이라고 점찍어주었다.

정자에 앉은 채 수시로 얼굴색을 바꾸는 해협의 수면과 그 위에 떠 있는 하늘을 통해 삶의 생기와 시와 세월을 낚다가 가끔 대하게 되는 사람이 늘 개를 데리고 다니는 박 노인이었다.

"우리 집에는 쥐새끼 한 마리 얼씬 못 해예, 고양이도 마찬가지로 얼씬 못 하지예. 주인이 외출하면서 따라오지 말고 집을 지키라고 하면 이놈은 어김없이 집을 보는디, 그때는 어느 누구도 들어와서 연장 하나 못 가져간다고예. 만일에 무엇이든지 가지고 가면 두 발로 서서 앞발을 그 사람 가슴에 탁 걸치고 막는 것이여. 만일 그 사람이 거절하면 물어버린다고예."

박 노인이 개의 영리함을 당당하게 자랑하지만 그는 자기 냄새를 맡으며 살피는 그 개가 싫었다.

그의 도씨는 개를 데리고 다니는 박 노인을 '멀고도 가까운 친구'로 삼으라고 했다. 너무 가까이 사귀어도 안 되고, 너무 멀리해도 안 되는 이기적인 사람이라는 것이었다.

박 노인은 정자로 와서 그에게 수작을 붙였다.

"서울 양반, 할멈을 멀리 떠나보내고 적막해서 어떻게 사는기요? 홀애비는 끼니때 밥 지어 먹기가 힘들어서 혼자 못 살아예. 새로 사람 하나 얻으이소. 내가 중매 서주께. 읍내 사는 우리 친척 중에 좋은 새각시처럼 고운 홀엄씨가 있어예. 올해 일흔 살이라 궁합도 아주 딱 맞을 기구만. 우리 저놈도 그 홀엄씨한테서 분양받아 왔어예. 그홀엄씨가 영리하고 이쁜 개들을 몇 마리 키우는디 사람이 아주 천사라예. 짐승한테도 그렇게 잘하는데 새로 영감을 얻으면 영감한테는 또 얼마나 잘하겠어예?"

그는 고개를 저으며 "사양하겠습니다" 하고 말했다. 박 노인의 수작은 자존심을 상하게 했다. 떠나간 아내를 '할멈'이라고 부른 것, 키우는 개들한테 잘한다는 칠십 세 홀엄씨를 중매해준다는 것부터가 비위 상하는 일이었다. 키우는 개들에게 잘하니까 사람에게 더욱 잘하리라는 것은 말이 안 된다. 사람과 사람 사이의 사랑이란 논리적인 것이 아니라고 그는 생각했다.

박 노인은 그의 정자가 자리한 정원과 좁은 차도 하나를 사이에 두고 자기네 밭이 펼쳐져 있어서 늘 그것을 둘러보러 오곤 했다. 190센티미터쯤 되는 후리후리한 키에 뼈대가 굵지만 어깨와 등이 구부정하게 휘어진 박 노인은 젊은 시절 씨름판에서 송아지를 끌어오곤 했다고 마을 이장이 그랬다.

박 노인은 그의 생각과 삶을 자기 식으로 바꾸려고 들었다. 그가 한 해에 서너 차례 예초기를 짊어지고 땀을 뻘뻘 흘리며 정원의 잔디와 정원석 사이사이에 자라는 풀을 깎는 것만 보면 못마땅해했다.

"서울 양반, 뭘 그렇게 힘들게 풀을 깎고 사는기요? 농약통하고 제초제 한 병을 사다가 한두 번 지져버리면 간단한디? 마당에다가 잔디는 무얼 하게 심었는기요? 나 같으면 싹 파내고 시멘트로 발라버리겠소."

박 노인의 밭은 700평쯤인데 두 뙈기로 나뉘어 있었다. 아래쪽에 100평쯤의 밭이 있고, 그 위쪽에 산모퉁이로 돌아가는 실뱀길이 가로로 그어져 있는데 그 실뱀길 위에 2미터 높이의 언덕이 있고 그 언덕에서부터 600평쯤의 약간 비탈진 밭이 펼쳐져 있었다. 박 노인은 그 밭을 육십 대 중반의 김씨 부부에게 해마다 쌀 두 가마니씩을 받기로 하고 내주었다.

그 두 뙈기의 밭을 경작하는 김씨 부부는 그 밭에 옥수수나 고추나 차조나 들깨를 심곤 했다. 김씨 부부는 다른 사람들의 밭도 많이 부쳐 짓기 때문에 박 노인네 밭둑의 풀을 제대로 베어주지 못했다. 밭둑에는 명아주, 바랭이, 달개비, 실망초, 환삼덩굴, 도깨비바늘, 도깨비방망이(도꼬마리), 억새, 모시나무 들이 헌걸차게 자라면서 서로 세력 다툼을 하는데 박 노인은 그것들을 그냥 두고 보지 않았다.

박 노인에게는 그 풀들을 큰 힘 들이지 않고 없애는 묘책이 있었다. 노란 플라스틱 농약통에 제초제를 풀어 짊어지고 와서 밭둑의 잡풀들이 푸르러지기가 무섭게 살포하는 것이었다.

제초제 세례를 받은 풀들은 이튿날 잎사귀들을 축 늘어뜨리고, 그다음 날 데쳐놓은 듯 거무스레하게 변했다가 며칠 뒤에는 검누르게 변하면서 시들어졌다.

그는 박 노인이 뿌리곤 하는 제초제가 무서웠다. 그것은 식물의 신경을 마비시켜 서서히 죽어가게 하는 것이라 했다. 그는 그것을 원자탄이나 수소탄과 더불어 인간이 만든 사악한 것들 중 하나라고 생각했다. 아내가 떠나가고 세상이 적막강산인 듯싶어졌을 때 제초제를 사다 먹고 죽어버릴까 어쩔까 생각한 적이 있었다. 그때 그의 도씨가 반발했었다.

"지금 무슨 생각을 하는 거냐, 너에게는 아직 시간이 있다."

그런데 놀랍게도 박 노인은 제초제를 뿌릴 때 코와 입을 마스크로 가리지 않았다.

스카이룸에는 셀린 디옹의 청아한 목소리가 잔잔하게 깔리고 있었다. 그는 삼사십 대의 청년같이 카랑카랑한 목소리로 말했다.

"제 도씨가 '상생의 섭리를 무시하는 저 박 노인은 틀림없이 제초제로 인해 제 명대로 살지 못할 것'이라고 예언을 했어예. 저는 박 노인에게 '남한테 세를 받기로 하고 내준 밭인데 왜 그렇게 밭둑의 풀을 영감님이 손수 죽여 없애려고 하시는기요?' 하고 물었지러. 박 노인은 얼굴을 일그러뜨리고 말했어예. '내 밭둑에 잡풀이 자라고 있으면 그것들이 내 살을 파묻고 들어오는 것 같아예.'"

제초제를 뒤집어쓴 밭둑의 풀들이 데쳐놓은 듯싶은 냄새를 풍길 때 박 노인은 정자에 앉아 있는 그에게 와서 제초제의 신통한 효력에 대하여 감탄 어린 목소리로 말했다.

"누가 만들었는지 그 풀약, 진짜로 편리하게 잘 만들었어예. 옛날에는 풀을 일일이 땀 뻘뻘 흘리면서 낫으로 베거나 호미로 맸는디 지금은 그럴 필요가 없어졌어예. 일 년에 서너 차례만 풀약으로 지져버리면 만사 오케이라예."

그가 걱정스러운 목소리로 "그거 뿌릴 때는 장화 신고, 마스크 쓰고, 바람을 등지고 하이소. 그 약 아주 독한 것입니대이. 그거 뿌리다가 조금만 바람결에 들이마셔도 후유증이 무섭게 나타나는 기라예. 그 후유증은 천천히 나타난다고 들었습니다. 그것, 미국 군인들이 베트남에서 베트콩하고 싸울 때 무성한 원시림을 비행기로 살포해서 죽인 독한 약인 기라예. 베트남에 파병됐다가 돌아온 우리나라 사람들 가운데 제초제 후유증으로 고생하는 사람들이 아주 많습니더" 하고 말하자 박 노인은 세차게 도리질을 하며 말했다.

"천만에. 내가 풀약이 막 나오면서부터 시방까지 사용했는디 나 이렇게 성성해예. 그것을 병째 들고 마시지만 않으면 되는 기라예."

얼마쯤 뒤, 박 노인의 얼굴을 한 달 가까이 볼 수가 없어서 어인 일인가 하고 옆집에 사는 김 영감에게 물으니 "그 사람, 무단히 체중이 떨어짐서 복수가 차고 밥을 잘 먹지 못하고 시들부들하니께 자식들이 서울 병원으로 모시고 갔다 카대예. 진찰해보니 백혈병에 간암이라고…… 그래서 입원을 시킨 모양이대예" 하고 말했다.

석 달쯤 뒤, 김 영감이 와서 박 노인이 조금 좋아져 자기 집으로 내려와 요양 중이라는 말을 전해주었다.

산책하고 돌아와 정자에 앉아 바다를 내려다보는데, 박 노인이 자기네 밭둑 가장자리에 모습을 드러냈다. 박 노인은 전과 마찬가지로 개를 데리고 왔다. 늦은 여름의 화창한 날 오전이었다. 박 노인은 천천한 걸음으로 약간 비탈진 길을 올라오다가 잠시 멈추어 서고 다시 올라오다가 멈추어 서곤 했다. 그의 도씨가 확신에 찬 말투로 말했다.

"봐라, 저 박 노인 반 이상 허물어졌다."

박 노인의 개는 또 그에게 달려와서 그의 몸 여기저기를 속속들이 검색하듯 냄새를 맡았다. 개의 주둥이가 가랑이와 사타구니에 스칠 때마다 그는 진저리를 쳤다. 그 개에 대한 싫은 정을 어찌하지 못한 채 길에 서 있는 박 노인 앞으로 가서 허리와 머리를 깊이 숙이며 "많이 편찮으시다는데도 병문안을 못 가고 여기서 뵙네예. 죄송합니더" 하고 정중하게 인사를 건넸다.

장대같이 큰 박 노인의 몸은 앙상해져 있었다. 얼굴 살갗에는 어두운 보랏빛 저승꽃들이 전보다 선명해지고, 광대뼈는 더욱 튀어나오고, 볼은 우묵 들어가고, 눈동자에는 총기가 없고, 흰자위는 놀놀하고, 뭉툭한 코가 덩실 높아져 있었다. 한껏 커진 콧구멍에는 검은 어둠이 담기고, 입을 반쯤 벌린 채 숨을 가쁘게 쉬고, 주름살 많은 이마가 훤하고, 하얀 머리칼은 빗질하지 않아 부스스하고, 모가지가 가늘어지고, 눈두덩이 진한 잿빛을 띠었다.

"걸어 다니는 송장이네" 하고 그의 도씨가 말했다.

박 노인은 대수롭지 않게 쉰 듯한 목소리로 말했다.

"밥맛이 없어서 조깐 시들부들해진 것을 애들이 억지로 끌고 가서 비싼 병원에다가 입원을 시키고 자꾸 피 빼고 소변, 대변 받아다가 검사를 하고 엑스레이다, 초음파다, 시티다, 엠알아이다를 찍어대고, 알 수 없는 주사를 수도 없이 놓고…… 그랬는디 인제는 웬만치 좋아졌어예."

잠시 한숨을 돌린 박 노인은 자기네 밭둑을 턱으로 가리키고는 한심하다는 표정을 지으며 말을 이었다.

"허허어, 저것 조깐 보이소. 내가 없는 틈에…… 아주 묵정밭이 되아뿌렀네예."

틀니를 빼놓고 나온 박 노인은 합죽이처럼 불분명한 발음으로 어눌하게 말하고 있었다. 그의 도씨가 말했다.

"사람이 많이 마르면 틀니가 헐렁헐렁해져서 끼고 살 수 없게 되는 법이다."

박 노인은 얼굴을 일그러뜨린 채 자기네 밭둑의 잡풀들을 노려보았다. 걸어 나온 송장 같은 박 노인의 결연한 표정을 보면서 그는 진저리를 쳤다. 무너지면서 광적으로 발악하는 한 인간과 무성한 잡풀들의 살벌한 전투를 예감했다. 그를 진저리 치게 하는 것은 박 노인의 우묵 들어간 눈에서 흘러나오는 빛이었다. 개구리를 향한 독사의 눈빛, 무자비한 살의였다.

그의 도씨가 말했다.

"저 독한 빛은 세상의 굽이굽이에 숨어 있는 악마적인 저주의 아우라나 홀로그램이다. 저 노인은 쇠약해진 몸으로, 다시 제초제로 저것들을 지져 죽이려고 나설 것이다."

박 노인은 이튿날 아침나절 일찍이 금방 허물어질 듯한 몸으로 노란 분무기를 짊어지고 나타났다. 분무기 통 속의 물이 출렁거림에 따라 약간씩 비틀거리며 밭둑의 무성한 잡초들 앞으로 나아갔다. 박 노인의 개는 항상 그랬듯 그를 따라왔다.

그는 정자에 앉은 채 박 노인이 사력을 다해 제초제 뿌리는 것을 보고 있었다. 억새가 무성한 남쪽 밭둑, 명아주와 도깨비방망이와 도깨비바늘이 엉클어진 동쪽 밭둑, 모시나무와 환삼덩굴이 무성한 북쪽 밭둑에 분사하고 난 박 노인은 빈 분무기를 짊어진 채 비탈길을 허청허청 느리게 내려갔다. 여느 때와 마찬가지로 그의 바짓가랑이와 허벅다리와 사타구니를 검색하던 개는 박 노인을 앞장서서 가고 있었다.

박 노인네 밭둑의 풀들이 거무죽죽하게 시들어지던 날, 박 노인의 호흡이 심하게 가빠진 까닭에 서울 병원으로 실려 갔다고, 이웃집 김 영감이 말했다. 이어서 그가 묻지도 않은 말 하나를 전했다. 박 노인의 집에 들어갔다가 개한테 물린 한 아주머니가 병원 치료를 받고 왔는데, 많은 동네 사람이 그 개를 잡아먹어야 한다고 주장한다는 것이었다. 김 영감은 개고기를 아주 좋아했다. 예전부터 마을에서는 사람을 문 개는 무조건 잡아먹는 풍습이 있다고 김 영감은 말했다.

"그런데 그 집 사람들은 개가 워낙 영리한께 없애서는 안 된다고, 이제부터는 묶어놓고 키우겠다고 한다는디 어떻게 될지 모르겠어예."

박 노인이 죽는다면 그해 들어서만 마을에서 그의 아내를 포함하여 네 번째 노인이 죽는 셈이었다. 노인들이 한 사람씩 사라지는 일 때문에 그는 쓸쓸해지고 세상이 허무해졌다. 다른 시골 마을에는 빈 집들이 하나둘 늘어난다지만, 지족 마을 집들은 양지바른 데다 내다보이는 바다 풍광이 좋은 까닭으로 외지 사람들에게 팔려 새로이 개축되거나 전혀 낯선 별장으로 둔갑하고 있었다. 그가 죽고 나면 그의 집도 머지않아 그런 처지가 될 것이다 싶었다.

그런 생각을 하는 그에게 도씨가 희망을 잃지 말고 외로워도 하지 말고 꿋꿋하게 살아가라고 말했다. 도씨는 외로워하는 그를 위로해 주고, 기발한 시를 가져다주고, 급변하는 세상을 향하여 아웃사이더의 시각을 제공해주었다. 그것은 선禪과 다름없었다. 역설이고 반전이고, 고정관념에서 벗어나기이고, 자연 친화적으로 느리게 살아가기이고, 초현실적인 시각으로 응시하기이고 초연해지기였다. 그의 도씨는 사방팔방, 우주로 뻗어나가는 안테나 노릇을 하고 있었다.

하늘의 소리

"12월 11일, 시미친 후배들이 송년회를 하자고 청해서 남강행 버스에 올랐지예. 남강의 시단을 이끌어간다고 해도 과언이 아닌 김보살 시인이 저를 잘 챙겨줍니다."

그는 와인을 한 모금 마시고 나서 말했다.

남강시에 들어섰을 때 차창 밖으로 초혼된 넋처럼 내린 첫눈이 소담스럽게 쌓인 소나무 숲을 내다보는데 아내가 생각났고, 속에서 울컥 울음이 올라왔다. 창밖에는 살아 있는 듯싶은 눈송이들이 아직도 팔랑팔랑 춤추듯 흘러내렸다. 아내가 자기 모습을 하얀 첫눈으로 보여주고 있는지도 모른다. 그의 도씨가 "저 눈, 서설이다! 너에게는 아직 시간이 있다"* 하고 중얼거렸다.

시간이 남아서 불교 도서를 취급하는 서점에 들렀다가 무쇠로 지은, 까만 굴뚝새처럼 앙증스러운 풍경風磬을 발견했다. 도씨가 "저것, 하늘의 소리다! 토굴 처마 끝에 달았으면 좋겠다" 하고 말했다. 두 개를 골랐다. 하나씩 흔들어 맑고 향기로운 소리를 확인하고, 돈

---

* T. S. 엘리엇의 시 「J. A. 프루프록의 연가」의 한 대목. "유리창에 등을 비비대며 거리를 미끄러져 가는 노란 안개에도 확실히 시간은 있을 것이다. 앞으로 만날 얼굴들을 대하기 위하여 한 얼굴을 꾸미는 데도 시간은 있으리라, 시간은 있으리라. 살해와 창조에도 시간은 있으리라."

을 건넨 후 그것들을 가방에 넣었다. 도씨가 속삭였다. "천녀天女들이 날아와서 흔들어 청아한 하늘의 오묘한 뜻을 표현해주는, 신화의 소리 두 줄기가 네 가방 속에 담겨 있다."

서점을 나오는데 조그마한 옷가게 안에서, 보라색 임신복을 걸친 한 작달막한 앳된 여자가 울긋불긋한 아기 옷들을 진열하고 있었다. 그의 도씨가 "저 여자에게도 시간은 있다" 하고 말했다. 그 여자의 배가 위태롭게 느껴질 정도로 둥둥하게 불러 있었다. "저 여자의 자궁 속에서 머지않아 알 수 없는 시간의 소유자가 태어날 것이다."

"시간이란 무엇이냐?" 그가 묻자 도씨가 말했다. "시간이라는 것은 '신神'과 '진리'의 또 다른 이름이다. 시간은 죽음이 없는 잔인한 존재로서 지속 가능한 미래가 보장되지 않은 것들을 사정없이 소멸시킨다. 시간은 인간에게 늘 미래를 만들 기회를 준다. 소를 잃고 난 자에게 외양간을 고칠 미래를 제공한다. 그렇지만 외양간을 제대로 손질하지 않는 자들을 매정하게 퇴출시키는 잔혹한 것이 시간이다. 순간을 영원처럼 살고 영원을 순간처럼 살아야 한다. 영원이라는 것은 수많은 순간순간이 집적된 결과물이니까. 외양간 고칠 시간을 지혜롭고 게으르지 않게 활용해야 한다."

몽정

송년회장에서 얼근하게 취했는데 문득 아내가 떠올랐고, 울음이 속에서 치밀어 올라왔다. 도전적으로 벌떡 일어나서 시 한 편 「내가 늘 하늘을 쳐다보는 것은」을 낭송하고 박수를 받고 뛰쳐나왔다. 택시를 타고 남해 창선의 토굴로 돌아온 그는 도씨가 보채서 추녀 끝에 풍경을 달며 그의 주변을 맴돌 듯싶은 아내의 혼령에게 말했다.

"여보, 내가 혼자서 이 하늘의 소리를 듣고 사는 것이 샘나면 늘 날아와서 들어봐!"

그는 코가 시큰해졌다. 아내와 살던 젊은 날을 떠올리며 조금 울다가 잠자리에 들었다. 꿈에서 아내와 사랑을 나누다가 몽정했음을 느끼며 박차고 일어났다. 욕실에 가서 끈적거리는 정액이 묻은 사타구니와 남근을 물로 씻고 팬티를 갈아입으며 울었다. 늙은 그의 생식기가 아직 정자를 생산하고 있다는 사실이 슬펐다.

아침에 일어나자 창밖이 소란스러웠다. 바람이 일어나 있었다. 추녀에서 땡그랑거리는 하늘의 소리를 들으며 시 한 편을 썼다. 다시 읽어보고는 시시하다 싶어 지워버렸다. 풍경 소리는 겨울 허공의 향기로운 음악이었다. 보건체조를 하고, 전날 먹다가 남은 매운탕을 데워 아침밥을 먹는데 그의 도씨가 "너에게는 아직 시간이 있다" 하고 말했다.

버스를 타고 읍내로 나가 은행에 들러 자식들이 통장에 넣어준 돈을 확인했다. 한 놈은 제 어머니가 하던 보쌈집을 하고, 다른 한 놈은 카페 둘을 운영하고, 딸은 사위와 더불어 무역상을 하고 있었다.

병의원에서 부정맥, 천식 기침 감기, 알레르기, 전립선비대증의 처방전을 받고, 약국에서 약이 나오기를 기다리는데 그의 도씨는 또 말했다. "너에게는 아직 시간이 있다."

이튿날 아침에 해협을 달려가는 쾌속 어선을 보는 순간, 레포츠용으로 쓸 수 있는 어선 한 척을 사고 싶어졌다. 토굴에 갇혀 있기만 하면 안 된다. 우울한 침잠에서 일탈할 필요가 있다. 사람은 자신을 가두고 양생하기도 해야 하지만 스스로를 자유롭게 풀어놓을 줄도 알아야 한다. "진정으로 웃으려면 고통을 참아야 하고 그 고통을 즐길 줄 알아야 한다"는 채플린의 말을 생각했다. "불행해하면 인생이 너를 비웃을 것이고, 행복해하면 인생이 너에게 웃음 지을 것이다."

그의 도씨가 동의했다. "그래, 너에게는 연안 바다에서 타고 즐길 배 한 척을 살 능력이 있지 않으냐. 엔진은 일본 혼다나 스즈키에서 나온 것이 좋다더라. 독거노인성 우울증을 털어버리고 남은 세월을 즐겨라. 출렁거리는 파도를 헤치고 다니다가 낚시질을 하여 회를 초고추장에 발라 와인을 곁들여 먹기도 하고…… 신나는 음악도 싣고 다니며 즐겨라. 너에게는 아직 시간이 있다."

그래, 나에게는 아직 시간이 있다, 하고 생각하며 그는 통장의 돈을 헤아렸다.

저승문 앞의 세 번째 남자

포구의 덕흥수산 장 사장이 좋은 배 한 척이 매물로 나와 있다고 말했다. 그는 황홀한 꿈에 젖어들었다. 그 배를 타고 삼천포나 통영에도 가고, 한려수도 연안을 누비며 다니고, 주위의 이런저런 무인도에도 가고, 낚시질을 해서 생선회와 와인을 즐기고, 시미친 친구들을 불러 태워주기도 하고…… 그러면서 사는 것이다.

장 사장을 만나기 위해 포구의 선창으로 나가려 하는데, 마을 앞 전신주에 걸린 확성기에서 이장의 카랑카랑한 목소리가 날아왔다. 박 노인의 운구차가 마을 앞의 사장 마당에 도착하여 바야흐로 거리제를 준비하고 있으니 조문할 사람은 지금 하라는 것이었다.

그는 사장 마당으로 가서 거리제의 제상 안쪽에 세워져 있는 박 노인의 영정 앞에 절을 했다. 어두운 자주색 배경의 컬러사진 속 박 노인은 어디인가를 노려보고 있었다. 자기네 밭둑에 무성하게 엉킨 억새나 환삼덩굴이나 도깨비방망이 풀을 노려보던, 그 독 어린 눈빛이었다.

박 노인의 영정 앞에서 우는 사람은 아무도 없었다. 까만 상복을 입은 채 조문객을 맞는 자식들은 이미 울 만큼 다 울었는지 슬픈 표정이 아니라 무덤덤한 표정을 짓고 있었다. 사람은 늙으면 다 사라진다. 나도 이렇게 소멸될 것이다, 하고 생각하며 그는 준비한 봉투를 부의함에 넣었다.

몸이 깡마른 데다 얼굴이 거무튀튀한, 폐암 말기 판정을 받고 투

병하는 이장은 삼겹살 안주에 소주를 한잔하시라고, 그를 음식상 앞으로 이끌고 갔다. 박 노인이 간암과 혈액암을 동시에 앓았는데 이틀 전에 갑자기 간경화가 일어나 급사했다고 했다. 이장은 그의 얼굴을 흘긋 보고 나서 코를 찡긋하면서 덧붙였다.

"한 선생님, 한사코 건강하게 즐기면서 사이소. 죽방렴에서 잡히는 싱싱한 것들을 사다가 잡수시고 술도 한 잔씩 하시고, 가능하면 젊은 우렁이 각시도 하나 얻어 외롭지 않게 사시고……. 우리 마을에서 한 선생님이 이제는 '넘버 쓰리 맨'이라는 것 아시는기요?"

이장은 손가락 셋을 꼽아 보였다. "최성갑 노인이 팔십팔 세로 넘버원 맨이고, 팔십삼 세인 김동진 노인이 넘버 투 맨이고, 팔십 세를 눈앞에 둔 한 선생님이 세 번째입니더."

그의 도씨가 저승에는 나이순으로 가지 않는다고 중얼거렸고, 그는 도전적으로 몸을 일으키고 포구를 향해 갔다.

물새 같은 배 한 척

스카이룸에는 세라 브라이트먼의 목소리가 흘렀다. 아기자기하고 간드러지게 연주되는 음악이 내 몸의 성감대聲感帶를 자극했다. 겨드랑이에서 으스스 일어난 전율이 온몸으로 번졌다. 여가수의 아릿한 목소리에 반응하는 나의 성감대聲感帶는 성감대性感帶와 같은 곳에 포진되어 있었다. 생명력 넘치는 음악에는 육체가 민감하게 반응한다.

그는 와인 한 모금을 마시고 나서 이야기를 계속했다. 청년의 목소리처럼 기운찼다.

"포구를 향해 가면서 저는 이제 내 나이 팔십이 다 되었는데 앞으로 그 배를 타면 얼마나 탄다고 그것을 사야 하느냐, 하고 스스로에게 물었어예. 그러니까 도씨가 무슨 소리를 하는 거냐고, '너에게는 아직 시간이 있다'고 하더라고예. 저는 바쁘다는 덕홍수산 장 사장을 붙잡고 포구에 나와 있다는 배가 어떻게 생겼는지 한번 보러 가자고 했지예. 가서 보니 그야말로 하얀 물새같이 늘씬한 배더라고예. 당장 선주를 불러내서 시운전을 해보고 나니께 환장하게 가지고 싶어서 그것을 그냥 눈 딱 감고 사버렸어예."

밤 11시가 지나 있었고, 그와 나는 와인에 얼근히 취해 있었다.

"뜬구름 같은 좀비 시인의 허접쓰레기 같은 이야기를 들어주시느라 힘드셨지예?"

나는 도리질을 했다. "아니요. '저승길은 나이순으로 가는 것이 아니다', '나에게는 시간이 있다'라고 늘 스스로를 일깨우면서 사는 한 시인의 모습이 슬프면서도 아주 재미있고 고맙습니다."

그는 내가 잘 객실 문 앞까지 나를 데려다주고 "내일 아침밥을 함께 드시지예. 보통 몇 시경에나 일어나시는기요?" 하고 물었다. 나는 7시 반이 좋겠다고 말했고, 그는 정중하게 허리를 굽혀 인사하고 성큼성큼 자기 방으로 갔다.

몸 공연

그와 나는 뷔페식당에서 아침밥을 먹었다. 아침 샤워를 했는지 그의 얼굴과 머리 모양새는 말끔하게 다듬어져 있었는데 어찌 된 일인지 그는 나와의 대면을 면구스러워했다. 그 까닭을 나는 아침 식사를 마친 뒤 서쪽 강변의 한 커피숍에 가서 알게 되었다. 그 커피숍은 간밤에 시 낭송회를 주관한 김보살 시인과 만나기로 한 장소였다.

"저는 곤혹스러우면서도 꿈같은 하룻밤을 보냈어예."

간밤, 나와 헤어져 호텔 방으로 들어가자마자 그는 가방에서 약봉지를 꺼내서 전립선비대증 치료약을 삼켰다. 아내가 살았을 적부터 꾸준하게 아침과 저녁에 한 알씩 먹어온 약이었다.

욕실에서 나와 살갗에 묻어 있는 물방울들을 수건으로 닦아내고, 가방에 넣어 온 잠옷을 꺼내 입고 침대에 누우려는데 초인종이 울렸다.

그가 문을 열었을 때 들어선 사람은 낯선 젊은 여자였다. 자락이 무릎을 가리는 회색 외투를 걸쳤는데 길게 늘어뜨린 흑갈색 생머리, 헌칠하게 뻗어 내린 다리, 굽 높은 금빛 샌들 밖으로 드러난 하얀 목련꽃 같은 발, 갸름한 얼굴에 쌍꺼풀인 눈매, 부드럽게 솟아 있는 코, 발그스름하게 도톰한 입술, 조개껍데기처럼 동그스름한 귀…… 미인도에서 걸어 나온 듯싶었다.

그녀는 어리둥절해 있는 그를 향해 배꼽 부위에 두 손을 모으고 고개를 숙여주었다. 기다랗게 휘어진 속눈썹 속에서 깊이를 알 수 없는 호수 같은 눈망울이 그의 얼굴을 세차게 흡입했다. 그 눈 속으로 그의 심장, 간, 쓸개 따위가 빨려 들어가고 있었다.

그녀에게서 알 수 없는 꽃향기가 날아왔고, 그의 몸에는 전율이 일어났다. 얼굴이 화끈 달아올랐고 가슴이 뜨거워졌다. 그녀가 몸을 파는 여자인지도 모른다고 생각했고, 그는 당혹감에 사로잡혔다. 이 여자가 다른 방으로 들어가야 하는데 잘못 들어온 것이라고 생각되어 "저는 부르지 않았는데예?" 하자 그녀는 도리질을 하며 "아니요, 제대로 왔어요" 하고 빙긋 웃었다. 약간 쉰 목소리에 쨍 울리는 금속성이 섞여 있었고, 경상도 억양이 약간 스며 있기는 하지만 또박또박 표준어를 쓰고 있었다. 그 여자는 그에게 허락을 얻으려 하지 않고 외투를 벗었다. 양쪽 젖가슴이 강조되도록 꽉 조이는 청색 블라우스에 엉덩이만 가렸을 뿐인 짧은 흰 치마가 드러났다. 탐스러운 허벅지와 그 아래로 뻗어 내린 다리와 한쪽 손목에 낀 반투명의 보라색 팔찌가 그의 눈을 어지럽혔다.

"누가 보냈어예?"

그가 항의하듯 물었지만 그녀는 수줍게 웃기만 하고, 자기 외투와 그가 소파 위에 벗어놓은 옷들을 가져다가 옷장 안에 나란히 걸었다. 그는 그 여자를 들여보낸 범인으로 조금 전에 헤어진 옆방의 동명이인을 점찍었다.

"당신을 들여보낸 그 사람한테로나 가이소."

"오해 마셔요. 선생님. 저는 오늘 밤 선생님에게 몸 공연을 해드리러 왔어요."

"몸 공연이라니 그게 무엇인데예?"

그녀는 설명하려 하지 않고, 소파 앞에서 마치 허물을 벗듯이 옷을 하나씩 벗었다. 그가 말리고 어쩌고 할 새가 없었다. 그는 당황한 채 멍해져 있었다.

드디어 그녀가 알몸이 되었다. 백옥처럼 하얀 몸은 잘 빚어진, 박물관에 있는 신화 속 아프로디테 같은 예술작품이었다. 아메데오 모딜리아니의 작품 〈퐁파드르 부인의 초상〉처럼 목이 약간 긴 듯싶지만 동글납작한 얼굴과 쇄골, 부풀어 오른 두 젖무덤, 진보라색 젖꽃판 한가운데에 솟은 자그마한 오디, 아랫배 한복판에 거무스레하게 파인 배꼽, 약간 갈색을 띤 듯싶은 검은 거웃 속의 도도록한 음순, 양쪽 사타구니 바깥으로 늘씬하게 뻗어 내린 하얀 다리…… 황금 분할이 잘되어 있는 신의 작품이었다.

그의 가슴에서 일어난 후끈한 뜨거움이 전신으로 퍼졌다. 그의 겨드랑이, 그리고 아랫배 밑의 전립선과 요도에서 거북스러운 파동이 일었다.

그녀는 그가 걸터앉은 침대 앞에서 태연하게, 우아하면서도 요염하게 천천히 서너 걸음 걸었다.

앙증스러운 원뿔형 젖무덤의 오디는 약간 위쪽으로 쳐들려 있었고, 엉덩이는 대보름달을 연상시키는 하얀 백자 항아리 같았다. 그때 그는 두 젖무덤이 똑같지 않음을 발견했다. 왼쪽의 것이 오른쪽의 것에 비해 거짓말처럼 작은 듯싶었다. 원근으로 인한 착시 현상은 아

니었다. 그 깨진 균형 때문에 오히려 그녀가 한층 아름답게 보이면서
도 알 수 없는 결핍이 느껴졌다.

"선생님, 잠깐 기다리셔요" 하고 그녀는 욕실 안으로 들어갔고, 곧
샤워기에서 물이 쏟아지는 소리가 났다.

방 안에는 널찍한 더블 침대 하나뿐이었다. 신의 작품인 그녀를
침대에 혼자 재우고 자신은 바닥에서 자야 한다고 생각했다. 이미
오래전부터 발기부전증이 있었다. 아내가 살았을 적에도 맨살의 만
남을 멀리했다.

그는 로비로 전화를 걸어서 보조 담요 두 장을 가져다 달라고 말
했다. 직원이 곧 그것들을 가져다주었고, 그는 그중 하나를 소파 옆
바닥에 깔았다. 침대 위의 베개 하나를 가져다가 베고 다른 담요를
펼쳐 덮으며 모로 누웠다.

그는 눈을 반쯤 뜬 채 욕실에서 나온 그녀를 훔쳐보았다. 하얀 망
으로 머리채를 싸맨 채 담요 반쪽쯤 되는 하얀 수건으로 살갗에 비
늘처럼 맺힌 물방울들을 훔쳤다. 그녀가 하얀 망을 벗고 머리채 끝
을 한쪽 앞가슴으로 가져다가 털어 고르는 동안, 그는 그녀의 검은
머리채 사이로 기다랗게 드러난 뒷목을 보았다. 그는 나 몰라라 하
고 눈을 감았다.

그녀가 옆으로 다가오는 기척을 느낀 그는 눈을 감은 채 말했다.

"나는 침대에서 자면 허리가 아파예. 돌아가지 않고 여기서 잘 생
각이면 당신이 침대에서 자이소. 나 아랑곳하지 말고…… 피곤하니

까…… 불부터 죽여주고. 노인은 밤이면 한사코 숙면을 해야 하거든예."

그는 입안에 고인 침을 삼켰다. 감은 눈의 망막에 푸른 어둠의 너울이 어지럽게 휘돌고 있었다. 잠시 뒤 불을 끄고 난 그녀가 담요 자락을 들치고, 바람벽을 향해 모로 누워 있는 그의 옆으로 기어들었다. 그는 그녀에게 곁을 주고 싶지 않았다.

"나는 당신이 가까이 오는 게 싫어예. 침대에서 자이소" 하고 퉁명스럽게 말했다.

"안 돼요" 하고 그녀가 말했다. "저는 오늘 몸 공연을 해야 해요. 사실은 아까 시 낭송회장에 저도 있었고 출연도 했어요. 「백합꽃」이라는 시*를 낭송했는데…… 기억 안 나세요?"

사업

그녀의 말을 듣고 나니 어렴풋이 기억이 났다. 그 짧은 시를 낭송하던 여자는 달빛 색깔의 소복 차림을 하고 있었는데 그 여자가 이 여자란 말인가.

---

* 내 가슴 / 아무도 밟지 않은 눈꽃 나라의 꼭두새벽처럼 펼쳐놓았습니다. / 그 신화의 종이에 노을처럼 타오르는 사랑의 시 한 줄 써주십시오. / 진주 같은 씨앗 하나 품고 싶습니다.

등 뒤의 그녀가 그의 목 밑으로 한 팔을 넣고 다른 한 팔로 그의 옆구리를 끌어안으면서 말했다.

"저는 시 낭송을 즐기지만 그것은 그냥 취미로 할 뿐이고, 사실은 누드모델을 하고 살아요. 모델 노릇하는 것을 저는 공연이라고 말해요. 저, 프로여요. 사진 모델도 하는데, 그보다는 화가들의 크로키 모델을 많이 해요. 모델 노릇이라는 것은 우주적인 공연이어요. 요즘 사람들은 퍼포먼스라고들 말하지요. 제 몸 하나로 우주 속 모든 것의 영혼을 황홀하게 하고, 또 하나의 우주가 창조되게 하는 공연을 하는 거예요. 저는 몸 공연을 즐겨요. 공연을 할 때 몸은 저의 사적인 것이 아니고, 공공公共의 것이 되는 거예요. 제 몸을 본 사람들은 다 찬탄을 해요. 황금분할로 아주 잘빠졌다고요. 저를 청하기만 하면 부산이나 서울까지 가요. 모델 일은 사업事業이어요. 단순하게 이윤을 추구하는 재테크로서의 사업이 아녀요. '사업'이라는 말은 『주역』에 있어요. '군자가 천하의 눈에 보이지 않는 심오한 법칙道을 보고 그 형용을 모방하는 데 제 물건器을 이용해서 알맞게 형상화하여 인민을 위해 실행하는 것이 사업이라는 것이다.' 말하자면 제 몸 공연을 통해 관람자들에게 우주적인 진리를 깨닫게 하는 것이 제 사업이라고요. '군자'라는 말은 요즘의 '지성인'으로 번역해야 할 거라고 저는 생각해요. 그런데 아무리 유명한 작가일지라도, 아무리 모델료를 많이 준다고 할지라도 일대일 모델은 절대로 하지 않아요. 선생님이 만일 젊으신 분이었으면 아무리 비싼 공연료를 준다고 해도 이렇게 일대일로 밤의 몸 공연을 해주러 오지 않았을 거예요. 그런데 학처럼 깨끗한 노시인이시기 때문에 왔어요."

'몸 공연'이라는 말이 그의 가슴을 아침 노을빛처럼 밝혔다.

그녀는 한동안 잠자코 있다가 말을 이었다.

"지금 저는 선생님에게 약사여래의 화신으로 왔어요. 약사여래는 몸의 모든 기관 그 자체가 중생의 병을 낫게 하는 약으로 구성되어 있어요. 저와의 접촉으로 인한 신통한 치유를 제대로 받으시려면 맨살 맨몸이 되어야 해요."

그녀는 그의 잠옷을 허물 벗기듯 하나하나 걷어냈다.

"그 약이 무슨 약이냐 하면 뼈살이, 살살이, 숨살이 약이어요. 무조신巫祖神인 바리데기가 아미타 세상에서 가져와 죽은 부모를 살려낸 생명수여요. 제 약을 제대로 활용하면 회춘하시고 외로운 병, 슬픈 병, 우울병이 다 나아요."

그는 그녀가 건 최면에 걸렸고 죽은 듯 누워 있었다.

밀착되고 있는 그녀의 다사롭고 부드러운 몸에 대하여 그의 몸이 반응하고 있었다. 가슴 두근거림과 함께 매미 울음소리 같은 이명이 일어났다. 마음을 가라앉혀야 한다고 생각했다. 이 여자를 가지려는 탐욕을 버려야 하고, 무념무상이 되어야 한다. 심호흡을 했다.

한데 그녀가 제 얼굴을 그의 목덜미에 묻은 채 더운 숨결을 뿜으며 속삭였다. "저를 여자로 생각하지 말고 엄마처럼 생각하고 아기가 되셔요, 아니 여신처럼 숭배하셔요……." 그녀의 배릿한 입내가 콧속으로 스며들었다. 그게 그의 가슴을 뜨거워지게 했고, 모든 살갗의 모공들을 오므라들게 했다. 드디어는 오소소한 전율에 사로잡혔다.

"선생님 몸에 일어나는 전율 현상, 그게 약효인 거예요" 하고 그녀가 말했다. "오늘 밤 선생님의 몸과 영혼은 제 품속에서 하나의 신비한 악기가 되는 것이고, 저는 선생님을 연주하는 연주자가 되는 거예요. 안식과 치유로 나아가게 하는 여신의 연주요. 제 연주로 인해 선생님은 우울에서 벗어나 희망과 자신감을 찾고 회춘하시게 될 거예요."

그녀는 그를 그녀 쪽으로 돌아눕게 했다. 그는 그녀가 시키는 대로 따랐다. 이미 그녀의 신도가 되어 있었다. 그의 가슴에 그녀의 연식정구공 같은 젖무덤이 닿았고 배꼽 부분이 밀착됐다. 그의 심장이 더욱 빨리 뛰었고, 숨이 가빠지고, 전율 같은 이명이 울리고, 겨드랑이에서 귀뚜라미 울음이 들렸다. 그녀의 연주로 인해 악기인 그의 몸이 공명하고 있었다. 입안에 고인 군침을 삼켰다. 아랫배 인근이 미동하고 있었고 전립선이 거북스러워졌지만 남근의 발기는 이루어지지 않았다. 그는 인도 밀교의 한 종파 수도자들의 수도를 도와주는 여신 그루*를 생각했다.

그녀가 침을 삼키며 심호흡을 하고 나서 말했다.
"마음을 고요히 가라앉히는 호흡 수행법을 '안반수의'라고 합니다. 언제 어디서나 제가 몸 공연을 할 때는 이 호흡 수행법을 늘 활

---

* 이 소설의 제4화 '인도로 가는 길'에 상세히 진술되어 있다.

용하곤 합니다. 저 나름의 안반수의 수행법이어요(이것은 베트남 탁닛한 스님의 수행법과 비슷합니다). '안'은 팔리어 ana를 음역한 것으로 '들이쉴 숨'을 뜻하고, '반'은 anpan을 음역한 것으로 '내쉴 숨'을 뜻하고, '수의'는 의식을 집중하는 수행이어요. 즉 호흡을 통해 의식을 집중시켜 그 의식이 '텅 빔空'의 세계에 이르고 깨달음으로 나아가도록 하는 수행법입니다. 밀교에서의 '옴 마니 반메 훔(옴, 연꽃 속에 안기는 보석이여, 훔)'이라는 주문도 그와 비슷해요. '옴'은 들이쉴 숨이고, '훔'은 내쉴 숨이지요. 연꽃은 우주적인 여성 성기를 상징하고, 보석은 우주적인 남근을 상징하잖아요. 그 둘의 융합으로 인한 오르가슴 같은 깨달음의 환희를 얻겠다는 것이 그 주문의 목적인데 요즘 말하는 힐링일 거라고 저는 생각해요."

그는 몸에 일어나는 전율을 어찌하지 못한 채 악마의 유혹을 이겨내려는 수도자처럼 심호흡을 했다(사실은 이 여자의 몸 자체가 악마적인 유혹일지도 모른다고 생각했다. 이 여자의 몸은 동전의 양면처럼 여신의 아름다움과 악마의 독소를 동시에 지닌 것이다).

그녀가 아기를 잠재우기 위해 자장가를 부르듯 속삭였다.

"선생님, 천천히 호흡하면서 지금의 한순간 한순간을 편안하게…… 마음을 비우고 도를 닦듯이, 기도를 하듯이 보내야 돼요. 멍한 상태로 있으라는 것이 아니고, 여신의 몸 사랑을 깊이 느끼되 마음을 고요히 다잡으라는 것이어요. 혹시라도 저를 가지고 싶을지라도 절대로 가지려 하지 마셔요. 만일 가지려 하면 저는 뿌리치고 일어나서 그냥 가버릴 거예요. 사실은 저도 참고 있어요. 나이 드신 분은 몸과 마음에 사랑의 기(춘정)만 충전할 뿐 정精을 투사하지 않아야 한대요. 그래야 회춘이 된대요. 남녀가 단순하게 서로 사정을 하고 쾌락을 느끼는 것은 그냥 헛된 소비일 뿐이어요. 참으면서 채워지지 않는 결핍을 안타까워하면서 즐기셔야 해요. 참으로 즐기려면 고통을 참아야 한다고 채플린이 그랬어요. 참는 데 저는 이골이 나 있어요."

그녀는 심호흡을 하고 나서 "제가 비책을 가르쳐드릴게요" 하더니 잠시 뜸을 들이다가 속삭였다.

"옛날 옛적, 가산이 넉넉한 효자들은 홀로 된 늙은 아버지에게 동녀를 구해다 잠자리에 들여드렸대요. 비린내 나는 열두 살 내외의 동녀는 섹스를 모르는 여자아이잖아요? 늙은 아버지는 잠자리에서 발가벗은 채 동녀의 알몸을 안고 잤답니다. 배꼽과 배꼽을 마주 붙인 채. 그 이상의 행위는 하지 않고요. 밤마다 몸에 정이 생성되어 쌓이게 한 결과, 늙은 아버지의 흰머리 속에서 검은 머리가 솟아났대요."

그는 생각했다. 늙은이가 열두 살 전후의 동녀를 안고 자다니 얼마나 잔인한 일인가. 그것은 많이 가진 자의 악마적인 폭력이고 착취이다. 「복수초 꽃」이라는 시*가 떠올랐다.

---

* 가난하디가난한 홀아비 집에 열세 살 난 삘기 같은 딸 하나가 있었는디잉 / 석삼년이나 거듭된 흉년에 그 홀아비가 얼마나 배가 고팠던지 / 삘기 같은 딸을 부잣집

그와 배꼽을 마주 댄 채 그녀는 울었다. 울음 탓에 코맹맹이 소리로 속삭였다.

"저는 소녀 시절에 일찍이 문학병이 들었어요." 그녀의 코맹맹이 소리가 그의 몸 굽이굽이로 귀뚜라미 소리처럼 번졌다. "문학병이 뭔지 아시지요? 시나 소설만 읽느라고, 시도 소설도 동화도 수필도 아닌, 미분화된 형태의 글도 무엇도 아닌 것을 밤새워 쓰느라고 다른 공부를 하지 않고 누군가를 짝사랑하는 것이 문학병이잖아요. 짝사랑 상대는 국어 선생님이었어요. 제 아버지는 가난한 시인이셨는데 제가 초등학교 5학년 때 돌아가셨어요. 술병으로요. 어머니가 아버지처럼 문학을 하면 안 된다고 극구 말렸는데도 저는 초등학교, 중학교, 고등학교 때 여기저기 백일장을 휩쓸고 다녔어요. 장원도 해보고 차상이나 차하도 해봤어요. 더러는 장려상도 받아보고. 고등학교 2학년, 열여덟 살 때부터 해마다 초겨울이면 신문사들이 주최하는 신춘문예에 시나 소설을 응모하곤 했어요. 그런데 그때마다 떨어졌어요. 그렇지만 앞으로도 저는 계속 투고할 거예요."

그녀는 한동안 침묵하다가 길게 한숨을 쉬고 나서 속삭였다.

늙은 영감에게 / 겉보리 닷 되에 팔았더란다. / 그랬는디 부잣집 늙은 영감은 밤이면 / 그 삘기 같은 딸 배꼽하고 자기 배꼽하고를 마주 댄 채 끌어안고 자곤 했는디잉 / 어느 날 밤, 삘기 같은 딸이 아야 배야 하고는 측간에 가서 / 시렁에 목을 매달고 죽어버렸는디잉 / 그 삘기 딸의 넋이 새가 되어 밤이면 / 겉보리 닷 되 겉보리 닷 되 하고 울면서 날아다니는데 / 이튿날 아침이면 얼부푼 땅속에서 / 샛노란 꽃 한 송이씩이 얼굴을 내민단다.

"마음을 비우시고 편하게 주무셔요. 갓난아기가 된 마음으로 제 젖을 만지면서요. 아니 여신을 숭상하는 신도처럼요. 제 몸에서 신성과 모성을 느끼셔요."

'아기가 되어라. 신성과 모성을 느껴라!' 하는 말을 머리에 굴리면서 그는 그녀가 시키는 대로 그녀의 젖무덤에 손을 얹은 채 잠을 청했다. 손바닥에 닿은 오디가 아릿한 전류를 일으켰고, 그것이 그의 전신으로 번졌다. 입안에 군침이 돌았다. 그 침을 조심스럽게 삼켰는데 뜻밖에 소리가 컸다. 그녀도 군침을 삼켰다. 그녀가 자장가를 부르듯이 다시 마음을 비우시라고, 결핍을 참고 즐길 줄 아는 것이 참된 삶이라고 속삭였다.

'결핍을 참고 즐길 줄 아는 것이 참된 삶'이라는 말을 머리에 굴리고 또 굴리다가 어느 순간에 까무룩 잠이 들었다 싶었는데 눈을 떠보니 그녀가 어둠 속에서 조용히 옷장을 열어 옷을 걸치고 도둑처럼 소리를 죽이며 돌아가고 있었다. 그는 깊이 잠든 듯 숨을 죽였다.

복도에서 엘리베이터 소리가 들리고 난 한참 뒤에 불을 밝혔다. 그 여자의 아랫몸이 놓였던 자리에 노르스름한 체액이 마른 얼룩이 있었다. '결핍을 참고 즐길 줄 아는 것이 참된 삶'이라는 그녀의 말이 이명처럼 되살아났고, 가슴이 아렸다. 아차, 일어나 지갑에 들어 있는 돈을 모두 털어줄 것을 그랬다 하고 후회했다.

범인

홀 안에 진한 커피 향이 감돌았다. 그가 눈물 어린 눈으로 내 눈을 응시하고 추궁하듯 "제가 불쌍해서 그 여자를 들여보내셨어예?" 하며 휴지를 뽑아 눈물을 찍어냈다.

"아니에요. 제가 그러지 않았어요."

나는 고개를 세차게 젓는 것만으로는 부족하여 두 손을 들어 교차해 힘껏 저어 보였다. 그는 터져 나오는 울음을 감당하지 못하고 두 손바닥으로 얼굴을 가린 채 흐느꼈다.

그때 출입문이 열리고, 나에게 그를 조심하라고 귀띔해준 김 시인이 들어섰다. 김 시인은 "왜 또 그러시는기요?" 하고 그의 등을 토닥거리면서 나를 향해 고개를 까딱하고 한쪽 눈을 찡긋하며 빙긋 웃었다.

순간 나는 김 시인이 그 범인이라고 직감했다. 그도 그것을 알아차린 듯 어흑어흑 하고 더 크게 소리 내어 울었다. 김 시인은 어린아이를 달래듯 그의 윗몸을 끌어안고 등을 토닥이며 말했다.

"아이고 선생님, 얼른 따스하고 향기로운 품에 안겨 마음껏 어린양하고 살 새 신부를 들이셔야겠어예. 앞으로 이십 년은 더 살아야 하니까……."

제2화

실패는 중요하지 않다.
당신을 웃음거리로 만드는 것이 중요하다.

— 찰리 채플린

밤배

그것을 우연이라고 말할 수만은 없었다. 러시아의 모스크바와 대문호 도스토옙스키가 사랑한 운하의 도시 상트페테르부르크를 거쳐 핀란드의 헬싱키와 스웨덴의 스톡홀름과 노르웨이의 피오르드 풍광을 둘러보는 북유럽 패키지여행팀에 그와 내가 들어 있었다.

그는 전에 비하여 약간 마른 듯싶었고, 반곱슬머리는 더 희어졌고, 주먹처럼 뭉툭한 코는 더 덩실해진 것 같았다. 얼굴 살갗에 피어 있는 암자주색 저승꽃, 갈매기 날개처럼 꺾인 눈썹밭, 살짝 처진 눈꺼풀로 인해 거슴츠레하게 일자로 그어진 눈매, 고르지 않게 얼멍얼멍한 이는 그대로였다.

다만 눈빛이 전과 달라진 듯싶었다. 짝 잃은 수컷 노루의 눈빛에 어려 있는 듯싶던 처연한 그늘은 사라지고, 밝고 생기 어린 영롱한 반짝거림이 있었다.

무엇이 그의 눈빛을 달라지게 했을까.

그와 나는 반갑게 악수를 했다. 그는 악수만으로는 부족한 듯 왼쪽 팔로 내 상체를 끌어안으며 오른손으로 등을 토닥거려주었다. 나를 끌어안은 그의 팔에 힘이 실려 있었다. 팔십 세인 그에게서 활력

넘치는 청년의 분위기와 힘이 느껴졌다. 노인에게서 맡아지는 구중 중한 냄새가 아니라 알 수 없는 젊음의 향내를 맡을 수 있었다. 무엇이 그의 몸내를 달라지게 한 것일까.

"정말 반갑고 고맙습니다. 사실은 이 여행에서 선생님을 만나게 될지도 모른다는 예감이 들었어예. 정말 고맙습니더."

남강 변의 호텔에서 만난 지 한 해 만이었는데 그는 나와의 조우로 인해 흥분해 있었다. 혹시 몸 공연을 하는 여자와 계속 사귀고 있는 것 아닐까. 아름답고 싱싱한 여자는 한 노인의 삶에 기적 같은 일이 일어나게 했을지도 모른다. 내 머리에는 그가 호텔 방에서 꿈처럼 하룻밤을 함께했다는 백옥 같은 환상적인 여인의 모습이 스쳐 지나갔다.

"저 사람, 당신을 아주 많이 닮았어요."

아내가 귀엣말을 했고, 내가 아내에게 속삭여주었다.

"그래요, 영락없이 거울에 비친 내 모습이지요? 남강에 갔다가 만났는데 여기서 또 만나네요. 시 낭송을 아주 잘하는 낭만적인 음유 시인인데 나도 못 외우는 내 시들을 줄줄 외더라고요. 저 사람, 아내가 죽고 혼자서 외롭게 산다고, 처연해 보이고 우울한 기운이 흘렀는데 오늘은 분위기가 달라졌네요. 전혀 딴사람처럼."

아내가 고개를 갸웃하고 나서 "저 사람, 좀 전에 보니까 어떤 여자하고 같이 왔던데요?" 하고 말했고, 나는 그를 돌아보았다. 과연 한 여자가 그의 옆에 서 있었다.

크루즈 카페에서

핀란드의 투르크에서 스웨덴의 스톡홀름으로 향하는 거대한 유람선을 타고 밤바다를 건너가면서 그와 나는 선내의 카페에 마주 앉아 와인을 마셨다. 그 자리를 마련한 것도 그였다.

"한 선생님, 오늘 밤에 우리 둘이서만 한잔하고 싶은데…… 부인에게 양해를 좀 구해주시지예."

나와 더불어 나누고 싶은 이야기가 많은 눈치였다. '저하고 둘이서만'이라 말하지 않고, '우리 둘이서만'이라고 한 말이 귀에 걸렸다. '우리'*는 공동체 의식 혹은 두레 의식이 들어 있는 전통적인 말이다.

그는 튤립 꽃처럼 생긴 와인 잔의 가느다란 대를 잡고 천천히 돌리면서 거듭 맛과 향을 음미했고 취기로 약간 알딸딸해진, 음유시인다운 감상적인 목소리로 말을 뱉어냈다. 나로서는 처음 듣는 박자 빠른 선정적인 음악이 잔잔하게 흐르고 있었고, 선체가 가끔씩 거짓말처럼 느리게 기우뚱거렸다. 배는 이국의 깜깜한 밤 해협을 눈 부릅뜬 채 건너가고 있었다.

---

* 선인들은 '우리 아내', '우리 어머니', '우리 아들'이라 말하곤 했다. 전통 사회가 와해되고 개인주의 사회가 되면서 '우리'는 '나의'로 바뀌기 시작했다. '나의 아내'라고 말하는 사람들은 신식이고, '우리 아내'라고 말하는 사람들은 구식인 셈이다. 신식이란 도시적이고 사무적으로 세련된 방식이고, 구식이란 오지랖 넓게 많은 것을 아울러 품으려는 시골스러운 방식이다.

"우리는 정말 이상한 인연이네예. 생일은 언제이시지예? 저는 음력 8월 30일이고, 양력으로는 10월 17일입니더."

"아, 저도 그렇습니다. 우리는 정동갑이네요."

그는 내 손을 잡아 흔들며 웃었다. 그의 콧구멍이 흥분으로 벌름 거렸다. 얼굴 어느 구석에도 전에 보았던 우울한 그늘의 너울을 찾 아볼 수 없었다.

"10월이 생일인 사람은 천칭좌의 운명을 가졌다고 점성술사들은 말하지예. 어떤 일을 하든지 한동안은 그 일에 깊이 탐닉하는 듯하 지만 한없이 빠져들지는 않는 기라예. 어느 정도 기울어졌다 싶으면 한순간에 다시 재빨리 제자리로 돌아와버리는 균형 감각을 운명적 으로 가지고 있다는 것이지예. 말하자면 시궁창 냄새가 나는 진흙탕 세속에 몸과 뿌리를 묻고 있지만, 거기에 오염되어 이끼를 뒤집어쓰 지 않고 늘 파란 잎과 꽃을 피워 올리는 연蓮의 생명력이나 향기로 운 균형 감각 같은 것 말이지예."

그의 말마따나 나에게 들어 있는 그 운명적인 천칭좌의 균형 감각 때문인지, 내 속의 도깨비가 그를 너무 가까이하지 말라고 말했다. 그것은 동명이인인 데다 나를 쏙 빼닮은 그에 대한 반감이고 거부감 이었다. 그것 또한 일종의 균형 감각일 것이라고 생각했다.

반감과 거부감이 일어나는 상대를 만났을 때 나의 도씨는 얼굴을 내민다. 도씨는 나 자신도 예측할 수 없는 나의 어두운 무의식 세계 에서 산다. 구태여 규정짓는다면 도씨는 나의 자존심이자 저항 의식이고, 보호 본능이자 생명력이고, 정체성의 표상일 터이다.

자석은 같은 극을 밀어내고 다른 극을 끌어당긴다. 같은 극의 사람에게서는 자신을 느끼고 자기 치부를 발견하게 되므로, 그것은 결코 유쾌한 일이 아니므로 피하는 것이다. 나는 내 치부를 너그럽게 사랑할 수 있는 성인이 아니다. 그것은 나의 치기이거나 보수적인 옹졸함일 수도 있다.

그가 내 반감을 인지했는지 잠시 고개를 숙였다. 나는 속내를 들켰다고 생각했고 흠칫 놀랐다. 내가 태연하려 하는데 그가 흔연스럽게 고개를 들어 올리며 입을 열었다.

"사실 저는 지금 러시아와 북유럽 사 개국 패키지여행을 두 번째 하고 있어예. 멀리 떠나간 아내하고 함께 진즉에 이 여행 코스를 한 차례 다녀왔었지예."

"아, 네!" 하고 나는 고개를 주억거려주며 생각했다. 마주한 상대방이 자신에게 반감을 느끼는 듯싶을 때 당황해하는 것, 그러할 때 잠시 고개를 떨어뜨렸다가 용기를 내어 도전하듯이 말을 거는 것도 나와 비슷하다고 생각됐다.

"평생 사랑했던 사람과의 영영 이별이라는 슬픔 다음에 새로운 삶을 꿋꿋하게, 청년처럼 밝게 사시는 모습이 아주 좋아 보입니다."

그를 치켜세워주고 나서 나는 말했다.

"그런 면에서 선생님은 우리 부부의 선배이시네요. 우리 부부도 언젠가 하게 될 영영 이별을 대비하기 위해 이렇게 나섰습니다. 이미 여러 군데 여행을 했어요…… 건강이 받쳐줄 때 여한 없이 즐기자는 생각으로."

그는 내 시선을 이마로 받으며 와인을 한 모금 삼키고 나서 말했다.

"아내가 죽었을 때는 저, 울지 않았어예."

나는 그의 두 눈을 응시했다. 그가 말을 이었다. 다시 감상적인 목소리가 되어 있었다.

이별 연습

"이별 연습이란 크게 두 가지로 나눌 수 있는 기라예. 첫째는 세상과의 이별 연습입니더. 하늘, 땅, 바다, 산, 마을, 내리는 눈과 비, 이슬, 안개, 부는 바람에 고개를 젓는 나뭇잎, 발에 밟히는 모래와 조약돌, 날아다니는 새, 기는 벌레들을 세세히 영혼 속에 새겨두려 하는 것이 이별 연습의 시작이라예. 모든 것과 이별하겠다는 생각을 가질 때 세상에는 귀하지 않은 것이 없어예. 떠오르는 해, 지는 달, 수런거리는 밤하늘의 별, 앙증스럽게 자그마한 풀꽃 하나하나…… 우리가 저것들을 얼마 동안이나 더 볼 수 있을까. 나의 침대와 이불과 베개, 마시는 차와 찻잔, 치약과 세숫비누, 전축, 텔레비전, 발을 감싸는 양말과 운동화, 보드랍고 폭신한 수면 양말, 햇살을 가려주는 모자, 집과 정원의 나무들, 흘러가는 구름…… 그런 모든 친구를 영육의 세포들 굽이굽이에 깊이 새기려는 것이 이별 연습인 기라예."

나는 생각했다. 이 사람의 이별 연습, 어쩌면 우리 부부의 그것과 똑같을까.

　그가 말을 이었다.

　"다음은 부부 사이의 이별 연습이었습니다. 우리 부부는 약속했
지예. 살아 있는 동안 건강해야 하고 말년의 여생을 즐길 수 있는 한
최대한으로 즐겨야 한다고예. 그런 다음, 누군가가 먼저 떠나면 길을
떠나든지 간에 보내는 쪽에서는 절대로 울지 말기로 했어예. 우리는
국내 여기저기, 세계 여기저기를 즐기며 돌아다녔어예. 안내자 뒤를
따라 손을 잡고 철없는 소년소녀처럼 졸랑졸랑 따라다니면서 사진
은 인상적인 바다나 강을 배경으로 한두 장만 찍고, 현지 음식을 맛
나게 먹고 끼니마다 와인 한두 잔씩을 마시고 아무런 부담 없이 바
람처럼, 구름처럼……"

　이 대목에서 그는 약간 목이 메었는데 와인으로 그 목을 축이고
나서 씩씩하게 말했다.

　"한 선생님, 부부 동반의 북유럽 여행을 축하합니다. 특히 노르웨
이의 가을 풍광이 아주 좋아예. 어디를 가나 연어회가 흔합니다. 그
나라는 연어 양식에 성공했어예. 마음껏 잡수시고 즐기십시오. 인생
은 짧고 허무하므로 여행을 통해 그 허무와 덧없음을 치유해야 합
니다. 여행은 아무나 즐길 수 있는 것이 아닙니다. 건강이 있어야 하
고, 시간이 있어야 하고, 마음의 여유가 있어야 하고, 돈이 있어야 하
고……. 저도 그 사람과 여행을 더 오래 즐겼어야 했는데 그 사람,
너무 허망하게 떠나갔어예."

덧없음

자기 아내는 아무도 없는 집 안에서 혼자 죽었다고 그가 담담한 목소리로 말했다. 죽방렴횟집에서 시 낭송 동호인들과 싱싱한 멸치회 덮밥에 술을 얼근하게 마시고 들어오니 죽어 있었다는 것이다.

그의 아내는 깊은 잠에 빠진 듯이 편안하게 침대에 누워 있었다. 심장마비였다. 여느 때 부정맥 증세를 가끔씩 호소했다. 얼굴이 약간씩 붓고, 가슴이 두근거리며 답답해진다고 호소하기도 했다. 그래서 그것들을 예방하는 약을 복용해왔고 어느 정도 효험이 있었으므로 그렇게 갑자기 허망하게 떠날 줄은 예측하지 못했다.

순하고 소박하고 살가우면서도 사업 능력이 있는 아내였다. 자기 손으로 돈을 잘 벌면서도 결혼할 때 낀 금반지 말고는 다른 것들을 가지려 하지 않은, 여성성보다 모성성이 강한 여자였다. 가죽 구두 한 컬레 사지 않고 싸구려 신이나 플라스틱 슬리퍼만 끌면서도 평생 시동생들의 살림살이를 챙기고, 건축업을 하다가 거덜이 난 친구 부부에게 가게를 내주기도 했다. 시에 미치고, 방랑벽이 있는 「공무도하가」의 백수 광부 같은 남편을 타박하지 않고 늘 여행비와 용돈을 넉넉하게 안겨주곤 했다.

큰아들에게 업체를 넘기고 난 아내는 남해로 이사한 다음에 생선회 좋아하는 그를 위해 살생을 많이 했다. 서울에서 살던 그들이 남해 어촌으로 이사한 것은 생선회와 시를 좋아하는 건들바람 같은 그를 위해서였다.

남해도를 여행할 때 금산에 오른 그는 보리암 옆의 검은 바위 앞에서 이성복의 시를 아내에게 들려주었다. "한 여자 돌 속에 묻혀 있었네. / (…) / 어느 여름 비 많이 오고 / 그 여자 울면서 돌 속에서 떠나갔네. / (…) / 남해 금산 푸른 하늘가에 나 혼자 있네……." 그 시를 듣고 난 아내는 눈물을 흘렸고 남해도로 이사를 하자고 했다. 아내는 자기가 먼저 훌쩍 떠나가리라는 운명을 예감한 것 아니었을까.

아내는 죽방렴을 경영하는 어부에게서 싱싱하게 살아 있는 멸치, 갈치, 농어, 도미, 우럭, 전어, 낙지 등을 사 오곤 했다. 퍼덕거리는 고기를 가져오면 아내는 그것들을 도마에 놓고 비늘을 거스르고, 배를 가르고, 창자를 꺼낸 다음 포를 떠서 초장에 발라 그에게 먹이고 남은 것은 냉동해놓았다. 아내의 포 뜨는 솜씨는 한다하는 여느 횟집의 주방장 못지않았다. 팔뚝만큼 큰 농어나 숭어나 도미는 물론 자잘한 전어도 잔뼈 하나 없이 포를 떴다. 낙지는 살아 있는 것을 몽글게 쪼아 참기름과 초장에 버무려 냈다.

그는 점심때면 언제나 와인을 곁들여 생선회를 먹곤 했다. 아내는 자기가 손질한 생선회를 입에 대지 않았다. 횟집에 가면 와인과 함께 생선회를 곧잘 먹으면서도 직접 손질한 것에는 왼고개를 틀었다.

"멱을 찔러 피를 빼고 비늘을 거스르고 창자를 꺼내고 포를 뜰 때까지도 퍼덕퍼덕 살아서 눈 멀뚱멀뚱 뜨고 나를 쳐다보는데 그것을 어떻게 먹겠어요."

아내는 가끔 보리암에 가서 부처님께 절을 하곤 했다. 살생의 죄의식을 털어버리려는 것일 터였다. 아내에게 절은 살생의 죄를 면죄받기 위한 시공이었다. 그는 절에 가는 아내를 수행하곤 했다. 아내를 위하여 「절」이라는 시를 들려주었다. "참회하며 절하고 싶어 절에 갑니다. / 절하고 또 절하면 내 병 낫습니다. / 땀 뻘뻘 흐리며 하는 한순간 한순간의 절은 영원을 집적하는 피륙 / 절하려고 절에 갑니다."

영원은 극락 세상에 있는 억겁의 세월이다. 아내는 참회하고 또 참회했으므로 꽃으로만 가득 찬 극락세계에 이미 가 있을 터이다. 참회는 어둠 속에서 불을 밝히는 것처럼 몸속에 환한 환희심이 일어나게 하는 것이다.

아내의 장례를 치를 때 그는 자식들이 보는 앞에서 아내의 시신을 직접 염했다. 자식들이 아버지가 힘들어서 안 된다고, 염꾼을 불러 시키자고 했지만, 그는 기어이 자신이 하겠다고 나섰다.

오래전부터 아내는 자신의 급사를 예감했던 듯, 어리광하듯 자기 젖가슴에 얼굴을 비비곤 하는 그에게 "나 죽으면 염꾼한테 내 몸을 맡기지 말아요" 하고 말했다.

염습

쑥대를 삶아 우린 물을 식혀 세숫대야에 담았다. 집 안에 쑥물 향기가 맴돌았다. 수건 몇 장을 쑥물에 적셨다가 꼭 짜서 들고 아내의 시신 앞에 쪼그려 앉았다. 두 아들과 딸이 깊은 잠에 빠져 있는 듯싶은 제 어머니의 시신을 내려다보면서 눈물을 주체하지 못했다.

먼저 아내의 반백 머리칼을 속속들이 닦았다. 얼굴 살갗과 눈과 코와 입을 닦고 솜을 뭉쳐서 코와 입을 막았다. 목을 씻고 두 젖가슴을 닦았다. 아내의 유방은 여느 여자의 그것과 달리 풍성했다. 암자주색 젖꽃판을 바탕으로 도드라진 왼쪽 젖꼭지를 씻었다. 오른쪽 젖꼭지 한 개는 깊이 함몰해 있다가 그가 빨거나 만지면 발기하듯 튀어나오곤 했다. 그는 늙은 다음에도 아내의 두 유방 사이에 얼굴을 묻기도 하고 아기처럼 입으로 빨기도 했다. 그 젖꼭지를 세세히 닦았다.

그는 숨을 가쁘게 쉬면서 오목 들어간 배꼽을 닦아낸 다음 새 수건으로 꼬부라진 반백의 거웃들과 음부와 항문을 닦았다. 무시로 사랑 행위를 하고, 아이들 셋을 낳은 그것은 어두운 보라색이었다. 흐르는 땀을 소매로 훔치면서 솜을 조그마하게 뭉쳐서 벌어져 있는 음부와 항문을 막았다.

허벅다리와 무릎과 정강이와 종아리와 발바닥과 발가락들을 닦았다. 무릎이 아프다면서도 종종걸음 치고 다니며 바다에서 게와 고둥을 잡아다가 그에게 먹이던 아내였다. "고둥은 인삼 못지않은 보약"이라면서 그에게만 먹였다. 아내는 그에게 헌신하기 위해 태어난 여자였고, 그를 양생하고 위안하고 치유한 여신이었다. 그 생각을 하자 코가 시큰해지고 눈에 물이 고였다. 눈물로 인해 아내 시신의 모든 부위가 굴절되어 보였다. 자식들에게 눈물을 보이고 싶지 않아서 눈물이 흐르지 않도록 혀를 아프게 깨물었다. 쩌릿한 아픔이 눈물을 막아주었다.

두 아들에게 아내의 시신을 옆으로 젖히라고 하고 등과 허리와 엉덩이를 닦았다.

수의를 꺼냈다. 속곳을 입히고 하얀 속치마를 입힌 다음 마포로 지은 치마를 입혔다. 속저고리를 입히고 겉저고리를 껴입혔다. 염색으로 인해 겉은 검지만 두피 가까운 부분은 은색인 머리를 곱게 빗기고 난 그는 딸에게 지시했다.

"네 엄마 한사코 곱고 예쁘게 화장해드려라."

딸은 흐르는 눈물을 손등으로 훔치면서 제 어머니의 얼굴에 화장을 했다. 살갗에 분을 토닥이고 입술을 붉게 바르고 눈썹을 검게 그리고, 손톱과 발톱에 진한 분홍색 매니큐어를 칠했다. 아내는 늙어서도 여름이면 봉선화 꽃잎을 찧어 손톱에 묶어 물을 들이곤 했다.

투구처럼 만든 기다란 마포 건을 아내의 머리와 얼굴에 씌웠을 때 아들딸은 다 큰 어른들임에도 불구하고 "엄마!" 하고 소리쳐 부르며 울었다. 자식들이 고등학교에 들어갔을 때 그는 '엄마'라고 부르지 말고 '어머니'라고 부르게 했다. "엄마라는 말은 유치원생이나 초등학생이 쓰는 말이야" 하면서.

아들딸은 '엄마'라는 말을 사용하지 못하게 한 아버지 앞에서 "엄마, 엄마" 하며 소리쳐 울었다.

두 아들에게 관을 가져오라고 시켰다. 큰아들이 눈물을 주체하지 못한 채 시신의 머리를 들고, 작은아들이 다리를 들고, 그와 딸이 허리를 받쳐 들었다. 시신을 관 속에 눕히고 나서 그가 아들딸에게 말했다.

"관 뚜껑을 덮을 거니까 울고 싶으면 얼마든지 더 울어라."

세 아들딸은 제 어머니에게 무얼 잘못했다는 것인지 참회의 말을 쏟아냈다. 큰아들은 "엄마, 내가 잘못했어. 용서해주고 잘 가!" 하고 말했고, 딸은 "내가 나쁜 년이야. 엄마, 나 용서하고 꼭 극락 세상으로 가!" 하고 말했고, 막내아들은 "만화방만 다니면서 속상하게 한 것, 집 팔아가지고 카페 한다고 속상하게 한 것 다 잊어버리고 잘 가. 지금 그 카페 1호점, 2호점, 3호점 다 잘되고 있어, 엄마! 나 정말 잘살 거야, 엄마! 나, 엄마 닮아서 사업 잘한다고!" 하며 시신을 붙안고 울었다. 그는 이를 악물고 울음을 참았다. 그의 몸에서는 진땀이 흘렀다. 울지 않으려 하는데도 울음은 가슴속에서 밀고 올라왔다. 울음을 제어하려고 혀를 아프게 깨물었다. 혀의 아픔이 전신으로 전율처럼 퍼졌다.

떠나가는 사람에게 잘못을 빌기로 한다면 그를 따를 자가 없을 터였다. 그는 아내에게 살림살이와 아이들을 맡겨놓고 백수 광부처럼, 건들바람처럼 방랑하고 떠돌았다.

관을 장의차에 싣고 가서 화장을 하고 유골함을 가져와서 깜깜한 밤에 바다에 뿌리고, 남긴 한 줌은 토굴 마당의 석탑 주위에 뿌렸다.

늙은 홀아비

아버지를 토굴에 혼자 두고 가면서 아들딸들은 파출부 하나를 쓰라고 했지만 그는 도리질을 했다. 그들은 혼자 살게 된 아버지를 안타까워하며 서울과 경기도에 있는 보금자리로 각자 떠났다. 그는 아들딸에게 "나 잘 살아갈 테니 염려 말거라. 네 어머니 넋이 내 옆을 떠나지 않고 나를 잘 지켜줄 기다. 너희나 가서 잘 살거라" 하고 말했다.

아들딸들이 가버리고 혼자 남은 첫날밤이 가장 힘들었다. 아득한 적막 속에서 어둠을 응시한 채 울었다.

촛불을 밝혔다. 눈물로 굴절된 촛불은 몽상의 세계였다. 제 몸을 태워 어둠을 밝히는 촛불은 그의 슬프고 아픈 실존에 뜨겁게 불을 지피고 있었다. 그는 촛불의 불바퀴 속에서 아내 얼굴을 보았다. 촛불 속의 아내 얼굴을 응시한 채 박목월 시인의 「이별」을 생각했다. ……산천에 눈이 쌓인 어느 날 밤에 촛불을 밝혀두고 혼자 울리라. 아 나도 가고 너도 가야지.

늙은 나이에 헌신적인 아내를 잃고 홀아비가 된 그는 우울과 무력증에 빠졌다. 아내 없는 집 안은 적막하고 아득한 무의미의 시공이었다. 아내의 손때가 묻은 것들 속에서 아내를 그리워하며 슬픔에 젖은 채 살았다. 음악을 틀어놓고 휴지로 눈물을 찍어내며 음악과 함께 울었다. 그의 도씨가 바보같이 울지만 말고 꿋꿋하게 사는 모습을 허공중에서 지켜보는 아내에게 보여주라고 지청구를 했다.

문득 아내를 따라 죽어버릴까, 하는 생각이 들었다. 로맹 가리가 생각났다. 로맹 가리는 자식에게 흉한 모습을 보이지 않으려고 베개 속에 얼굴을 처박은 채 관자놀이에 총알을 박아 넣었다고 했다. 나는 권총을 구할 수 없으니 농약을 사용하자. 자신이 죽어 있는 모습이 그의 머리에 그려졌다. 아들딸이 그의 주검을 염하고 입관하고 화장하여 바다에 뿌리는 모습도 떠올랐다.

그의 도씨가 "이 자식아, 정신 차려" 하고, 연약해지고 비굴해진 그를 꾸짖었다. 광기로라도 꿋꿋하게 살아야 한다. 오기로라도 버티는 거야. 너에게는 아직 시간이 있다.

시설 좋은 요양원으로 들어갈까, 하는 생각을 해보았다. 시설 좋은 요양원에 들어가면 세끼 밥을 해결하는 일에 신경 쓰지 않아도 될 것이다. 점심을 밖으로 나와서 먹기도 하고, 읍내나 남강에 나가서 후배 시인들과 더불어 저녁을 먹고 나서 요양원으로 돌아갈 수도 있을 것이다.

그러다가 문득 아니다, 하고 그는 도리질을 했다. 어느 누구에게도 신세 지지 말고, 아내의 혼령이 어른거리는 내 토굴에서 혼자 사는 데까지 살아야 한다.

추억을 향유할 권리

이른 아침에 잠에서 깼는데 도씨가 바닷가 산책을 하고 체조를 하고, 떠오르는 붉은 해를 가슴에 품은 채 희망을 심호흡하고 시를 읽거나 쓰라고 권했다. 세차게 밀물지는 해협을 옆에 끼고 산책을 하며 시를 소리쳐 읊어대고 노래를 불렀다. 그때 핸드폰이 울렸다. 큰아들의 목소리가 흘러나왔다.

"아버지, 모든 일을 다 제쳐놓고 먼 데 여행을 다니세요."

"짝 잃은 외기러기처럼 혼자서 무슨 재미로 청승스럽게 여행을 다닌단 말이냐?" 대꾸하는 그의 목소리에는 우울과 슬픔이 서려 있었다.

큰아들은 그를 설득하려 들었다.

"아니에요, 아버지! 노인은 추억을 먹고 마시며 사는 거라고 누군가가 말했잖아요. 전에 어머니하고 함께 다닌 코스를 따라 어머니와의 추억을 더듬으며 다시 다녀보는 것도 좋은 여행 아니겠어요? 만일 좋은 친구가 있으면 같이 다니세요. 남자 친구도 좋고 여자 친구도 좋고요……. 아버지가 가지고 있는 통장의 돈을 남겨두었다가 자식들한테 물려줄 생각은 마시고 여행을 다니면서 다 쓰세요. 혹시 혼자 사는 여자 친구가 있으시면 불러서 함께 다니세요. 마땅한 여자 친구가 없으면 새로이 만들어서라도……. 아버지가 돈을 대주면서라도 데리고 다니세요. 얼마든지 그러세요, 부족하면 제가 돈을 다 대어드릴게요."

'아, 그렇다' 하고 생각하는데 그의 도씨가 거들었다.

"큰아들 말이 옳다. 사람은 추억을 향유할 권리를 가지고 있는 동물이다. 기억이 요릿감이라면 추억은 맛있게 먹어본 요리인 것이다. 노인에게 추억은 몽상적인 시의 세계 같은 삶의 궤적이다. 추억을 정적으로 즐기면 우울해지지만 동적으로 즐기면 네 삶을 활성화할 수 있을 터이다."

먼저 북유럽에 가보기로 하자. 그다음에는 뉴질랜드, 또 그다음에는 크로아티아, 캐나다, 그리고 남아메리카……. 전에 아내와 함께 다닌 여행지들을 복기하듯이 더듬고 다니는 것이다.

그가 말했다.

"그래서 당장 신문 광고란을 뒤져서 이 러시아와 북유럽 패키지여행 상품을 예약했는데 바로 그날부터 정말 신통하게 저한테 알 수 없는 미묘한 일들이 연속으로 일어났어예."

박새

박새 한 마리가 진한 보라색의 공작단풍나무 가지에 날아와 앉았다. 하늘은 청명하고 햇빛은 잔가지에 거미줄처럼 걸쳐져 있었다. 가슴과 뺨이 하얗고 머리와 날개와 꼬리가 까만 박새는 만개한 철쭉꽃 앞에 선 그를 보면서 꼬리를 거듭 까딱거렸다.

'아, 저 박새!'

그는 그 새가 우연한 새가 아니라고 생각했다.

공작단풍나무의 가느다란 가지는 앙증스러울 만큼 작은 박새의 무게가 버거운 듯 약간 고개를 숙인 채 햇빛을 휘감고 흔들렸다. 박새는 그를 향해 '비이' 하고 울었다. 그 새에게서 아내의 넋이 느껴졌고 겨드랑이에 전율이 일었다.

박새는 꼬리를 까딱거리며 한 번 더 운 다음에 붙잡고 있던 가지를 차고 날아갔다. 박새가 대밭 위쪽의 텅 빈 푸른 시공으로 사라진 뒤까지 공작단풍나무 가지는 오랫동안 왕거미줄 같은 햇빛을 휘감은 채 몸을 흔들었다. 그 가지와 더불어 그의 가슴을 포함한 모든 세상이 천천히 흔들리고 있었다. 호수 한복판에 돌멩이를 던졌을 때 일어난 파동이 가장자리로 둥그렇게 퍼져 나가는 것처럼.

박새는 떠나간 아내가 보낸 넋이라고 그는 생각했다. 아내가 나에게 전하고 싶은 무슨 사연인가를 박새가 몸짓과 울음으로 표현하고 사라졌다. 자신과 함께 다니던 여행지들을 복기하듯이 다니려고 하는 나의 뜻에 동의하고 간 것이다. 그것이 박하사탕 맛 같은 환한 빛이 되어서 어둠이 서려 있는 그의 가슴을 밝혔다. 몸속에서 힘이 솟았다.

철쭉나무를 정원의 석축 사이사이에 심은 것은 아내였다. 아내는 철쭉꽃의 선혈 같은 뜨거운 생명력을 부러워했다. 아내가 떠나갔는데도 마당에는 철쭉꽃들이 만발했다. 선홍색 꽃과 진홍색 꽃이 흐드러져 있었다. 아내는 뜬금없이 "여보, 이 빨간색은 어디에서 연유

한 것일까?" 하고 그에게 물었다. 아내는 시적인 감수성으로 세상을 응시하곤 했다.

흑갈색 땅에 뿌리내린 철쭉나무가 토해내는 빨간 색깔의 너울, 그것은 알 수 없이 신비한 우주적 율동이었다. 천 길 지하에서 솟구쳐 올라온 기운과 하늘에서 내려온 기운이 어우러져 만들어내는 그 율동은 음악적이고 시적이고 철학적이고 신화적이라고 그는 생각했다.

혼령

그는 아내의 몸을 화장할 때 육신은 타 없어질지라도 혼령이 타 없어지면 안 된다는 생각을 가지고 있었으므로 아내의 관이 화구 속으로 들어가는 순간 "여보!" 하고 소리쳐 불렀다. 혼령을 화구 밖으로 불러내야 한다는 생각에서였다.

아내의 육신이 불에 타는 동안 그는 매점에서 소주 한 병을 들이켰다. 그의 육신도 불에 타고 있는 듯한 아픔에서 벗어나고 싶었다. "소주는 절대로 마시지 말고 와인만 마셔요. 화학주는 간에 해롭대요." 아내의 목소리가 들렸고 그의 가슴 한복판에 전율이 일어났다.

어릿어릿하게 취한 그는 누군가가 홍보고 허물할까 봐 한밤에 밀가루 같은 허망하고 무의미한 유골 가루 대부분을 해협의 수면에 손수 뿌리고, 한 줌을 남겨가지고 토굴로 돌아와 마당의 석탑 주위에 뿌렸다.

이후 아내의 모습은 살아 있는 듯 늘 눈앞에서 어른거렸다. 그의 아내는 선홍색 꽃을 보고 있으면 몸과 마음이 그 꽃의 색깔로 물드는 듯싶고, 그 꽃 색깔의 어떤 벌레들이 가슴으로 기어 들어와 수런수런하는 듯싶다고 했었다. 혼령이 존재한다면 아내의 그것은 늘 그의 옆에 바람처럼 와서 머무를 듯싶었다. 혼령이 그의 머리카락도 만지작거리고, 얼굴 살갗도 쓸어보고, 코를 통해 허파 속을 들랑거릴 듯싶었다.

　아니 어쩌면 아내의 혼령은 화장을 해서 날려 보냈으므로 아주 많은 것의 모양새로 변형되고 분해됐을 듯싶었다. 바람이나 안개나 이슬 같은 것으로, 혹은 꽃잎처럼 흩뿌리는 눈송이 같은 것으로, 새의 넋 같은 것으로, 풀잎이나 들꽃이나 나뭇잎 같은 것으로, 구름 같은 것으로, 바다 물결에 떨어진 햇살이나 달빛 조각 같은 것으로⋯⋯.
　아니, 어쩌면 새의 깃털처럼 가벼워진 아내의 혼령 한 가닥은 지금 먼 여행지 어디인가를 헤매고 있을지도 모른다 싶었다.

　몇 년 전의 가을 초저녁에 이탈리아의 성 베드로 성당을 둘러보고 나오다가 잠깐 동안 아내를 잃어버린 적이 있었다. 그 성당의 아득하게 드넓은 광장에서였다.
　일행들이 만나기로 한 장소를 향하다가 함께 화장실에 들어갔는데, 나와보니 아내의 모습이 보이지 않았던 것이다. 일행들이 만나기로 한 장소로 서둘러 달려가니 여행팀 모두가 모여 있는데 아내만 보이지 않았다.

아내는 핸드폰을 가지고 있지 않았고, 이탈리아말도 몰랐고, 영어는 겨우 '예스'와 '노'만 알았다. 아내는 당황한 채 어디를 헤매고 있을까. 광장은 깜깜해져 있었다. 현지 여행 안내자와 인솔자가 그에게는 절대로 나서지 말라고 하고, 그의 아내를 찾아 나섰다. 남편인 그는 당황해 있으므로 그가 찾아 나섰다가는 그마저 길을 잃게 된다는 것이었다. 그는 속수무책으로 우두커니 선 채 기다렸다.

삼십 분쯤 뒤에 그들이 아내를 찾아 데리고 나타났다. 아내는 눈의 검은자위가 작아지고, 흰자위와 콧구멍이 커지고, 미세하게 몸을 떨었다. 가슴이 심하게 두근거리는 증세가 도진 것이었다. 여느 때 아내는 불안하거나 당황하면 가슴이 심하게 두근거리는 증세가 일어났다. 아내는 그를 보자마자 눈물을 줄줄 흘리며 울었다. 이국땅에서 미아가 되었다는 생각을 하자 눈앞이 캄캄해지면서 가슴이 걷잡을 수 없게 뛰고 온몸에 맥이 풀렸다고, 그날 밤 울면서 말했다. 안내자가 길을 잃으면 헤매지 말고 어느 한자리에 가만히 서 있으라고 한 말이 떠올라 광장 입구에 있는 동상 옆의 전등불 밑에 우두커니 선 채 남편을 원망했다는 것이었다. 나를 두고 혼자서 어디로 가버렸느냐고.

산산이 부서진 아내의 혼령 한 조각은 지금 그 어둑어둑해진 광장의 전등불 밑에 우두커니 서서 나를 기다리고 있지 않을까. 아니, 노르웨이의 산언덕에서 혼자 강도 호수도 바다도 아닌 피오르드를 내려다보고 있지 않을까. 아내가 그리워 미칠 것 같았다.

붉은 철쭉꽃 여인

신은 사람을, 언제 어디서든지 소리 나는 쪽으로 돌아보도록 만들었
다고 누군가가 그랬다. 선홍색 철쭉꽃 앞에서 떠나간 아내를 그리워
하는 그의 귀에 발짝 소리가 들려왔다. 주차장으로 연결된 약간 경
사진 포장도로를 밟으며 토굴로 올라오는 여성의 굽 낮은 구두 발짝
소리였다. 자신도 모른 새 돌아보았다.

호리호리하지만 강단져 보이는 젊은 여자 한 사람이 그의 앞으로
다가와 발을 멈추었다. 삼십 대인지 사십 대인지, 얼른 짐작이 가지
않는 그 여자에게로 찬란한 명주실 같은 햇살이 쏟아지고 있었다.

조선 기생들의 타래 머리처럼 파마를 했는데 머리칼들이 반백이
었다. 쌍꺼풀눈의 속눈썹이 여치의 더듬이처럼 길게 휘어 있었다. 인
조 속눈썹을 붙인 것인가 의심했는데 그게 아니고 타고난 것이었다.
그 속눈썹 속의 까만 눈동자가 그를 사로잡았다. 공작단풍나무 가
지에 앉아 그를 바라보던 박새의 눈빛이었다. 그것은 빛이라기보다
는 깊은 창공의 푸르스름함이 담겨 있는 너울 같은 아우라인 듯싶
었다.

얼굴 살갖은 희고 매끄러웠다. 도도록한 입술에는 연분홍색 립스
틱을 거짓말처럼 칠했다. 코는 오똑하게 높고 목은 길었다. 하얗게

늘씬한 성문다리에서 주름진 자락이 찰랑거리는 쪽색 통치마를 입었는데 미색 치맛말이 쇄골을 훤히 드러나게 하면서 둥둥한 젖가슴을 감싸고 있었다. 그 위에 깃과 도련이 고운 곡선을 그리는 항라 적삼을 걸쳤는데 그 적삼은 애초에 단추나 고름을 달지 않은 것이어서 젖가슴의 탄력을 에누리 없이 강조하고 있었다. 알 수 없는 체취가 날아왔다. 그는 어지러움을 느꼈다. 늙은이에게도 젊은 여성의 눈빛과 향취는 심혼을 어릿어릿하게 휘젓는 미약이었다.

이 여자는 혹시 남강의 호텔 방에서 만난 그 백옥 같은 여자가 아닐까, 하고 기억을 더듬으며 눈앞의 여자를 다시 살폈다. 옷차림과 머리 모양새와 눈빛과 하얀 달걀형 얼굴 표정이 만드는 분위기가 전혀 다르다고 생각됐다.

어쩌면 멀리 떠나간 아내가 이 여자를 보냈는지 모른다는 생각을 하며 순간적으로 전율 같은 가슴앓이를 하고 있는데 그녀가 눈을 거슴츠레하게 뜨고 웃으면서 바른손에 든 것을 그의 앞에 들어 올렸다. 한 백화점 상표가 찍힌 보라색 와인 상자였다.

하얗고 가지런한 이를 드러내며 눈을 가늘게 뜨고 웃었는데 그 웃음은 유혹하는 웃음인 듯싶기도 하고, 그를 귀여워하는 웃음 같기도 했다. 요즘은 젊은 여자들이 늙은 남자를 향해서도 생뚱맞게 "아유, 귀여워라" 하고 말하기도 하는 되바라진 세상이었다.

그가 어릿어릿함에서 헤어나지 못하고 있는데 그녀는 "미녀 손님을 여기에 계속 세워놓으실 거예요?" 하고 투정하듯이 말했다.

그의 노인성 현훈과 그녀의 공격적인 순발력이 어지럽게 섞이고 있었다. 그는 고개를 떨어뜨렸다. 머리에서 여성의 넉넉한 푸짐과 추한 헤픔과 인색함과 결벽과 성스러움에 대한 생각이 교차했다. 남강에서 백옥 같은 여자를 꿈꾸듯 만난 이후 그는 화려한 차림의 여성을 보면 그녀에게서 번져 오는 것들에 대하여 생각하는 버릇이 생겼다. 그의 도씨는 그 버릇을 노추와 노회와 노탐이라고 폄훼했다.

그는 자신을 폄훼하는 도씨에게 따졌다. 보통의 여자는 늙은 남자의 주름살과 저승꽃과 구중중한 노네날 냄새와 고독을 추하다고 생각하고 마음을 주는 데 인색하지만, 여신은 늙은이의 영혼 속에 들어 있는 사리 같은 보석을 귀하게 여기고 마음을 주고 위안하는데 결코 헤프지 않다.

그의 생각에 대하여 도씨가 비웃으며 말했다. "너의 노회老獪를 합리화하지 마라. 그것은 바람직하지 않은 생명력의 발산이므로 자칫 망신을 당할 수도 있는 요인이 된다."

도씨의 말을 따라 냉정을 되찾았다. 그는 말없이 토굴 현관을 향해 몸을 돌리며 다시 어지러움을 느꼈다. 그 어지러움은 가슴이 설레고 있다는 증거라고 그의 도씨가 말했다. "그것은 네 속에 아직도 존재하는 철부지 남성성으로 인한 것이다. 그것은 성욕이다." 그는 현훈으로 인해 비틀거리지 않으려고 몸을 똑바로 하고 현관문 쪽으로 걸어갔다.

살풀이

"선생님, 저 살풀이해드리려고 왔어요."

그를 뒤따라 거실 안으로 들어오면서 여자가 말했다.

그는 속으로 웃으며 생각했다. 그래, 독거노인의 적막강산 같은 토굴에 서려 있는 감기 바이러스 같은 음습한 우울의 그늘도 살煞일 수 있으리라. 독거노인의 우울함 속에 멀쩡한 사람을 해치는 삿된 기운이 감기 바이러스처럼 들어 있다는 것이다. 그의 도씨가 끼어들었다. 그렇다면 이 여자는 무당일지도 모른다.

그와 그녀는 차탁을 사이에 두고 마주 앉았다. 그녀는 하얀 두 무릎을 치맛자락 밖으로 반쯤 포개서 가지런히 내놓았다. 그가 차를 내려고 찻그릇을 덮어놓은 옥색 세모시 보자기를 걷는데 그녀가 자기소개를 했다.

"제 이름은 '지신녀'여요. 성은 '지池'가, 이름은 믿을 '신信' 자, 계집 '녀女' 자를 써요. 성명으로 인해 운명이 좌우된다는 성명철학적인 생각에서 이름을 제가 아주 '땅 지地 자, 귀신 신神 자, 지신녀'로 바꿔버렸어요."

"그럼 날아다니는 천녀天女와 대칭되는 지신녀이다" 하고 그의 도씨가 나섰다. 그렇다면 신들린 여자라는 것이다. 아니, 신들린 체하고 예견 잘하는 점쟁이 행세를 하는 꽃뱀이지 않을까, 하고 생각하며 여자의 눈을 응시했다. 그녀의 눈에서는 해량할 수 없는 음음한 그늘과 반짝거리는 빛이 교차하고 있었다.

도씨가 말했다. 이 여자는 신기가 있는 듯싶지만 경계할 필요는 없다. 이 여자가 흥행하면 너도 흥행을 하면 되는 것이다. 흥행이란 시쳇말로 "앞장서서 설치는 것, 자신만 가지고 있다고 자부하는 지식이나 재주나 어떤 술수로 상대를 마술사처럼 제압하고 한껏 황홀하게 공연해주는 짓"이라고 도씨는 말했다.

그녀가 말을 이었다.

"저는 중고등학교 시절에 문학소녀였어요. 백일장에 나가서 장원, 차상, 차하, 장려상, 가작상을 두루 받았는데 어머니 때문에 한국무용을 하게 되었어요."

그는 남강 호텔에서 만난 백옥 같은 여자를 떠올렸다. 그 여자도 일찍이 문학병이 들었다고 했다.

"저는 춤을 잘 추어요. 북춤, 부채춤, 칼춤, 승무도 잘 추지만 살풀이춤을 가장 잘 추어요. 시나위 가락에 맞추는 춤사위는 살짝 (신이) 들려 있어야 제대로 그려낼 수 있어요. 춤 공부를 열심히 하는데 어느 날부터인가 시름시름 앓았어요. 무단히 우울해지고 슬퍼지고 가슴이 답답하고, 손끝 하나 까딱할 수 없는 무력증으로 인해 몸이 천길 아래로 가라앉고, 이불 속에 퍼질러진 채 저승에 들어선 듯 깊은 잠에 빠져들면 비몽사몽간에 알 수 없는 시공을 악몽 꾸듯 한도 끝도 없이 헤매게 되고……. 병원에 가서 약을 먹고 주사를 맞아도 기운을 차릴 수 없었어요. 어머니는 시집을 가면 그냥 좋아지는 처녀병일 거라고 예단했어요. 어머니가 말한 '처녀병'이라는 것은 나중에 알고 보니 여성이 성적인 오르가슴을 맛보지 못함으로써 몸이 생리적으로 활성화되지 못하기 때문에 과부들이 앓는 그런 병 아닌 병을 말하는 것이었어요. 그 병은 찌르르한 전기를 만진 것 같은 진저리가 정수리부터 발끝까지 한 번 지나간 다음에는 손가락 하나 까딱할 수 없게 맥이 빠지고, 머리가 물 묻힌 솜으로 가득 채워놓은 듯싶은데 자꾸 알 수 없는 그림자 같은 헛것이 보이고, 천 길 지하로 가라앉는 것처럼 아득해지고, 비몽사몽간의 알 수 없는 영상이 의식 속에 계속 흘러가는 거예요. 아니, 지금도 저는 그때 아픔의 정황이나 증세를 말로 다 설명할 수가 없어요. 그런데 내림굿을 받은 적 있는 춤선생이 찾아와 제 증세를 듣고 나더니 제가 무병을 앓는 것이라고……. 그래서 그 선생의 신어머니를 찾아갔어요. 신어머니는 시퍼런 작두를 타는 큰무당이었어요. 저를 막 보더니 세상에서 제일 기운이 센 장군신이 들어왔다고 해서, 저는 내림굿을 받고 말(신의 말)이 터졌고 개안이 되었어요. 사람들을 척 보면 그 사람의 속마음이 읽혀요. 학교를 접고, 한동안 신어머니의 굿을 도와주며 살았어요. 신통하게도 굿판에서 미친 듯 춤을 추면 엑스터시의 전율(오르가슴)이 일어나면서 온몸이 다 젖는데 그러고 나면 몸이 날아갈 듯 가뿐해졌어요. 밥맛도 좋아지고, 명랑해지고, 신어가 술술 나와요. 제 속에는 장군신이 들어 있어요. 저는 그 신이 시키는 대로 살아요. 오늘 신생님을 찾아온 것도 그 신이 시킨 거예요. 지금 마흔아홉 살인데 광주 증심사 입구에 있는 배고픈 다리 옆 동네에서 상담을 하고 있어요. 저를 찾는 손님들이 아주 많아요. 그들이 그래요. 신통하게 잘 예견해준다고요. 아들딸의 수능을 앞둔 엄마, 진로를 확실하게 결정하지 못하는 학생을 둔 엄마, 초등학생인 아들딸을 미국이나 오스트레일리아로 유학 보낼까 어쩔까 고민하는 엄마, 자식의 결혼을 앞둔 엄마, 장사하려고 가게 자리를 물색하는 사람, 묘를 이장하려는 사람, 개명하려는 사람, 국회의원에 출마하려는 교수, 대통령을 꿈꾸는 사람, 시장에 출마하려는 사람, 시의원이 되려는 사람 들이 찾아와요. 소문이 어떻게 났는지 전라북도, 충청도, 경상도, 경기도나 서울에서도 찾아와요."

그녀가 내뱉는 말과 그녀에게서 풍기는 알 수 없는 고혹적인 체취로 인해 그의 가슴은 설레었다.

평소에 스스로 반쯤 신이 들려 있다고 말하곤 하는 도씨가 신들린 여자 다루는 법을 가르쳐주었다. 이런 여자는 한사코 모질게 퉁겨주어야 한다고 했다.

"이렇게 불쑥 찾아오면 이 노인이 반겨주리라는 것도 예견하고 오신 거네예?"

그녀에게 무뚝뚝하게 추궁하듯 퉁겨준 그가 고개를 떨어뜨리고 차를 내리는데, 그녀가 "지금 선생님 자신을 노인이라 하셨어요?" 하고 불만스럽게 되받았다. "저한테는 청년으로 보이는데요. 낭만적인 이팔소년의 피가 끓는 문학청년요. 선생님은 앞으로 이십 년은 넉넉히 더 사실 거예요. 그것은 제가 제 모든 것을 걸고 내기할 수 있어요."

그가 볼멘소리로 퉁겼다.

"노인을 희롱하면 좋은 데로 시집 못 갑니더."

"저는 이미 시집가서 살고 있어요. 제 신한테요."

그녀는 와인 병을 꺼내 차탁 위에 올려놓았다. 프랑스산 샤토 탈보였다. 단맛, 신맛, 떫은맛, 고소한 맛, 쓴맛을 고루 느끼게 하는 와인이라는 것을 그는 알고 있었다. 그녀가 눈을 거슴츠레하게 뜨고 말했다.

"선생님이 와인만 즐겨 마시는데…… 샤토 탈보를 특히 좋아하신다고 들었어요. 저는 멀리서도 선생님이 사시는 모습이 훤히 보여요. 지금 저하고 이것을 터서 멋들어지게 즐기시지요."

이 여자, 상대를 홀릴 때 눈을 거슴츠레하게 뜨고 어깨와 가슴을 양옆으로 살짝 흔드는 버릇이 있는 것이라고, 그를 홀리려고 작정했으니까 그냥 홀려주는 체하라고 그의 도씨가 말했다. 상대 여자가 백 년 묵은 암컷 여우 노릇을 하려고 들면 너는 백 년 묵은 수컷 여우가 되어주어야 한다.

그녀가 그의 속내를 읽은 듯 한쪽 눈을 찡긋하며 말했다.

"요즘 여자들은 폐경이 빨라졌어요. 몸매를 가꾸려고 다이어트를 하고, 얼굴이 탄다고 햇볕을 피하곤 하니까 비타민 D가 부족해서 그래요. 햇볕이 얼마나 우리 몸에 좋은지를 몰라요. 우리 어머니나 할머니 세대는 땡볕 아래에서 모내기를 하고 콩밭을 매고 살아서 그렇게 다산을 했던 거라고요. 또 요즘 여자들은 성스러운 달거리를 귀찮아하니까 그 업보로 인해서 달거리 행사가 빨리 끝나는 거예요. 여자가 배란하고 나서 달거리를 하는 것은 일종의 우주적인 축제인데, 축제라는 것은 신의 축복을 받으려는 것인데…… 요즘 여자들은 대개 인위적으로 그것을 없애려 드는 거라고요."

늙기는 했지만 남자인 자신과의 첫 만남에서 달거리에 대한 이야기를 거리낌 없이 입에 담는 그녀의 당돌함에 그는 당혹스러웠다. 그녀의 거슴츠레하게 뜬 두 눈, 도도록한 입술, 기다랗게 휘어진 속눈썹이 거북스러웠다.

"제 또래의 동무들은 모두 폐경을 했지만 저는 아직도 다달이 그 행사를 건강하고 화려하고 넉넉하게 치르고 있어요. 폐경이 오지 않게 하려고 정관장에서 나온 화애락 골드나 천녹삼이라는 것을 줄곧 먹고, 와인에다 생선회를 즐기고 해바라기를 부지런히 해요. 저는 배란과 달거리를 즐겨요. 제 몸이 배란을 하고 있을 때 저는 감당할 수 없도록 아주 기분 좋게 설레거든요. 그때는 입맛도 좋고, 괜히 즐거워 노래를 흥얼거리고, 춤을 추고 싶고, 사랑도 하고 싶고, 예견도 잘 되고, 그래서 그때마다 샤토 탈보로 자축을 하는데 그 증후가 어제 아침부터 나타나고 있어요."

그녀는 빨간 혀로 마른 입술에 침을 바른 다음에 말을 이었다.

"여자의 몸이라는 것은 우주적인 신비, 신화의 늪 그 자체라고 저는 생각해요. 여자가 배란을 할 때 그 여성의 몸은 남성을 유혹하는 미묘한 향기를 풍기고, 남성 앞에서 무단히 머리를 쓸어 올리거나 머리채를 한쪽 가슴으로 모아 흘러내리게 하고, 앞가슴을 한껏 내밀고 흔들거나 눈웃음을 치면서 콧소리 섞인 목소리로 까르르 웃어대고, 따스한 물로 목욕을 하고 콧노래를 부르고 이런저런 교태를 부립니다. 감동적인 음악의 절정 부분을 듣거나, 유행가에서 야하게 꺾어 올리거나 간드러지게 꺾어 내리는 부분을 듣거나, 흙

탕물 속에서 생수가 솟구쳐 오르는 듯싶은 판소리의 청구성을 듣거나, 가슴이 서늘해지는 시를 읽거나 하면 쉽게 엑스터시 같은 오르가슴을 느끼고 온몸이 다 젖게 돼요. 그런 때 시인들은 시가 잘써지고 가수들은 노래가 잘 불러진다더라고요. 제가 지금 바로 그배란기여요."

이 여자가 꽃뱀이 틀림없다, 하고 생각하면서 그녀의 입술과 코와눈과 귀와 목과 쇄골과 둥둥한 앞가슴을 다시 훑어보고, 그는 가슴을 크게 열어 그녀에게서 풍겨 오는 체취를 흡입했다. 그런 자신이민망했다.

그녀는 얼굴에 미소를 담은 채 한 손으로 괜히 옆머리와 뒷머리를만지고, 가슴을 내밀면서 미세하게 양옆으로 흔들었다. 그 교태가그의 가슴을 흔들었다. 전율이 겨드랑이와 아랫배 쪽으로 번져갔다.

"선생님, 저 귀엽고 이쁘지요?" 하며 코를 찡긋하고 나서 병마개를뽑고, 와인을 찻잔에 따라 권했다. 자신이 들고 온 가방에서 비닐봉지에 싼 분청 접시 한 개를 꺼내더니 거기에다가 토막 낸 샛노란 치즈를 올려놓고 이쑤시개 둘을 꽂았다.

그는 그녀가 찻잔에 따라준 와인을 마셨다. 그녀는 자기 잔에도따라 얼른 마시고 다시 그의 빈 잔에 와인을 따랐다.

"선생님, 저를 두려워하지 마셔요. 미워하지도 마시고……. 저는그냥 삼신할미가 점지해준 대로, 제가 모시는 신이 시키는 대로 아나키스트처럼 사는 거예요. 식물성 아나키스트요. 상대의 마음을깊이 읽고 문득 놀래는 당돌함이나 저돌성, 그게 제 매력이라고 사람들이 그래요. 그것은 신들린 저의 심령술 때문이어요. 제 당돌함이나 저돌성은 상대의 정서적인 성감대를 자극해줄 거예요. 사람의 정서적인 성감대는 성적인 성감대와 똑같이 온몸에 고루 퍼져 있어요. 제 손님들은 남녀 반반이어요. 저는 제 신방에서 시자를 두지 않고 혼자 손님을 받는데, 손님들은 혼자인 제게서 풍기는 향기를 즐기는 눈치여요. 저는 아무런 향수를 쓰지 않는데도 저한테는 늘 묘하게 알 수 없는 향기가 풍긴다고 그래요. 아마 그게 신들린 여자의 영육이 만드는 미묘한 꽃 같은 향취일 거라고 저는 생각해요. 저는 사람의 시간이 아닌 신의 시간을 살고 있거든요. 말하자면 신명의 향기, 여신의 향기인 거지요. 손님들이 그 향기를 즐기는 모습을 보면 저는 가슴이 설레고 흐뭇해져요."

그녀는 와인 잔을 들어 마시고 나서 말을 이었다.

"저는 멀리서 시 낭송을 즐기며 사시는 한 선생님을 조용히 흠모해왔어요. 금실 좋던 사모님이 멀리 떠나셨으므로 이제 제가 선생님을 위안해주는 존재가 되고 싶어요……. 사랑이 떠난 빈자리는 반드시 사랑으로 채워야 하는 거라고요. 저는 독심술도 해요. 멀리 떨어져 있는 곳에 사는 사람일지라도 그 사람을 제가 골똘히 생각하면 그 사람의 마음이 오롯이 읽혀요. 제가 어떤 사람을 깊이 생각하면 그 사람이 어느 순간에 찾아오는 수도 있어요. 그것은 신명의 밀당(밀고 당김)이어요. 그렇지만 저는 제 손님하고는 절대로 사랑 행위를 하지 않아요. 제 신은 절대적이어요……. 그런데 오늘 제가 찾아온 것은 선생님을 제 손님으로 만들기 위해서가 아녀요. 선생님을 또 하나의 제 주신主神으로 모시기 위해서어요. 제 신은 적막강산에 사는 선생님을 사랑해드리고 위안해드리고 치유해드리라고 명했어요. 허무한 인생살이에는 사랑과 위안과 치유가 있어야 한다고요. 저는 제 신이 죽으라면 죽어야 해요. 저는 오늘부터 선생님을 또 하나의 주신으로 모시고, 선생님의 종이 되려고 해요. 선생님은 이때까지 인간의 시간을 살아오셨지만, 오늘 저를 만난 이후부터는 저와 함께 신의 시간을 살아가야 합니다."

신의 시간이란 무엇인가. 그는 '신의 시간'이라는 애매모호한 개념에 빠져들었다. 어지럼을 느끼며 그는 말없이 와인만 들이켰다. 치즈 조각을 입에 넣고 씹어 삼켰다. 그가 어지럼 속에 빠진 것을 확인했는지 그녀는 그의 두 눈 속으로 시선을 깊이 밀어 넣으며 말했다.

"한 선생님, 선생님의 여신이 되고 싶어 하는 저를 위하여 음유시인답게 즉흥시 한 수를 읊어주십시오."

꽃의 권력

"꽃길에서는 꽃의 권력을 따라야 한다"는 고재종 시인의 시 한 대목을 떠올리고, 이 여자 앞에서는 이 여자의 권력에 따라주자 하고 그는 생각했다. 동시에 암소의 고삐를 잡고 풀을 뜯기는 머리털 허연 노인으로 하여금 위태로운 절벽 가장자리에 피어 있는 꽃을 꺾어다 바치며 「헌화가獻花歌」*를 읊게 한 『삼국유사』 속의 귀부인을 생각했다.

가마에 앉아 있는 지체 높은 여인의 자태가 얼마나 고혹적이었으면 노인이 소의 고삐를 놓고 위험을 무릅쓰며 아슬아슬한 절벽에 피어 있는 꽃을 꺾어다 바쳤을까. 귀부인을 가마에 태우고 온 여러 젊은이들은 다 절벽이 위태로워 나서려 하지 않는데 노인이 그리했다는 것은 무엇인가. 절벽에 빨간 철쭉꽃들이 난만한 봄에 그 노인은 봄꽃(귀부인)의 고혹적인 권력을 따른 것이고, 그것은 생명을 담보로 한 사랑의 꽃이다.

그는 그녀를 위해 시를 그럴듯하게 읊조리고 싶었다.

그 시를 위해 그녀의 차림새를 다시 훑어보았다. 시는 떠오르지 않고 진저리가 쳐졌다. 나에게 헌화가를 요구하는 이 여자는 헛것이 아닐까. 한 많은 처녀 귀신이나 젊어 죽은 과부 귀신이라든지, 여자 도깨비라든지, 『삼국유사』에서 걸어 나온 그 귀부인이라든지, 아니 원효를 품어준 요석 공주의 화신이라든지⋯⋯. 어쩌면 이 여자는 번쩍거리는 비늘과 날름대는 혀를 가진 꽃뱀의 넋을 가졌을지도 모른다.

아프리카의 보아 구렁이는 사람을 잡아먹으려면 먼저 배를 감고 목을 감아 조인 다음 머리부터 통째로 삼킨다고 했다. 이 여자는 적막강산에서 홀로 늙어가는 나의 영혼을 통째로 삼키려고 기어 들어

---

* 『삼국유사』에 나오는 향가. "자줏빛 바위 벼랑 가장자리에서 / 잡고 있던 암소 고삐 놓고 / 나를 부끄러워하지 않으실 양이면 / 꽃을 꺾어 바치리다."

왔는지도 모른다. 그녀가 뱉은 '인간의 시간이 아닌 신의 시간'이라는 말이 그를 어지럽혔다.

그는 입안에 고인 군침을 와인 한 모금과 함께 삼켰다. 그의 도씨가 너무 앞서 나가지 말고 한사코 편하게 허물없이 대하라고 충고했다. 여느 때 신화적이고 선정적인 감각을 가지고 있으면서도 냉정해질 줄 아는 도씨였다.

그의 도씨는 『시경』의 "화살 한 대로 새끼 돼지 다섯 마리를" 같은 시를 좋아했다. 도라지타령의 가사에서 "한두 뿌리만 캐어도 대바구니 시울이 서리설설 넘친다"는 구절과 "하도 날 데가 없어서 쌍바위 틈에서 났느냐"는 대목으로 보아 그건 분명 남근 찬양의 노동요라고 풀이했고, 상주 모내기노래의 "연적 같은 저 젖 보소"와 "담배씨만치만 보고 가소"는 한국 민요 특유의 에로티즘이라 극찬했다. '담배씨만치'라는 비유는 얼마나 감질맛 나는 표현인가. 그는 에로틱한 세계 속으로 계속 미끄러지고 있었다.

앞에 앉은 붉은 철쭉꽃 같은 여자를 위해 읊어줄 시편을 그의 도씨가 재바르게 조합해서 귀띔해주었고, 술기운으로 어릿어릿해진 그가 그것을 읊었다.

"저기 가는 저 각시 자태도 고울시고, / 앞가슴에 열린 덩굴 없는 풋호박 두 통 / 담배씨만치만 보여주고 가소"

'저기 가는 저 각시'는 송강의 「사미인곡」에 들어 있고, '덩굴 없는 풋호박 두 통'은 진도아리랑에 들어 있고, '담배씨만치만 보여주고 가소'는 상주 모심기노래에 들어 있는 것이었다.

읊고 나서 생각하니 거기에 너무 무리한 요구가 담겨 있었다. 여성이 유방을 보여준다는 것은 모든 것을 다 보여준다는 뜻일 수도 있는 것 아닌가.

그 즉흥시를 듣고 난 그녀는 입을 반쯤 벌린 채 눈을 거슴츠레하게 뜨고 그를 응시했다. 그것은 상대의 혼을 사로잡는 꽃뱀의 눈빛이라고 그의 도씨가 말했다. 술기운으로 인해 상기된, 바야흐로 익기 시작한 사과 빛깔의 양쪽 볼과 긴 속눈썹 속에서 번뜩이는 그녀의 눈빛이 그는 두려워졌다.

그녀는 그 눈빛을 감추려는 듯 입을 약간 오므리고 눈을 감은 채 자신의 양쪽 유방을 두 손으로 받쳐 올렸다. 그 바람에 흰 치맛말 속에서 봉싯한 두 젖무덤이 둥둥하게 부풀어 보였다. 그녀는 음습한 목소리로, 선생님의 즉흥시에 화답하는 노래를 부르고 싶다며 가늘게 눈을 떴다. 빨간 혀를 내둘러 위아래 입술에 침을 바르고 노래를 불렀다. 약간 쉰 목소리에 콧소리가 얼핏 섞이고, 이른 겨울 아침의 소담스러운 하얀 눈밭이 되쏘는 햇살같이 쨍한 울림이 들어 있었다. 그것은 음습한 분위기와 선정적인 기를 내포하고 있었다.

"상주 함창 공갈못에 / 연밥 따는 저 큰애기 / 연밥은 내 따줄게 / 내 품 안에 잠자주오. // 항라 적삼 안섶 안에 / 연적 같은 저 젖 보소. / 많이 보면 병납니다. / 담배씨만치만 보고 가소."

민속 노래패들이 부른 상주 모내기노래였다. 그는 가슴이 두근거리고 눈앞이 어질어질했다. 노래를 마친 그녀가 재바르게 "선생님, 제가 어찌 제 주신으로 모시기로 한 선생님에게 감히 이걸 담배씨만치만 보여드리고 말겠어요?" 하고 나더니 눈길을 두 손으로 받쳐 올린 자기 가슴으로 떨어뜨렸다. 그리고 상체를 이쪽저쪽으로 외틀며 치맛말을 두 손으로 잡아 밑으로 끌어내렸다. 유방의 하얀 살결이 약간 보였고, 이제 곧 유두가 드러날 차례였다. 순간 그의 가슴에서 쏴 하는 소낙비 소리가 나면서 겨드랑이에 귀뚜라미 울음 같은 전율이 일어났다. 그때 그녀가 코를 찡긋하면서 "오늘은 여기까지만 하겠어요" 하고 내리려던 치맛말을 끌어 올렸다.

그의 도씨가 말했다. "지금 이 여자는 너를 감질나게 시험하고 있다. 더 이상 휘둘리지 마라."

붉은 아가리

카페에는 속삭이는 듯 잔잔한 음악이 흘렀다. 그가 와인 한 모금을 마시고 나서 달뜬 목소리로 말을 이었다.

"제 겨드랑이에서 일어난 귀뚜라미 울음을 감지한 듯 그 여자가 몸을 세우고 서늘한 치맛바람을 일으키며 다가오더니 가쁜 숨소리와 함께 제 얼굴을 두 손바닥으로 감싸서 끌어당기며 입을 맞추었어요."

그 여자의 입이 그의 아랫입술을 빨아들였을 때 여자의 윗입술이 그의 입속에 들어왔다. 이어서 강한 흡인력으로 그의 혀가 그녀의 뜨거운 입속으로 빨려 들어갔다. 그의 몸은 황홀감과 두려움이 교차하는 전율에 휩싸였다. 전율하는 그를 풀어주고 난 그녀는 상기된 채 말했다.

"선생님, 두려워하지 마셔요. 저는 위안과 치유의 여신이어요."

그는 그녀의 뜨거운 입안과 그의 혀를 널름거리며 휘감던 혀를 생각하며 서정주의 「화사花蛇」*를 떠올렸다.

우주 안에 존재하는 모든 것은 그 모양새가 다 비슷하다고 도씨가 말했다. 꽃뱀은 물어뜯는다는 점에서 이빨 달린 요니(여성의 성기)를 닮았고, 몸통이 기다랗고 구멍 속으로 잘 스며든다는 점에서는 남성의 성기를 닮았다. 그가 말을 이었다.

"그 여자가 돌아간 다음 날 이른 아침, 핸드폰에 문자 메시지가 떴는데 '선생님, 제 속옷 한 벌만 사주셔요' 이런 내용이었어예. 깜짝 놀랐지예……. 겨우 한 번 만나 술 한 잔을 하고 입을 한 번 맞추어본 것이 전부인데 왜 그런 요구를 할까. 속옷이라니 어떤 것을 말하는가. 겨울 내복 상하의를 말하는 것일까, 아니면 그보다 더 깊은 속옷을 말하는 것일까. 이 늙은이에게 그것을 사주기를 바라는 그 여자의 저의가 무엇일까. 멍히 허공을 쳐다보고 앉아 있는데 가슴이 뒤숭숭해지고 눈앞이 어질어질해졌어예."

---

* ……소리 잃은 채 널름거리는 붉은 아가리로 푸른 하늘이다……물어뜯어라 원통히 물어뜯어……클레오파트라의 피 먹은 양 붉게 타오르는 고운 입술이다……스며라 배암…….

그때부터 그에게는 그 여자와 아주 많이 가까워질 수 있겠다는 희망이 생겼다. 그 여자가 곁을 주려 한다고 생각됐다. 당장 떨리는 손끝으로 문자 메시지를 찍어 보냈다. "속옷이라니 어떤 것? 크기가 얼마쯤인가요?"

기다리기라도 한 듯 핸드폰에 "85A, 95"라는 암호 같은 문자가 뜨고, 잠시 뒤 "저는 요란한 색깔이나 레이스는 싫어요. 수수한 살색이나 흰색을 좋아합니다"라는 메시지가 들어왔다.

그는 천장을 쳐다보며 '85A, 95'가 무얼까 하고 생각했다. 그가 문자로 물었다. "85A와 95는 무언가요?" 그 여자가 문자를 보내왔다. "85는 가슴둘레, A는 유방을 감싸는 컵의 크기이고, 95는 팬티 사이즈."

"하아!" 하고 그는 탄성을 질렀다. '아, 가슴둘레와 유방의 크기!' 여자의 속옷은 팬티만 뜻하는 것이 아니고, 브래지어와 팬티를 한 세트로 말하는 것이라는 사실을 알아챘고 허공을 쳐다보며 심호흡을 했다. 아, 이 여자, 자기 속옷을 나에게 사달라는 저의가 무엇일까. 곁을 준다면 대관절 어디까지 얼마만큼 주겠다는 것인가.

심호흡으로 설레는 가슴을 달래고 있는데 핸드폰이 울렸다. 그 여자가 건 전화였다. 그녀가 웃음 섞인 탄력 있는 목소리로 말했다.

"선생님, 깜짝 놀라셨지요? 저 일부러 선생님을 놀라게 해드리고 싶었어요. 오늘 특별한 일이 없으시면 남강 백화점 나들이를 하셔요. 설레는 가슴으로요. 백화점 속옷 점포에 가셔서 애인에게 선물하시겠다고 하면서 제가 알려드린 사이즈대로 골라 보내주셔요. 결제만 하시면 점원들이 택배로 저한테 보내줄 거예요. 바야흐로 이팔 소년의 뜨거운 피로 사시는 여든 문학청년의 멋진 낭만적 일탈이 시작되는 것입니다. 저는 지금부터 광주에서 두근거리는 가슴으로 선생님의 뜨거운 일탈을 축하하면서 곰곰이 기다렸다가 잘 입을게요. 그 속옷을 입고 사는 제 모습을 상상하며 생활하셔요. 그럼 외롭지도 않고 쓸쓸하지도 않고 항상 즐거우실 거예요. 그게 바로 회춘하는 길이어요."

일방적인 유혹이고 강요라고 느껴졌지만 그는 그게 싫지 않았고 달콤했다. 그쪽에서 빨아들이는 대로 모른 체하고 미끄러지듯 빨려 들어보고 싶었다.

"아침밥을 먹자마자 택시를 타고 남강 백화점으로 갔어요."

그게 늙은 자신의 어리미친 행각의 시작이었노라고 그는 건들바람처럼 웃으며 말했다. 말하는 그의 콧구멍이 커져 있었다.

"한 선생님, 이게 웬 미친 짓인기요? 암호 같은 사이즈(85A, 95)의 그 여자 속옷을 선물하겠다는 생각을 하자 제 가슴이 두근거리면서 온통 세상이 달리 보이기 시작했어예. 늙은 제가 환장한 것인지 모르지만 말이지예, 세상이 온통 황홀해졌어예. 여느 때 평평하다 싶던 하늘이 파도치듯 출렁대는 듯싶고, 흘러가는 구름과 푸른 산이 너울거리는 듯싶고, 자동차들이 전과 달리 활기차게 소리치며 달리는 듯싶었어예. 젊은 여자가 어떤 남자에게 자기 속옷을 사달라고 하는 건 자신의 모든 것을 다 주겠다는 것 아닌가, 이런 야한 생각이 들기도 했어예."

　택시를 타고 가는데 핸드폰 속으로 그 여자의 주소가 들어왔다. 너무 이른 시간에 도착했으므로 아직 개장 전이었다. 삼십 분이나 더 기다려야 했다.

　카페로 들어가서 커피 한 잔을 하고 나서 여성 속옷을 파는 코너로 갔다. 속옷 점포가 여럿 있는데 각기 여성 점원이 한 사람씩이었다. 그들은 진열대에 걸린 것들을 바르게 펴기도 하고 새것을 걸기도 했다.

　맨 가장자리의 점포로 갔다. 까만 정장 제복의 작달막한 단발머리 점원이 그를 흘긋 쳐다보았다. 그는 팔십 늙은이인 주제에 여성의 속옷을 사는 일이 떳떳하지 않았으므로 여점원의 얼굴을 똑바로 보지 못했다. 고개를 떨어뜨린 채 핸드폰을 꺼내서 문자로 찍혀 있는 것을 보여주고 살색 속옷 두 벌을 달라고 했다.

　점원이 팬티 두 장과 브래지어 두 개를 꺼내놓고 천의 감촉이 마음에 드는지 만져보라고 했다. 점원이 시키는 대로 만졌는데 속옷은 간지러울 정도로 매끄럽고 보들보들했다. 브래지어는 컵이 말랑말랑하면서도 탄력이 있고, 유방이 닿는 부분은 가슴 시리게 부드러웠다. 이것들이 그 여자의 속살 깊은 부분에 닿을 거라는 생각을 하자 가슴이 우둔거리며 숨이 가빠졌고, 얼굴이 뜨거워지며 눈앞이 어지러웠다. 그는 점원이 묻지도 않았는데 어색한 표정을 지으며 "제자인데 하도 잘해주어서예" 하고 중얼거리듯 거짓말을 했다. 점원이 빙긋 웃으면서 "잘 고르셨어예. 제자가 아주 좋아하실 겁니다" 하고 말했다.

그는 문득 잠옷도 한 벌 사 보내자고 생각했다. 천사의 날개옷 같은 하얀 무명 잠옷을 머리에 그렸다. "잠옷도 하나 보여주시지예. 원피스 모양의 아주 얇고 부드러운 순 무명천으로 지은……."

점원이 잠옷을 보여주며 말했다. "감촉이 아주 그만입니다. 제자의 키가 어떻게 되시지예? 저보다 큰가예, 작은가예?" "160센티미터쯤……." "그럼 이것이 딱 알맞겠네예." 잠옷에는 '순수 무명 100수'라는 표가 붙어 있었다. 그가 말했다. "이것도 함께 포장해 보내주시지예."

가격을 물어보지도 않고 카드로 계산했고, 붉은 철쭉꽃 같은 그 여자의 주소와 이름과 핸드폰 번호를 적어주었다. "오늘 발송하면 내일은 받으실 수 있을 것입니다" 하고 말하는 점원의 얼굴은 건너다보지도 않고 고개만 까딱해주고 몸을 돌렸다. 겨드랑이와 등이 땀에 젖어 있었다.

심호흡을 하고 움직이는 계단을 향해 가는데 핸드폰이 울었다. 그 여자였다. "지금 혹시 백화점에 계시지 않아요?" 그가 그렇다고 하자 "그럼 제 실반지도 아주 하나 사주셔요. 보석 달린 것은 말고, 아주 단순하게 24K로 된 거요. 선생님이 사주신 반지를 평생 끼고 살고 싶어요" 하고 말했다.

그가 그러지 않아도 그 생각을 하던 참이라고 말하자 그 여자가 미리 준비한 듯 자신의 손가락 크기를 말했다.

"17이어요."

움직이는 계단을 타고 귀금속 점포로 갔다. 그는 까만 투피스 차림의 점원 얼굴을 정면으로 보지도 못한 채 진열장 속 금붙이들만 살폈다. 사람들로부터 지탄을 받을 불륜을 저지르기라도 하는 듯 가슴이 두근거렸다. 눈에 들어오는 실반지들을 손가락으로 가리켰다.

점원이 진열장에서 몇 가지를 차례로 내보였다. 등 부분이 새끼 꼬인 듯한 노란 실반지를 골랐다. 점원은 사이즈 17인 실반지를 꺼내서 자기 손가락에 끼고는 보여주었다. 그가 좋다고 말하자 점원은 보증서를 펼쳐 보이고 나서 다시 접은 다음, 자기 손가락에 끼었던 반지를 빼서 앙증스러운 까만 상자 안에 넣어주었다.

그는 그것을 잘 포장하여 보내달라고 하면서 그 여자의 주소와 이름과 전화번호를 적어준 후 카드로 결제하고 도망치듯이 움직이는 계단을 향해 갔다.

그가 고개를 깊이 떨어뜨린 채 말했다.

"그때 가슴 쿵쾅거리는 저의 내부에서 도깨비라는 놈이 단 한 번 만나서 술 한잔하고 입 한 번 맞추었을 뿐인 여자에게 왜 속옷과 잠옷을 사주고 실반지까지 선물하느냐고 항의의 말을 쏟아냈어예. 도씨의 항의 가운데서 가장 속 아프게 찌르는 것은 '네놈이 죽은 네 아내가 살았을 적에 언제 양말 한 켤레, 치마 한 벌, 납반지 하나라도 사준 적이 있느냐? 너 정말 미쳤구나!'라는 말이었어예. 저는 형편없이 비굴해져서 도씨를 설득했어예. '그게 내 뜻대로 될지 어떨지 모르지만 그 여자를 내 여자로 만들고 싶어 그런다. 그게 이 늙은 놈의 말도 안 되는 탐욕이라는 것을 잘 안다. 이해해다오, 그냥 나 팍 미쳐버리고 싶다. 제발 이해해다오' 하고 말이지예."

그 말을 뱉고 나서 그는 건들바람처럼 웃었는데 그 속에 울음이 들어 있었다.

나는 그가 젊은 여자의 유혹으로 이성을 잃었고, 그 여자에게 창자까지 다 빼주는 늙은이가 되어 있다고 생각했다. 말하자면 그가 남강의 시 낭송회장에서 "시인과 애인과 광인은 동의어"라고 한 얼토당토않은 객설과 낭송한 시 「참사랑」을 스스로 증명하고 있다고 생각했다.

그는 와인을 두 모금이나 거듭 마시고 나서 말을 이었다.

"그로부터 달포쯤 뒤에 저는 그 여자에게 함부로 신어도 되는 랜드로바라는 신도 사주었어예……. 그 여자의 발 크기가 앙증스럽게 작더라고예, 230밀리미터라예. 그리고 백만 원짜리 겨울 코트도 한 벌 사주었고예."

그는 취해 있었고, 코를 찡긋하면서 히들히들 웃었다.

나는 혼란에 빠져들었다. 그가 아내 없이 말년을 보내고 있는 삶, '화사'의 붉은 아가리 같은 늪 속에다가 이것저것을 정신없이 처넣는 삶을 납득할 수 있기도 하고 전혀 납득할 수 없기도 했다. 아, 주책바가지가 되어 있는 저 늙은이에게 그 여자는 무엇인가.

밤의 해협

크루즈 배는 샛노란 눈을 부릅뜬 채 깜깜한 한밤의 해협을 항해했다. 바람이 세차고 파도가 높은지 미세한 흔들림이 있었다. 흔들림은 취기로 인해 가벼운 멀미에 동반되는 어지럼증처럼 감지됐다. 그가 와인 한 모금을 머금었다가 삼키고 나서 말했다.

"한 선생님, 깊이를 헤아릴 수 없는 한밤의 이국 해협은 거대한 이빨을 가진 요니입니다. 바다는 굼실거리는 파도로써 요분질하듯이 우리가 탄 배를 애무하고 있어예. 우리 배는 허무의 바다를 건너가고 있습니더. 남녀 간에 깊이 사랑한다는 것은 깜깜한 허무의 바다를 외로운 등불 하나 밝히고 건너가기와 다름없는 기라예."

그는 허공을 쳐다보며 "사랑한다는 것은……" 하고 시*를 뱉어냈다.

시를 암송하고 난 그는 와인 한 모금을 오래 머금어 음미하다가 삼키고 고개를 떨어뜨린 채 잠시 뜸을 들이다가 말을 이었다.

"저는 지금 저세상에 간 아내하고 함께 다니던 여행 코스를 복기

---

* 시 전문은 이렇다. "사랑한다는 것은 서로의 가슴에 다리를 놓는 일입니다. 사랑한다는 것은 멱 감는 선녀의 날개 감추기이고 아기 둘 낳은 선녀가 그것을 안고 업고 하늘나라로 달아나기입니다. 사랑한다는 것은 학 각시가 자기 깃털을 뽑아 길쌈을 하기이고, 그 남편이 그 베를 팔아 모은 살림을 주색잡기로 탕진하기입니다. 사랑한다는 것은 서로에게 밧줄 끝을 던져주고 그것을 끌어당기기입니다. 사랑한다는 것은 심연 속의 허기진 갈치들이 서로의 꼬리를 잘라먹기입니다. 사랑한다는 것은 허무의 바다 건너가기입니다. 한쪽은 나룻배가 되고 다른 한쪽은 사공이 되어."

하듯이 다시 하고 있는 이 여행을, 마흔아홉 살, 아니 이제는 쉰 살의 빨간 철쭉꽃 같은 여자하고 같이 왔어예. 그 여자가 이 여행을 함께하겠다고 해서 제가 돈을 다 대고, 조건을 하나 제시했습니더. 2인 1실을 같이 쓰지 말고 각자 독방을 쓰자고예. 그 여자와 저는 독방비로 60만 원씩을 더 냈습니더. 만일 둘 사이에 마음의 융합이 이루어지면 어느 한쪽의 방을 함께 쓰는 한이 있더라도 그냥 그렇게 하자 했어예. 그 여자, 상식적으로는 이해할 수 없는 구석이 있거든예."

붉은 철쭉꽃 같은 여자는 선정적이었다. 그 여자는 그를 문학청년이라고 불렀고, 늘 그의 가슴이 설레도록 유혹하곤 했다. 그때그때의 상황에 따라서 그녀는 어리광을 부리며 떼쓰는 십 대 소녀가 되었다가, 요염한 이십 대나 삼십 대 여자가 되었다가, 여물이 들 만큼 들고 고물이 꽉 찬 모성 강한 오십 대나 육십 대 여자가 되었다가 했다. 스스로를 멋지고 향기롭지만 탐욕이 없는, 자기 신이 시키는 대로 살아가는 꽃뱀 여신이라고 자평했다.

그는 그 여자와 이 여행을 함께하기로 약속한 날부터 고민하기 시작했다. 여행 중 어느 날 밤에 문득 그 여자가 그의 방으로 밀고 들어오지 않을까. 침대에서 알몸으로 만나게 되지 않을까. 팔십 늙은이인 내가 그 여자를 감당할 수 있기나 할까. 남강 호텔에서 그랬듯이 식물처럼 자기만 한다면, 햇빛 찬란하게 쏟아지는 듯한 클래식 음악이나 대중가요의 기막히게 꺾는 한 대목에서도 엑스터시 같은 오르가슴에 도달하곤 한다는 그 여자가 얼마나 실망하고 슬퍼할 것인가.

화가 제백석의 여자

어느 날 저녁에 죽방렴횟집에서 시 낭송인, 시인, 화가, 서예가들과 술자리를 함께했었다. 술을 한잔한 김에 좌중에게 여든 노인인 자신이 젊은 여자와 잠자리를 함께하게 될지도 모르는데 어찌해야 할지 모르겠다는 걱정을 농담 삼아 털어놓았더니 그보다 열 살 아래인 화가가 말했다.

"자신감을 가지고 당당하게 만나십시오."

한국화를 전공하는 그 화가는 중국 화가 제백석을 예로 들어 말했다.

"제백석이라는 화가는 팔십 세에 딸을 낳았어예. 딸을 낳아준 여자가 새파란 이십 대 초반이었지예. 그 여자를 늙은 아내가 남편의 그림 작업을 수발하라고 들여주었어예. 그 여자는 제백석에게 그림을 배우고, 이런저런 잔심부름을 하고 술 동무도 해주고 그러다가 사랑을 했던 것이지예."

그 화가는 젊은 여자를 만나는 법에 대하여 세세히 설명했다.

"사랑이라는 것은 하나의 아름다운 세계와 또 하나의 아름다운 세계가 만나는 것이라 할 수 있습니더. 선생님, 먼저 자신감부터 가지셔야 합니더. 주저하거나 부끄러워하지 마시고, 비뇨기과에 가서 발기부전 치료제를 처방받으이소. 간단히 혈압을 체크하고 나서 그게 높지 않으면 처방전을 떼어줄 깁니더. 선생님, 그냥 맨살을 마주 대보는 정도의 만남은 여자를 슬프게 합니더. 여자를 슬퍼지게 하면 실망하고 금방 떠나가는 법이라예. 선생님, 일단 여자를 만족시킬 수 있다는 자신감을 확고하게 가지이소. 제가 보기로 선생님은 충분히 그렇게 하실 수 있을 것 같습니더. 혈색도 좋으시고, 청년 같으시거든예."

정精

남자가 원초적으로 여자와 결합할 때 사정을 한다는 것은 무엇인가.

정精은 모든 남녀의 몸을 활성화하는 생명력의 총체적인 근본 원소이다. 남자의 몸에서는 그것이 정자를 만들고, 여자의 몸은 난자를 만든다. 정자는 암컷의 자궁 속에 투사되어 난자 안으로 들어가 새 생명체를 탄생시키는 씨앗이다. '태초太初'라는 말에서 '태초' 자는 네 활개를 벌리고 있는 남성의 가랑이 밑에 점 하나를 찍은 모양새의 글자이다. 우주를 있게 한 씨앗(정자)이 그것이다.

모든 동물의 정자 제조 기관인 정낭은 배 밖에 노출되어 있다. 그 정자 제조 기관은 신선한 정자를 생산하기 위하여 특이한 온도 조절 기능을 갖추고 있어야 한다.

성적인 행위를 할 때 수컷이 정액을 뿜어내기 위해서는 심장이 최고조로 빨리 뛰어주어야 하는데 그것은 일종의 급박한 펌프질이다. 심장이 빠른 펌프질을 하여 뿜어낸 뜨거운 피로 가능한 한 남근을 최대로 팽창시켜야 하고, 그 펌프질로 인한 강한 압력으로 정액을 투사해야 한다. 그 투사의 순간, 수컷과 암컷은 동시에 오르가슴을 맛보게 되는데 그것은 아찔한 최고의 엑스터시 같은 쾌감인 것이다. 성적 오르가슴은 새 생명을 창조하는 성스러운 섭리이다.

모든 동물의 수컷들이 늙어지면 발기부전증을 가지게 되는데, 그것은 젊은 시절에 하던 것처럼 함부로 성행위를 하지 못하게 하려는, 자기 생명체 보호를 위한 당연한 현상이다. 만일 늙은 수컷이 스스로 늙었음을 잊고 사력을 다해 성행위로 오르가슴을 맛보려고 탐한다면 심장의 빠른 펌프질이 과도하게 강요될 것이고, 곧 정력의 무리한 소진으로 인해 건강의 파탄이나 생명체의 소멸로 이어질 수 있는 것이다. 그 때문에 모든 늙은 동물의 발기부전증은 자연스러운 현상이고, 그로 인하여 그들은 젊은 수컷들에게 그 행위를 내주게 되기 마련이다.

팔십 늙은이의 발기부전증을 약물로 치료하는 것이 가능한 일이며 온당한 일일까. 발기부전 치료제라는 약은 결국 늙은이의 몸을 무리하게 혹사하는 것 아닐까. 늙은이는 무리를 하면 안 된다. 무리하게 정을 투사하면 앓게 될 수도 있고, 그리하여 죽게 될 수도 있다.

그는 그 약을 사용하라고 권한 화가에게 물었다.

"그 약이 위험하지 않을까예? 발기와 사정을 위해 심장이 무리하게 빠른 펌프질을 하다가 스스로 지쳐 뻐드러져 버린다든지, 그래가지고 복상사를 한다든지……. 나는 순간적인 오르가슴을 맛보려고, 아니 한 여자를 만족시키기 위해 그 행위를 무리하게 하다가 죽고 싶지는 않아예."

화가가 도리질을 하며 말했다.

"천만에예. 선생님, 절대로 위험하지 않습니더. 그 약이 일종의 혈관 확장제인 기라예. 등산하는 사람들이 고산병을 치료하기 위해 사용하기도 해예. 복용하고 나면 얼굴 살갗이 약간 붉어지고, 심장박동이 여느 때보다 조금 빨라지기는 합니더. 그렇지만 위험할 정도는 아닌 기라예. 그 일을 치르기 두 시간 전에 단 한 알만 먹으면 됩니더. 절대로 두 알은 먹으면 안 되고예. 그러면 신통하게 성사가 잘됩니더⋯⋯. 선생님, 염려 마시고 한번 시도해보이소. 그거, 그야말로 신비한 사랑의 묘약입니더."

사랑의 묘약

스톡홀름으로 건너가는 거대한 크루즈 배의 카페 안에는 박자 빠른 음악이 잔잔하게 흐르고 있었다. 그는 지갑을 꺼내더니 그 안에서 투명한 비닐로 포장되어 있는 청명한 가을 하늘 빛깔의 알약을 끄집어내 나에게 보여주었다.

"비뇨기과에서 처방을 받아 준비해 왔어예. 만일을 대비해서예."

내가 말했다. "부디 성공하기를 빕니다."

그가 잠시 고개를 떨어뜨리고 있더니 "사실은 여행 오기 전에 그 여자하고 호텔 방에 들어가 이 약을 한번 시험해보기는 했어예" 하고 고백했다.

"아, 네!" 나는 와인 한 모금을 마시고, 치즈 한 쪽을 입에 넣고 씹었다. 그 일을 성공적으로 치렀느냐고 묻고 싶은 것을 참았다. 그도 와인 한 모금을 삼키고 있었다. 그때 나는 어릿어릿한 취기와 배의 흔들림을 동시에 느꼈다. 그가 입을 열었다.

"의사가 시킨 대로 두 시간 전에 한 알을 먹었지예."

그는 그때의 일을 나에게 말하지 않고는 못 견디겠는지 전보다 더 말을 빠른 속도로 뱉어내고 있었다. 흥분으로 인해 주먹처럼 뭉툭한 코가 실룩이는 듯싶었고 콧구멍이 커졌다.

"그 약 설명서를 읽어보니 약간의 음주 상태에서 먹어도 괜찮다고 쓰여 있었어예. 그래서 와인 두 잔을 하고 약간 얼큰해진 상태에서 먹고 기다렸지예. 약효가 금방 오더라고예. 얼굴이 화끈 달아올랐어예, 가슴이 우둔거리면서……. 그때 그 여자가 제 몸을 뱀처럼 휘감은 채 애무했어예."

'뱀처럼 휘감은 채 애무했다'는 그의 추상적인 진술을 나는 구체적으로 이해할 수 없었다. 그도 그 표현이 애매하다고 생각했는지 잠시 뜸을 들였다가 말을 이었다.

"그 여자가 속삭였어예……. '공자님이 나이 칠십에는 마음 가는 대로 하고 살아도 법도에 어그러짐이 없다고 가르쳤어요. 선생님, 두려워하거나 부끄러워하지 마시고 마음 가는 대로 하셔요.' ……그 여자의 말은 신들린 무당의 넋두리 같았어예. 콧소리 어린 목소리로 말을 뱉어내면서 원초적인 춤을 추었어예."

나는 '원초적인 춤'이라는 말도 이해할 수 없어서 눈을 깜박거리며 그의 얼굴을 건너다보기만 했다. 내 불만을 알아차린 그가 말했다. 그 행위에 대한 수사는 화려하고 현학적이었다.

　"그 여자는 무용을 한 여자답게 몸이 유연했어예. 살풀이춤인 듯싶은데 살풀이 춤사위가 아니고, 훌라 춤 같은데 훌라 춤도 아니고, 탱고 춤 같은데 탱고 춤도 아니고, 아무렇게나 몸을 흔드는 막춤 같은데 그것도 아니었어예. 저는 그것을 그냥 원초적인 춤이라고 말하고 싶어예. 좌우간 신들린 듯싶은 그녀는 자기 춤은 인간의 시간에서 신의 시간으로 나아가는, 우울에 빠진 사람의 치유와 위안과 자유와 구원을 위한 행위라고 말했어예. 원효 스님이 춘 무애無礙 춤일 수도 있고, 그리스 소설가 니코스 카잔차키스의 조르바가 춘 춤사위일 수도 있다는 것이었어예. 서로의 몸을 끌어안고, 그냥 사랑에 질펀하게 취해버리자고 말했어예. 남녀가 추는 원초적 춤이야말로 세상에서 가장 성스럽다고, 지금 추고 있는 춤은 신의 시간, 영원을 향해 나아가는 영육의 자연과학적·인문학적 융합, 말하자면 신화적인 춤이라고 했어예. 그러면서 '선생님, 우리는 신들의 창조 행위를 하고 있어요' 하고 말했어예."

　그는 숨을 깊이 들이켰다가 내뿜은 다음 끔찍한 사건을 고백하기라도 하듯이 말을 이었다. 그에게서 신들린 듯 광기 어린 뜨거움이 번져 왔다.

　"그 여자는 어지럽게 뱉어대는 형이상학적인 말과 춤으로 저에게 최면을 걸고 있었어예."

그는 심호흡을 하고 나서 말을 이었다.

"한 선생님, 성행위라는 것은 미분화 상태인 원시종합예술의 한 형태라고 저는 생각합니더. 그것은 영아가 막 자궁 밖으로 나왔을 때하는 짓과 똑같습니더. 영아는 사지를 내저으면서 응아 하고 소리치지 않아요? 허우적거리는 것은 춤이고, 응아 하고 외치는 것은 음악이고, 조금 자라서 엄마 하고 부르는 것은 시詩입니더."

나는 고개를 끄덕거려주기만 했고, 그는 말을 이었다.

"극도의 흥분 상태에 젖어든 채 저는 깊고 무른 사랑의 수렁 속으로 빠져들었어예. 저는 순간적으로 무한 허공을 날아가다가 천 길 아래로 추락하는 아찔함을 맛보았는데 그 여자가 '선생님은 씩씩한 청년이야!' 하고 말했어예. 순간 내가 한 여자를 환희에 이르게 했는지도 모른다고 생각했는데, 그때 저는 진땀에 젖어 있었고 심장은 걷잡을 수 없도록 쿵쾅거렸어예."

약의 역반응

잠시 뒤 그가 얼굴을 일그러뜨리며 "그런 다음 제 몸에 예상치 못한 증후가 일어났어예" 하고 암울하고 서글프고 절망적인 목소리로 말했다.

"취중에 사정과 동시에 오르가슴을 맛본 다음에는 긴장이 풀리면서 몸과 마음이 늘어져서 깊은 잠 속으로 빠져들어야 하지 않는기요? 그래야 쌓인 피곤이 풀리고 몸과 마음의 활력과 평온이 회복되는 것이지예······. 노인은 특히 반드시 깊은 숙면을 통해 피곤을 해소해야 하거든예. 숙면이라는 것은 심장을 쉬게 하고 새 기운을 회복하게 만드는 신비한 묘약인 기라예. 그런데 혈관 확장제인 그 약의 약효로 인해 가슴이 계속 두근거리면서 정신이 초롱초롱 맑아지기만 하고 불안해졌어예. 그래서 저는 저에게 최면을 걸었어예. 이제는 마음을 비우고, 모든 것을 잊고 잠을 자야 한다, 무조건 깊은 잠을 자야 한다······."

나는 마치 내가 그 일을 당한 듯 심장이 우둔거리면서 불안해졌다.

그가 심호흡을 하고 나서 말을 이었다.

"논리대로 한다면 제가 건 최면에 들어야 하는데, 최면에는 안 걸리고 불안해지기만 하면서 잠이 들지를 않는 기라예. 얼굴은 화끈거리고, 가슴은 두근대고, 숨은 가쁘고, 맥은 풀리고, 머리는 총총 맑아질 뿐이었어예. 아, 이렇게 심장이 계속 뛰다가 한순간에 스스로 뻐드러져 멈추는 것 아닐까, 가뜩이나 부정맥이 있는데····· 알몸인 채로 단말마 경련을 일으키고 죽는 저의 모습이 머리에 떠올랐고 겁이 났어예. 얼른 팬티를 주워 입었어예. 알몸으로 죽은 모습을 보여주기 싫어서예. 저는 그 여자와의 뜨거운 만남을 통렬하게 후회했어예. 그렇지만 그제서야 후회한들 무슨 소용이 있겠는기요. 얼굴 화끈거림과 가슴 두근거림으로 인한 무섭고 두려운 시간은 한없이 더디 흘렀어예."

그가 와인 한 모금을 마시고 치즈 한 조각을 씹어 삼키며 말했다.

"저는 제 심장의 쿵쿵거리는 박동 소리를 들으며 십 년 전에 죽어
간 두 친구를 생각했어예."

환혹과 죽음의 간극

그의 말을 들으며 나는 섹스의 환혹과 죽음의 간극과 업보에 대하
여 생각했다. 한 생명은 섹스로 인해 만들어지고, 그 생명체가 만들
어졌던 바로 그 자리*에서 복상사라는 죽음도 만들어질 수 있다.

그는 와인 한 모금을 마시고 나서 말을 이었다.

"한 친구는 산을 무지무지 좋아했어예. 환갑이 넘어 직장에서 퇴
임할 무렵에 아내가 자궁암으로 죽었는데, 홀아비가 된 그 친구는

---

* 여성 성기는 모성성의 공간과 여성성의 공간으로 나누어볼 수 있다. 모성성의 공간
은 자궁이고, 여성성의 공간은 질과 음핵이다. 여성성의 공간에는 성감대가 잘 발달
해 있지만, 아이를 키우는 모성성의 공간은 그렇지 않다. 질과 음핵은 여체를 여성답
고 향기롭게 꾸미기 위해 여성 호르몬을 분비하도록 촉진하는 역할을 하고, 자궁은
난소를 통해 난자를 준비한다. 성행위를 할 때 질과 음핵은 스스로 쾌락에 빠지게
하고, 남성을 유혹하고 자극하는 공간으로서 많은 정자를 사정하도록 유도하는데,
그것을 받아들인 자궁은 그들 가운데 단 하나만 난자 속에 들어가 생명체로 만들어
지게 하고 다른 것들은 다 죽어가게 만든다. 여성의 은밀한 동굴 속에서 이루어지는
탄생과 죽음, 그 동굴은 얼마나 위대하고 성스럽고 신비하면서도 엄혹하고 잔인한
시공인가.

혼자서 청년처럼 이 산 저 산 명산들을 차례로 오르고, 가끔은 해외로 등산 원정을 다니기도 했지예……. 어느 가을날에 친구는 전남 장흥 천관산을 등산했는데, 하산하는 길에 동백나무 숲 무성한 산기슭의 양지바른 외딴집에 혼자 사는 여자를 만났어예. 당시에 그 여자가 열다섯 살 연하, 사십 대 중반이었어예. 서울에서 살다가 내려와 무명베나 명주나 한산모시에 풀잎이나 야생 열매나 홍화씨를 이용해 염색을 하고 약초를 연구하면서 사는, 지적이면서도 감성적이고 예술적이고 자연 친화적인 여자였어예……. 장흥 천관산 동백꽃이 아주 대단합니다. 선운사 동백꽃은 비교도 안 될 만큼 무지무지 많고 아름답습니다. 그런데 그 여자가 빨간 통꽃인 동백꽃과 아주 딱 닮은 여자인 기라예. 친구는 한 달에 한 번씩 찾아가곤 하다가 그 여자하고 정분이 났습니다. 친구가 하도 천관산 자랑, 동백꽃 자랑, 그 여자 자랑을 해서 따라가봤는데…… 무릎의 흰 살이 살짝 드러날 정도로 해진 청바지에 흰 블라우스를 입고 자주색 조끼를 걸친 그 여자, 체구가 작달막하지만 엉덩이가 실팍하고, 하얀 얼굴에 도톰한 입술이 빨갛고 예쁘장하더라고예. 시쳇말로 아주 강단지고 발랄하고 섹시한 여자였어예. 약간 오목한데 웅숭깊어 보이는 눈이 숲속의 옹달샘처럼 깊고 그윽했어예. 노루나 토끼나 다람쥐는 물론 지나는 사람들을 유혹할 만한 옹달샘이었어예. 그 여자를 대하는 순간, 저는 불길한 예감이 들었어예. 그 여자, 눈이 거슴츠레하고, 볼이 반쯤 익은 사과처럼 볼그족족하고, 웃을 때 양쪽 볼에 웃음 우물이 깊게 파이더라고예. 목소리에 콧소리가 살짝 섞이고 억양에 어리광이 서려 있는 것도 예사롭지 않더라고예. 나중에 알고 보니 그 여자는 전남편과 사별한 전력이 있었어예. 사별 이유는 말해주지 않는데…… 좌우간 친구는 그 여자를 만난 지 오래지 않아서 서울 살림을 다 정리하고, 그 여자하고 단둘이 천관사에 가서 주지 스님의 주례로 혼례식을 치렀어예. 아파트하고 통장에 든 돈을 모두 미술 대학원에 다니는 딸한테 주고, 한 달에 얼마씩 나오는 연금만 들고 그 여자에게로 갔어예. 친구와 그 여자가 결혼한 다음에도 몇 번 가봤는데 둘 사이가 청춘 남녀 사는 것 같더라고예. 친구는 밭 개간하는 일을 아주 열심히 했어예. 삽질하고 괭이질해서 뜨락도 넓히고, 예초기로 풀을 깎고, 밭에 시금치나 당근이나 도라지 씨를 뿌리고, 어린 싹 사이에 돋아난 잡풀을 매고, 땔나무를 베어다가 장작을 패서 쌓아놓고 벽난로를 피우고, 난롯가에서 여자가 기타 치며 노래 부르는 것을 듣거나 따라 부르기도 하면서 와인을 홀짝거리고, 사철 내내 여자하고 함께 약이 된다는 산나물을 뜯어다가 무쳐 먹고……. 천연으로 염색하는 것을 도와주고, 아내가 쓴 산야초에 관한 시와 산문들을 묶어 출판해주고, 그 산골 집에서 조촐하게 시 낭송회를 겸한 출판 기념 북콘서트를 열어주고……. 그 친구, 자기는 이제 여한이 없다고 하더라고예. 자기는 세상에서 가장 귀중한 보물을 보듬고 사는데 그 보물이 자신의 새 아내라는 것이었어예. 그랬는데 한 해 뒤에 친구가 갑자기 죽었다는 연락이 왔어예. 장례식장에서 그 여자가 아무런 말도 하지 않고 눈물을 흘리기만 하는데 아마 복상사를 하지 않았을까 의심이 되더라고예. 복상사라는 것은 격정적인 성행위

도중에 남자가 심장마비를 일으켜 죽는 것 아닌기요?"

복상사에 대하여 누군가가 무섭고도 슬픈 역설을 흘려놓았다. 성행위를 하다가 여성의 알몸 위에서 죽는 것이야말로 남자의 가장 행복한 죽음일 수 있다고.

복상사는 늘 있는 일이었던지 옛날 젊은 여성들은 쪽을 지은 머리에 날카로운, 귀이개를 겸한 머리꽂이를 찌르고 다닌다고 했다. 그것은 성행위 도중에 심장이 멎은 남자의 급소를 찔러 소생하게 하는 도구라는 것이다.

그가 한 손으로 탁자 위의 와인 잔을 천천히 돌리며 말을 이었다.

"이불 속에서 눈을 감고 두근두근 심장 뛰는 소리를 들으며 두려움에 젖어 있는데 또 한 친구가 떠올랐어예. 건축업자인 그 친구는 쉰다섯 살에 상처를 했는데 꽤 능력 있는 수재였지예. 그 친구도 새장가를 들었어예. 상대는 서른여덟의 늘씬하고 얼굴이 야리야리하게 고운 여자였어예. 호텔에서 가까운 친지들을 불러다가 혼례식을 치렀지예. 친구가 입이 닳게 그 여자 자랑을 하더라고예. 한 술자리에서 얼근해진 친구가 '사랑론'을 펼쳤어예. 인간의 사랑에는 '개사랑'이 있고 '참사랑'이 있다고…… 뭐가 개사랑이고 뭐가 참사랑이냐고 하니께, 서른다섯 살 이하의 남녀는 대개 개사랑을 하고, 그 나이를 넘어선 남녀는 참사랑을 한다더라고예. 그 말은 여자가 사랑의 참맛을 알고 하느냐, 모르고 하느냐 하는 차이라는 것이었어예. 자신의 새 여자는 참사랑을 확실하게 터득한 여자라 사랑을 천천히 음미할 줄 안다고 하더라고예……. 처음 그들 둘은 남편 친구들의 모임에도 함께 나오고, 쇼핑도 함께 다니고, 영화나 뮤지컬이나 연극을 함께 보러 다니기도 하고, 함께 산행도 하고 해외여행도 다니대예. 한참 뒤에 알고 보니 그 여자에게는 오래전에 헤어진 남자가 있었던 모양이었어예. 전 남자는 다른 여자하고 결혼을 했는데 그런 다음에도 이 여자와 더러 은밀한 곳에서 만나곤 한 사이였던 기라예. 사람의 마음은 예측할 수 없어예. 참사랑 맛을 깊이 터득했다는 그 여자가 아마 색을 밝히는 쪽이었는데, 제 친구는 그 여자가 원하는 만큼 해주지를 못한 모양이었어예. 언제부터인가 그 여자가 혼자 외출을 하곤 했어예. 고등학교 동창들만의 계 모임에 나간다느니, 대학 친구를 만난다느니, 친정 엄마를 만난다느니…… 외출이 빈번해졌어예. 남편 있는 젊은 여자, 특히 참사랑을 터득했다는 여자가 남편을 두고 외출을 자주 하는 것은 의심스러운 일이고, 남편이 아내를 의심하게 되면 아내 뒤를 세세히 캐지 않겠어예? 친구한테 의처증이 생겼어예. 의처증, 그거 일종의 무서운 정신병인 기라예. 아무 일 없겠지, 진짜 동창들만 만나고 오는 것이겠지, 정말 친정 엄마하고 쇼핑을 하는 것이겠지 하고 생각을 하려 하지만 그게 뜻처럼 되지 않은 기라예. 도시 안이나 외곽에 우후죽순처럼 모텔이나 호텔들이 솟아나 있는데 그것들이 망하지 않고 잘 운영되는 데는 그럴 만한 은밀한 이유가 있어예. 여자가 오입을 하게 되면 분위기나 냄새부터 달라지는 것 아니겠어예? 외간 남녀가 호텔이나 모텔에서 사랑을 나누려면 술을 마시게 되고, 샤워를 하게 되고…… 그러면 집에서 나갈 때의 냄새와 분위기가 많이 달라지거든예. 그리고 진을 뺀 나머지 푹 지쳐 들어오기 마련이 아니겠어예? 친구는 의심이 깊어지니까 아내가 혼자 외출하면 가슴이 두근거리고 조마조마해지고 머리가 지끈거리고 소화가 안 되고, 그래서 술을 마시고 아내의 외출에 초연해지려고 애를 쓰는 기라예. 그러다가 결국 사람을 미행시켜서 오입 현장을 잡았어예. 그 여자와 이혼을 하자고 마음먹기까지 얼마나 고민을 많이 했는지 한참 뒤에 만났는데, 친구는 아주 비쩍 마르고 광대뼈가 툭 튀어나오고 눈이 퀭해지고 눈자위가 푸르뎅뎅해졌더라고예. 마음을 다잡아 깊은 잠을 자려고 신경안정제를 늘 복용한 나머지, 눈빛에 혼이 빠져나가고 없는 듯싶었어예. 기차 터널 속의 푸른 어둠에 겨우 연약한 빛 한 줄기가 들어와 있는 것 같았어예. 입술과 볼과 눈자위가 가끔씩 실룩거리는 증세까지 생겼어예. 불륜을 들킨 여자가 무릎을 꿇고 빌면서 잘못했다고 하고, 다시는 그러지 않겠다고 각서를 써서 내미는 기라예. 친구는 형제나 친지, 회사 직원들의 이목도 있고 해서 그냥 덮고 살자 했는데 친구가 운영하는 회사가 갑자기 기울어졌어예. IMF 때 말이지예. 친구의 회사가 부도가 나자 여자는 하루아침에 가출을 해버렸어예. 친구는 화병이 나가지고 술에 절어서 살다가 간암으로 허무하게 죽었어예."

그는 잠시 뜸을 들였다가 말을 이었다.

"호텔 침대에서 쿨쿨 자고 있는 그 여자 옆에 누운 채 제가 내린 결론은 이것이었어예. 인간의 시간이 아닌 신의 시간을 살게 해주겠다는 이 여자를 떨쳐버리지 않으면 그 친구들처럼 죽게 될 것이다."

그는 길게 한숨을 쉬고 나서 말을 이었다.

"암컷 사마귀는 수컷 사마귀와 교미한 다음에는 수컷을 잡아먹습니다. 체구가 호리호리한 수컷 사마귀는 자신보다 훨씬 덩치가 큰 암컷에게 잡아먹힐 각오를 하지 않으면 교미를 할 수 없는 것이지예. 저는 서정주의 「화사」라는 시에서 '하늘을 물어뜯어라, 하늘을 물어뜯어라' 하는 구절을 알고 있습니다. 모든 암컷은 하늘을 물어뜯습니다. 물론 그 하늘은 여러 가지 상징성을 가지고 있을 터이지만……"

나는 와인을 홀짝거리며 그의 말을 듣고 있었다.

나에게 하고자 하는 말이 끝난 듯싶은데 그는 일어서려 하지 않고 고개를 떨어뜨리고만 있었다. 나는 모른 체하고 기다렸다. 마침내 그는 자기 고뇌를 털어놓았다.

"그런데 아마 저와 함께 온 붉은 철쭉꽃 같은 여자는 지금 자기 방은 비워놓고 제 방에 들어가서 저를 기다리고 있을 기라예. 제 방 열쇠를 그 여자가 가지고 있어예."

나는 그가 지갑 속에서 꺼내 보이던 비아그라를 떠올렸고, 무엇을 난감해하는지 짐작했지만 그것을 해결해줄 어떤 묘안도 제시할 수 없었다. 그는 그 여자가 기다리는 방으로 들어갈 것인가 말 것인가, 들어간다면 어떻게 할 것인가를 난감해하고 있는 듯싶었다.

나는 여자가 말했다는 인간의 시간과 신의 시간을 떠올렸다. 그는 그 여자를 자궁 권력자로 생각하고, 그 권력을 하나의 폭력으로 느끼면서 수컷 사마귀처럼 그것을 겁내는 듯싶었다. 늙은 남자에게는 젊은 여자와의 성적인 행위가 마약 같은 환혹이면서 동시에 죽음이라는 블랙홀 속으로 빨려 들어가는 공포일 수 있다고 생각됐다.

나는 그가 스스로 그 난감한 문제를 해결할 수 있는 실마리를 찾고 일어설 때까지 기다려주는 수밖에 없었다. 그가 그렇게 할 지혜를 가지고 있으리라고 생각했다. 그의 무의식에 들어 있는 도씨가 그 지혜를 짜내줄 것 아니겠는가.

시몬과 페로

그가 와인 한 모금을 마시고 나서 놀라운 말을 뱉어냈다.

"우리 어제 상트페테르부르크에서 에르미타주 박물관에 들렀지예? 거기서 〈시몬과 페로〉라는 루벤스의 작품을 보았지예? 감옥 안, 간수들이 엿보는 공간에서 성장盛裝한 젊은 여자가 쇠고랑줄에 묶인 늙은 남자에게 풍만한 젖을 빨리는 그림 말이지예. 노인은 아버지이고 여자는 딸입니다. 아버지는 굶주려 죽으라는 '아사형'을 받고 복역 중인데 딸이 면회를 가서 제 젖을 먹여 아버지를 연명시키는 것이지예……. 저는 철쭉꽃 같은 여자와 나란히 서서 그 그림을 보았는데 그 여자가 문득 제 손을 꼭 잡으며 속삭였어예. 그림 속에서 젖을 빨리고 있는 여자는 그냥 딸이 아니고 한 남자를 구제하는 여신이라고. 그 그림을 보니까 가슴이 설레면서 오디가 발기한다고, 그것은 자기 몸이 젖을 빨리고 싶어 하는 증거라고…… 그렇게 빨리고 싶은 대상이 저라는 것이었어예."

그는 건들바람처럼 웃으며 말했다.

"선생님, 그만 일어서시지예. 오늘 밤, 이 가엾은 좀비의 말을 참을성 있게 들어주신 것 정말 감사합니더."

나는 그를 따라 일어서며 정중하게 말했다.

"아니요, 저는 아기자기하고 의미심장한 영화 한 편을 감상한 듯싶습니다."

그는 앞장서서 비틀거리며 걸었다. 그의 방과 내 방으로 가는 갈림길에서 우리는 작별 인사를 위해 잠시 발을 멈추었다. 그가 빈정거리는 투로 말했다.

"선생님, 멀리 떠나간 아내와 함께했던 여행지를 복기하듯이 다니는데 함께 온, 스스로를 여신이라고 말하는 젊은 여자를 겁내고 있는 한 늙은이를 상상해보십시오. 선생님, 그 남자의 이야기를 소설로 써주십시오. 허허허허……."

나는 그냥 그를 따라 웃어주기만 했다. 그는 "투 비 오어 낫 투 비 To be or not to be" 하고 『햄릿』의 대사 한마디를 지껄이면서 취기로 인해 비틀거렸다. 나는 붉은 철쭉꽃 같은 여성에게로 가면서 '죽느냐 사느냐' 하고 고뇌하는 그를 향해 "부디 건투를 빕니다"라고 말하며 등을 돌렸다. 우리가 탄 크루즈 배는 광막한 밤바다를 건너가고 있었다.

다음 날 아침, 우리 일행은 크루즈에서 내린 다음 스톡홀름으로 가는 버스에 올랐다.

나는 그와 그 여자가 함께한 지난밤 잠자리의 일이 궁금해죽을 지경이었다.

다행히 그는 씩씩하게 버스에 올라타면서 나를 향해 코를 찡긋했다. 청바지에 불룩한 가슴이 강조되는 선홍색 블라우스 차림으로 반백의 머리에 검은 캡을 눌러쓰고 하얀 뿔테의 갈색 안경을 낀 호리호리한, 그 붉은 철쭉꽃 같은 여자가 뒤따르며 그를 부축하고 있었다.

아내가 내게 귀엣말을 했다.

"여보, 당신도 나 죽고 없으면 저 사람처럼 젊은 여자하고 함께 여행을 다니실 거지요?"

나는 아내에게 말했다.

"아이고 마나님, 걱정 마십시오. 우리는 백 살까지 건강하게 살다가 어느 한날한시에 똑같이 먼 나라로 훨훨 날아갈 거니까."

제3화

"시베리아 한복판에 세로로 길게 찢어져 있는
짙푸른 바이칼 호수는 우주적인 여신의 자궁이고,
그 속에 솟아 있는 알혼 섬은 성모의 보석입니다."
바람벽에 붙어 있는 지도 속의 바이칼 호수를 가리키며
그가 나에게 말했다.

바이칼 호수

추석 무렵에 나는 아내와 함께 한 신문사가 주관하는 바이칼 호수 탐방 패키지여행팀에 합류했다. 시베리아의 이르쿠츠크까지 가는 비행기를 타려고 인천공항 3층 만남의 장소로 나갔는데 동명이인인 그가 내 앞으로 불쑥 나서면서 손을 내밀었다.

그는 북유럽 여행에서 만났을 때와 전혀 달라져 있었다. 구레나룻과 턱수염은 말끔하게 깎았는데 반백의 콧수염을 단아하게 기르고 다듬은 모습이었다. 그의 콧수염을 보는 순간, 1980년대 초에 아랍 지방을 여행하며 안내자에게서 들은 이야기가 떠올랐다. "이곳 대개의 남자들이 왜 턱수염은 기르지 않고 콧수염만 기르는지 아십니까? 몇 사람에게 제가 물어봤는데 그것은 남자로서의 권위나 멋을 위한 것이 아니고 자기 아내를 위한 것이랍니다."

그는 내 손을 잡아 흔들면서 "혹시 이 여행에서 선생님을 만나게 될지도 모른다고 생각했는데 제 예감이 딱 들어맞았네예" 하고 건들바람처럼 웃었다. 우리의 그 만남은 우연이 아니고, 어떤 알 수 없는 숭엄한 존재의 힘이 작용한 것인지도 모른다는 생각이 들었다.

아내가 내 옆구리를 질벅이며 "저 남자, 여자를 바꾸었네요" 하고 속삭였는데, 그가 그 낌새를 알아챘는지 자기 옆에 선 여자를 우리 부부에게 소개했다.

그 여자는 지난해 초가을에 러시아와 북유럽을 그와 함께 여행한 붉은 철쭉꽃 같은 여자가 아니었다. 이번 여자는 육십 대 중후반쯤의 체구가 작달막한 여자였다. 약간 발그레한 기운이 어려 있는 여자의 흰 얼굴 살갗에는 나리꽃처럼 자잘한 주근깨들이 점점이 어렴풋하게 박혀 있었다. 주근깨는 얼핏 암자주색으로 보이기도 하고 어두운 보라색으로 보이기도 했다. 특이한 점은 그 여자가 주근깨를 진한 화장으로 감추려 한 흔적이 없다는 것이었다. 아마 그 여자는 오히려 주근깨를 자랑스러워하는지 모를 일이었다.

검은 바지에 하얀 점퍼를 입고 흰 캡을 쓴 여자는 우리 부부에게 고개를 까딱하고 소리 없이 웃었다. 여자가 웃는 순간 하얀 치열이 입술 밖으로 살짝 나타났는데 고르고 윤기가 있었다. 이빨을 가지고 건강을 말하기로 한다면 그 여자의 건강은 이삼십 대쯤일 듯싶었다.

그때 나는 그 여자의 눈빛과 웃음이 알 수 없는 비밀을 간직하고 있다고 느꼈다. 혹시 귀는 열려 있지만 말을 하지 못하는 여자이지 않을까. 여자의 눈빛은 가을의 맑고 푸른 하늘처럼 깊고, 알 수 없는 그윽한 슬픔이나 그리움을 품은 듯싶었다.

신화의 늪

"신화는 진리 그 자체는 아닐지라도 적어도 진리를 낳는 자궁은 된다"라고 한 신화학자의 말을 나는 오래전부터 머리에 담고 산다.

우주는 신화로 가득 차 있고, 사람 몸의 모든 부위는 각기 신화를 담고 있다고 나는 믿는다. 오장육부, 구불거리는 곱슬머리 한 올 한 올, 신라 금관의 곡옥처럼 꼬부라진 오른쪽 새끼발가락의 발톱 가장자리에 붙어 자라면서 걸리적거리곤 하는 또 하나의 가느다란 겹발톱(사람의 발톱은 열 개가 아니고 열한 개라고 나는 생각한다), 얼굴 한가운데에 덩실하게 솟은 코와 조개껍데기 모양의 귀…….

오래전부터 나는 바이칼 호수 여행을 꿈꾸었다. 시베리아 바이칼 호수는 신화를 낳은 우주적인 자궁이라는 생각을 해왔다. 우리 민족이 시베리아의 바이칼 호수 인근에서 살다가 따뜻한 땅을 찾아 남하했을 것이라는 학설을 나는 믿고 있었다.

우리가 북방에서 흘러온 민족임을 말해주는 것은 '솟대'라는 민속학적 유물이다. 그것은 새를 형상화한 것으로 고향인 북방에 소식을 전해주는 영물이라고 선인들은 믿었다. 선인들은 마을을 형성하는 모든 곳에 솟대를 만들어 설치했고 해마다 제사를 지냈다. 그 솟대가 향하는 곳이 바이칼 호수 아니었을까.

내가 바이칼 호수 여행을 한 주요 목적은 늘그막에 들어서서 쓰고 있는, 마지막일지도 모르는 소설 한 편 『하늘에 발자국을 찍는 새』
를 위해서이다.

소설 쓰기 작업은 서재에서만 이루어지지 않는다. 나의 경우 소설
을 발로 쓴다. 문헌 탐색이나 현장 답사가 그렇고, 포착한 현상에 대
하여 깊이 응시하기, 사유하고 명상하기, 구성하기가 그렇다.

서재 안에서의 작업은 사막을 건너는 늙은 낙타나 거대한 바윗덩
이를 땀 뻘뻘 흘리며 굴리고 올라가는 형벌을 받은 시시포스처럼 쓰
고 고치고, 또 쓰고 고치고 하는 동어반복 같은 고통스러운 율동을
부단히 반복하는 것이다. 그 율동을 나는 죽는 순간까지 이어갈 것
이다.

샤먼

고려가요 「청산별곡」에는 "사삼이 짐대에 올라 해금을 켜는 것을 들
어라"라는 구절이 있다. '사삼'에서 '삼'은 세모꼴의 반시옷(ㅿ) 밑에 아
래아(·)를 찍고 미음(ㅁ)을 붙인 글자이다. 그것은 '사ᇝ' 혹은 'ᄉᆞᆷ'으
로 읽을 수도 있다. 어떤 국문학자는 그것을 '사슴'으로 해석하고, 어
느 연구자는 "사슴으로 분장한 사람"으로 풀이하기도 했는데 나는
그들의 해석에 동의하지 않는다.

'사ᇝ' 혹은 'ᄉᆞᆷ'은 '샤먼shaman'이나 '사마나'로 풀이해야 한다고 나
는 생각한다. 샤먼은 '무당'이다. 무당은 하늘 세상과 땅 세상, 이승과

저승을 넘나들며 영매靈媒 행위를 하는 존재이다. '巫(무)'라는 한자를 만든 사람도 그러한 생각을 한 듯싶다. 그 한자는 하늘과 땅 사이(工)에서 두 사람(人)이 영매의 도무跳舞를 하는 모양새를 표현한 것이다.

거대한 바이칼 호수 속의 알혼 섬에 살던 쿠루칸족 샤먼(종교 행위)이 몽골 지방과 한반도에 영향을 주었을지 모른다. 아니, 이미 우리 선인들 가운데 샤먼이 있었을 터이다. 옛날 제정일치 시대에는 하늘에 제사를 지내는 사제로서의 무당과 통치 행위를 하는 우두머리 권력자가 동일인이었다. 민족의 시조라고 일컬어지는 단군檀君이 단골(무당)이었을 것이다. 전라도 지방에서는 무당을 단골이라고 말한다.

미르체아 엘리아데는 자기 책 『샤머니즘』에서 샤먼이 시베리아와 중앙아시아 지방의 한 종교 현상이라고 기술했다. 엘리아데는 한반도가 일제 식민지였던 때 자료 조사를 위해 다녀갔다.

엘리아데는 샤먼이라는 용어가 퉁구스어 샤만saman이 러시아어를 관통하여 유래된 것이라고 했다. 이 퉁구스어를 인도 팔리어의 사마나samana, 沙門로 설명하려고 시도한 일도 있었다고 했다.

어쨌든 샤먼은 엑스터시를 통해 천상의 세계와 지하의 악마 세계까지 자유로이 넘나들면서 죽은 자의 혼령과 살아 있는 인간의 병을 모두 치유하고 구제하는 무당(단골)을 뜻한다. 시베리아 바이칼 호수 주변을 여행한 학자들 가운데는 샤먼이 알혼 섬에 살았던 쿠루칸족의 언어에서 유래했다고 주장하는 이도 있다.

그러저러한 까닭으로 나는 오래전부터 바이칼 호수를 답사해보고 싶었다. 그 호수 앞에 서면 예측하지 못했던 어떤 알 수 없는 영감을 얻을 수 있을 듯싶었다.

호수 혹은 신화의 늪

러시아의 이르쿠츠크 공항에서 내린 다음 하얀 여체(누드) 같은 자작나무들이 군락을 이룬 숲속의 통나무 호텔에서 (다음 날 바이칼 호수를 보게 된다는) 설레는 가슴으로 하룻밤을 묵었다.

이튿날 털털거리는 버스로 여섯 시간을 달려 바이칼 호수에 닿았고, 그 속에 있는 알혼 섬으로 들어갔다.

지도상으로 보면 분명 호수였는데, 호수에 들어서자 그것은 아득한 수평선이 보이는 광막한 바다의 모양새로 신비한 비취색 바다 분위기를 풍겼다. 그 호수 속에 들어 있는 알혼 섬은 제주도의 오분의 삼 정도 크기라고 했다. 알혼 섬의 호텔에 들어간 나는 로비의 바람벽에 붙어 있는 바이칼 호수 지도를 보고 멍해졌다. 바이칼 호수는 세로로 길게 찢어져 있는데 그 속에 알혼 섬이 들어 있었다.

지도 앞에 선 나에게로 그가 다가와서 말했다.

"세로로 길쭉하게 찢어져 있는 바이칼 호수는 해발 500미터의 고지대에 존재하는데 둘레가 2,000킬로미터나 된답니다. 이 호수는 화산 분출로 생긴 우리 백두산 천지의 모양새가 아니라예. 화산 분출로 인한 백두산 천지는 둥그스름하지만, 이 바이칼 호수는 세로로 길게 찢어졌지예. 지진으로 인해 생긴 호수거든예."

그는 목소리를 낮추어 말을 이었다.

"우주에 존재하는 모든 것은 그 모양새가 비슷합니더(그것을 한 학자는 프랙털이라고 했어예). 바이칼 호수는 여성의 성기 모양새이고 그 속에 들어 있는 알혼 섬은 성모의 보석, 말하자면 클리토리스 모양새인 기라예."

나는 고개를 끄덕거렸는데 내 반응에 힘을 얻은 그가 말을 더 이었다.

"모든 동물의 암컷에게는 입이 두 개 있습니더. 창조주는 그것들의 기능을 편리하고 원활하게 수행하도록 위쪽 것은 가로로 열려 있게 만들고 아래쪽 것은 세로로 열려 있게 만들었는데, 아래쪽 것을 우리 선인들은 '씨입(한자로 옮겨 쓰면 종구種口)'이라 했지예. 그런데 이 바이칼 호수가 그것을 닮았어예."

이때 내 머리에는 귀스타브 쿠르베의 〈세상의 기원〉이라는 작품이 떠올랐다. 여성의 성기를 극사실적인 화법으로 그린 그 작품은 이 사람 저 사람의 손으로 떠돌다가 자크 라캉이라는 정신분석학자의 손에 들어갔다고 했다. 자크 라캉은 바람벽에 그냥 걸어놓고 보기가 민망했던지 덮개를 만들어 그 그림을 가리고는 아주 가까운 친지가 방문했을 때만 은밀하게 보여주었다(지금은 그게 프랑스 파리의 센 강변에 있는 오르세 미술관에 걸려 있다). 신은 인간의 무의식 속에 있을 뿐이라고 설파한 라캉은 '응시'에 대하여 말하면서 초현실주의 화가 마그리트의 〈강간〉이라는 작품을 예로 들어 설명하기도 했다.

그가 목소리를 높여 말했다.

"저는 이 호수에 두 번째 왔습니다. 멀리 떠나간 아내하고 오래전에 함께 신화학회 사람들을 따라 한 차례 다녀갔지예."

나는 '곡신谷神'을 생각했다. 『노자』에 나오는 곡신이라는 말을 나는 '우주의 뿌리'나 '우주적인 자궁'이라고 해석해왔는데 바이칼 호수가 그것을 증명한다고 생각했다. 차를 타고 바다처럼 광활한 바이칼 호수 속에 솟아 있는 알혼 섬의 변두리를 돌면서 나는 '우주적인 자궁'에 대한 나의 생각들을 합리화했다.

우리가 탄 봉고차는 고르게 닦이지 않아 울퉁불퉁한 (전혀 개발되지 않아서) 길도 무엇도 아닌 벌판길을 성난 말처럼 뜀박질하며 달렸는데, 그 차는 제2차 세계대전에서 러시아군의 군수물자를 실어 나르던 사륜구동차였다. 나와 아내, 그리고 그와 그의 나리꽃 같은 작달막한 여자는 운전석 뒷자리에서 서로를 마주 보고 앉은 채 차의 뜀박질을 견뎠다. 우리는 미쳐 날뛰는 말을 탄 듯 두려움에 젖은 채 머리가 천장에 부딪히지 않도록 고개를 숙이곤 했다.

안내자가 차를 섬 가장자리에 세우고 관광 포인트를 알려주면 우리는 서로에게 핸드폰을 건네준 후 사진을 찍어달라고 청했다. 나리꽃 같은 여자는 시종 입을 열지 않았지만 사진 찍는 솜씨가 좋았다. 구도를 잘 잡고, 인물 배치와 명암 조절을 알맞게 했다. 그와 그 여

자는 부부처럼 다정다감하게 나란히 손을 잡고 비취빛 호수와 맞은
편 육지의 산줄기가 만드는 풍광을 즐겼다. 그는 그녀에게 무슨 말
인가를 속삭여놓고 까르르 웃곤 하는데 그녀는 말없이 고개를 끄덕
거리며 웃기만 할 뿐 말을 뱉어내지 않았다.

아내는 그들의 정다운 모습을 보면서 "죽은 사람만 불쌍해" 하고
중얼거렸다. "저 남자, 먼저 죽어간 자기 아내하고 함께 다닌 여행지
들을 복기하듯이 다닌다면서 거듭 여자를 바꾸어 데리고 다니며 즐
기는 것 좀 봐요."

나는 아내에게 말했다.

"저 가엾은 독거노인에게는 저 여자가 구원의 천사이거나 여신인
셈인 거지요."

거품

그날 초저녁에 나와 아내, 그와 그의 나리꽃 같은 여자, 이렇게 네
사람은 호숫가 호텔 옆에 있는 노천카페의 사인용 탁자에서 마주 앉
아 맥주를 마셨다.

배가 불룩 나오고 머리가 하얗게 벗겨지고 매부리코인 노천카페
주인은 탁자 가까운 곳에 모닥불을 피워주었다. 호수 쪽에서 날아오
는 찬바람을 모닥불의 열기가 훈훈하게 해주었다.

밤 9시가 지났을 때 나리꽃 같은 여자는 팔짱을 끼고 몸을 웅크

리면서 진저리를 쳤다. 그가 그녀에게 먼저 호텔 방으로 들어가라고 말했다. 그녀는 몸을 일으키고 우리 부부에게 빙긋 웃으면서 고개를 까딱하고 호텔 쪽으로 총총 사라졌다. 내 아내도 그녀를 뒤따라 일어나면서 나에게 귀엣말을 했다.

"영육이 비슷한 사람끼리 캠프파이어를 더 즐기다가 들어오셔요. 과음은 마시고요."

그는 일어서서 내 아내에게 미안하다고 말하면서 허리와 머리를 깊이 숙였다.

우리는 맥주를 한 병씩 더 시켜서 마셨다. 그가 맥주잔 위로 솟은 흰 거품을 핥으며 말했다.

"맥주는 거품이 맛있습니다……. 우리 삶에도 이런 거품이 있어예."

나는 배만 부르고 술기운은 오르지 않는 맥주가 불만스러웠고, 와인을 한 병 사다가 마실 것을 그랬다고 속으로 안타까워하며 맥주잔을 집어 들었다. 나도 거품을 핥고 나서 한 모금 머금었다가 삼켰다. 거품은 약간 쌉싸름하면서 고소하고 벌꿀 향내가 났다. 내 속의 도씨가 얼굴을 내밀었다.

"시라든지 소설이라든지 음악이라든지 미술이라든지 여행이라든지 사랑이라든지 미움이라든지…… 그런 것들에도 이런 거품은 있다."

삶에서의 거품을 생각하며 러시아산 맥주의 거품과 벌꿀 향을 즐기자고 나는 생각했다. 그의 삶과 여자 행각, 그리고 말을 전혀 하지 않는 나리꽃 같은 여자에 대한 궁금증이 거품처럼 들솟았다.

지난번 북유럽 여행 때 동행한 붉은 철쭉꽃 같은 여자와의 인연은 어찌 되었을까. 젊은 그녀가 힘들게 해서 관계를 끊었을까. 이번의 나리꽃 같은 여자는 어디서 어떻게 만났을까. 동거만 하는 것일까, 아주 결혼을 해서 사는 것일까.

그가 말했다.

"선생님, 혹시 저를 바람둥이라고 생각하지 마이소. 지난 북유럽 여행 때 동행한, 저한테 신의 시간을 살게 해주려 한 그 여자가 결혼을 했어예. 상대는 얼마 전에 상처한 오십 대 후반의 대학교수인데…… 어이없게도 제가 주례를 서주었어예…… 어색하고 슬픈 일이었어예."

순간 나는 혼음이라는 말을 떠올렸다. 그는 그 말을 입에 담는 것이 어색한지 코를 찡긋하고 고개를 저으며 얼굴을 일그러뜨렸다.

혼음

"스님이나 신부님이나 목사님을 주례로 모시라고 그랬지만, 그 여자가 한사코 저더러 주례를 서달라고……. 만일 주례를 안 서주면 그 결혼을 하지 않겠다고 떼를 썼어예. 선생님도 생각해보이소. 오랜 기간은 아닐지라도 영육을 섞은 바 있고 여행도 함께한 젊은 여자의 혼례식에서 주례를 선다는 것이 말이 되거나 하는 일인기요? 그런데 저는 와인 두 잔을 마시고 얼근해진 상태에서 그 주례를 서주었어예. 말도 안 되는 짓이었지예."

나는 신랑과 주례와 그 여자의 혼음, 그 언어도단인 혼례식 장면을 떠올리면서 붉은 철쭉꽃 같은 여자가 꽃뱀이었구나, 하고 생각했다. 혹시 이 사람이 그 여자에게 돈을 얼마쯤 물리지 않았을까.

그는 맥주를 한 모금 들이켠 다음 "그날 제가 뭐라고 주례사를 한 줄 아시는기요?" 하고 내 눈을 응시했다. 나는 그가 자기 행위를 합리화하려 한다고 생각됐고, 그의 눈을 마주 보며 홍두깨 같은 질문을 불쑥 던졌다.

"그 여자와 나란히 서서 선생님의 주례사를 듣고 있는 대학교수에게 양심의 가책이 되지 않았어요?"

힐난이었다. 나는 그 힐난이 지나친 것 아닌가, 하는 생각이 들어 재빨리 부연했다.

"남녀가 여러 친지를 모아놓고 치르는 결혼식은 앞으로 성적인 행위를 하고 살겠다고 선언하는 의식이 아니겠습니까? 그렇다면 주례는 여러 하객에게 그들의 그러한 행위를 공시하고 선포하는 사람입니다. 선생님은 신부의 영육을 이미 탐색한 바 있는 사람인데 그 주례 행위가 온당한 일이냐, 윤리적으로 지탄받아야 하는 것 아니냐 하는 생각이 들어 한 말이니 오해하지 말아주십시오. 따지고 보면 그게 도덕 교과서 같은 저의 옹졸한 결벽증인지 모르겠습니다만."

그는 잠시 고개를 깊이 숙이고 있었다. 나는 그가 무참해하는 듯싶어 "제가 너무 심한 말을 한 듯싶습니다. 용서하십시오. 나이 칠십에는 마음 가는 대로 살아도 법도에 어그러짐이 없다고 했는데…… 시인이나 소설가라는 사람의 생각은 도덕 교과서 같아서는 안 되는데……" 하고 말했다.

그는 도리질을 하고 자신의 빈 잔에 맥주를 가득 따른 다음 하얀 거품을 훑어 마시고 나서 말했다. 그가 거품을 훑는 모습을 보면서 나는 내가 실수를 했구나 하고 자책했다. 거품 때문이었다. 똑같은 병에 들어 있는 것이지만 맥주와 맥주 거품의 맛과 향은 각기 다르다.

"아니요, 저는 그런 지청구를 들을 일을 충분하게 저질렀어예."

그가 잠시 뜸을 들이고 나서 맥주 한 모금을 머금었다가 삼키고 말을 이었다.

"자신과 영육을 섞은 여자의 결혼식에 주례를 서는 자가 앞에 서 있는 신랑인 남자에게 양심의 가책이 되지 않았느냐, 하는 그 문제 보다는, 이 늙은이가 한 주례사 내용에 대하여 먼저 말할 테니 들어 보이소. ……엉뚱하다는 생각이 드실지 모르겠지만, 그 자리에서 저는 이 바이칼 호수와 그 속에 둥실 떠올라 있는 알혼 섬에 대한 이야기를 했어예. '왜 시퍼런 바이칼 호수 속에 솟아 있는 알혼 섬의 한 바위에서 하늘 세계와 땅 세계를 영매하는 샤먼(무당)이 생겨나게 되었을까. 세로로 파랗게 열려 있는 바이칼 호수는 신화적인 호수이다. 그 호수 속에는 성모의 보석이 있다. 세상의 모든 남자가 사랑을 할 때는 여성의 몸을 성스럽게 존숭해야 한다. 물론 여자도 남자의 몸을 숭배의 대상으로 여겨야 한다. 서로의 몸에서 신성을 느끼지 못하는 사랑은 사랑이 아니고 야합이다. 신성한 사랑 행위는 서로를 위안하고 치유하는 구원이고 신의 뜻이다.' 이것이 요지였어예. ……별로 길지 않은 그 주례사를 듣고 난 붉은 철쭉꽃 같은 여자가 면사포를 쓰고 눈물을 흘렸어예."

그는 그 여자의 결혼식에서 행한 자신의 주례 행위를 신화적인 영매 행위쯤으로 생각했고, 그것을 나에게 주입하려 하고 있었다. 어쩌면 그게 옳을지도 모른다는 생각이 들었음에도 불구하고 나는 그가 '신부와 신랑과 주례의 혼음'을 합리화시킨, 매우 부도덕한 짓을 한 늙은이라고, 속으로 그 의미를 폄훼했다.

호수 쪽에서 찬바람이 불어왔지만 활활 타오르는 장작불이 훈훈한 열기로 바꾸어주었다.

그가 얼굴을 일그러뜨리면서 말을 이었다.

"현실적으로 따지면 분명 부도덕한 짓이지예. 그 여자가 결혼을 하겠다고 나섰을 때 저는 잘한 일이라고 말했어예. 그 여자가 다른 남자에게 가는 것을 질투하지 않고 진실로 축하해주고 싶었어예. 그렇지만 결혼식에 주례를 서달라고 했을 때 저는 절대로 안 된다고 했어예. 그러자 그 여자가 반드시 제가 주례를 서야 하는 이유를 말했어예."

그는 성급해졌고 흥분했고 숨을 가쁘게 쉬었다. 바야흐로 벌겋게 달구어진 쇳덩이를 꺼내어 시기를 놓치지 않고 두들기려 하는 대장장이처럼 서두르고 있었다. 맥주 한 모금으로 목을 축이고 말을 이었다.

"그 여자는 자신이 신딸이고 나는 그 신딸의 아버지라고 말했어예."

그의 말은 장마철에 가파른 산골짝을 흐르는 황토 색깔의 시냇물 같은 달변이었다.

"그 여자는 저와 사랑할 때 저에게 서려 있는 신성을 내려받았다는 것이었어예. 그 여자는 신이 하늘나라에 존재하는 것이 아니고, 인간의 무의식에 들어 있다는 것이었어예. 인간은 꿈속에서만, 혹은 비몽사몽간에만 신과 만난다고 했어예. 우주에 존재하는 것들 가운데서 오직 인간만이 신의 존재를 인지한다는 것이었어예. 자기는 멀리 떨어져 살아도 앞으로 신아버지인 저에게서 늘 영감과 기를 받을 거라고 했어예. 그 남자와 결혼하고 살지만 신아버지인 저를 영혼 속에 간직하고 살 거라고예. 그 여자가 자기 혼자만 아는 어떤 세계를 사는 사이코인지도 모른다는 생각이 든 저는 어떻게 네 결혼식 주례를 서겠느냐고, 양심의 가책이 되어 절대로 안 된다고 도리질을 했어예. 그런데 그 여자는 반박하고 나섰어예. 인간의 시간 속에서는 안 될 일이지만 신의 시간 속에서는 가능한 일이라고, 그 일을 결혼 상대인 남자와 상의하고 허락을 얻겠다고, 만일 그 남자와 함께 찾아와서 청해도 허락하지 않으면 자기 결혼을 파탄 내겠다고 하며 돌아갔어예. 다음 날 정말로 남자를 데리고 찾아온 그 여자가 '그이에게 모든 것을 다 말했어요' 하면서 떼썼고, 그 남자는 저에게 '지신녀, 이 여자를 여신처럼 숭앙하겠습니다' 하며 주례를 허락해달라고 말했어예……. 아, 이 남자는 그 여자의 어떤 거품에 매료되어 결혼하려 할까. 저는 도저히 이해할 수 없었지만 어쩔 수 없이 주례를 서주었지예. 그런 지 오래지 않아서 제게도 아까 그 나리꽃 같은 여자가 생겼습니더."

면죄부

모닥불이 꺼져갔다. 그가 호주머니에서 퍼석하게 닳고 닳은 루블화 몇 장을 세지도 않고 한 줌 꺼내어 주인 남자의 손에 잡혀주었다. 퇴색한 낙엽 같은 지폐를 호주머니에 쑤셔 넣고 난 주인 남자가 장작 몇 개비를 모닥불 위에 얹었다. 어두운 보라색 하늘에는 별들이 수런수런 빛나고 있었다. 별똥 하나가 뒷동산 너머로 떨어졌다. 장작불은 다시 타오르기 시작했다. 다시 타는 장작불을 보면서 낙엽 같은 지폐가 거품이 되고 있다고 나는 엉뚱한 생각을 했다.

"한 선생님, 저는 오늘 밤 선생님에게 하는 이 고백을 통해 인간적인 몰염치에서 벗어나고 싶습니다."

인간적인 몰염치에서 벗어나 신적인 떳떳함으로 나아가겠다는 것인가, 하고 나는 속으로 빈정거렸는데 그는 잠시 뜸을 들이느라 맥주 한 모금을 마시고 나서 말을 이었다.

"그 여자가 결혼 전날 밤에 칠레산 샤토 탈보 두 병을 들고 제 토굴로 찾아왔어예. 이별 의식을 치러야겠다는 것이었어예. 술이 얼근해진 여자는 '소의 탈을 쓴 아버지와 벌거벗은 딸' 설화*를 말했어예."

그는 맥주 몇 모금을 거듭 마시고 나서 말을 이었다.

"내림굿을 해준 신어머니가 그 이야기를 해주었다는 것이었어예. 예로부터 참무당은 자신이 신봉하는 신목神木이나 신바위하고도 영육을 섞는데 그 순간에는 기절하듯이 엑스터시 같은 오르가슴을 느낀다는 것이었어예……. 그 여자는 자기 신당에서 자신이 모시는 장군신과 영육을 섞곤 한다고 했어예. 자기 신은 엄혹하지만 음험한 데가 있댔어예. 장군신과 몸을 섞을 때는 온몸이 다 젖는다는 것이었어예. 그와 같은 현상이 저를 찾아온 첫날, 샤토 탈보를 마시고 노래하고 어쩌고 한 순간에도 일어났다는 것이었어예. 일종의 영육의 접신이라는 것이지예……. 자기는 성모마리아가 하늘의 신을 받아들이고 성자를 잉태하여 낳았다는 것을 믿고, 또 곰이 백 일 동안 마늘과 쑥을 먹은 다음 예쁜 여자로 변하여 하늘의 신을 받아들이고 단군왕검을 낳았다는 것도 믿는다고 했어예. 곰 신화는 '곰'이라는 말에서 연원한 것인데 '곰'이라는 말은 '신'이라는 말과 동의어일 뿐 짐승인 곰이 아니라는 것이었어예. 곰녀(웅녀)는 사실상 신녀神女라는 것이었어예."

* 태곳적에 바이칼 호수의 알혼 섬 같은 섬에서 아버지와 딸이 둘이서만 살았는데 날마다 부녀는 밭에 나가서 일을 했다. 아버지는 괭이로 밭을 일구는데 딸은 밭 가장자리에 있는 우물에서 머리를 감았다. 그날 밤에 번개가 치고 뇌성벽력이 일어나고 비가 억수로 쏟아졌는데 아버지는 타오르는 색정으로 이성을 잃은 채 딸의 방문을 열고 들어갔다. 번갯불에 비친 딸은 놀랍게도 알몸이었는데 아버지를 거부했다. 딸로서는 아버지를 받아들이는 것도 불효이고 거부하는 것도 불효였다. 딸은 울면서 사람으로서는 아버지를 받아들일 수 없다고, 아버지가 소의 탈을 쓰고 음무음무하며 네 발로 기어서 산정으로 올라오면 자신이 거기에 미리 올라가 있다가 소가 된 마음으로 아버지를 받아들이겠다고 말하고 나서 먼저 그리로 올라갔다. 아버지가 소의 탈을 뒤집어쓴 채 비가 억수같이 쏟아지는, 수풀로 무성한 비탈진 골짜기를 네 발로 땀을 뻘뻘 흘리며 기어 올라가니 딸이 산정에서 알몸인 채 아버지를 기다리고 있었다. 그런데 아버지가 가까이 다가가자 딸은 절벽 아래로 몸을 던져 죽고 말았다. 한반도 땅에 전해지는 이 신화는 현행 윤리 의식으로 두껍게 포장되어 있다. 그 이

그는 격앙된 어조로 신의 시간에 대하여 말하고 있었다. 인간의 시간을 살고 있는 나는 그가 말하는 신의 시간을 이해할 수 없었다.

그가 붉은 철쭉꽃 같은 여자를 만난 다음부터 이성을 잃고 부도덕한 늙은 바람둥이가 된 것이라고 나는 생각했다. 그 철쭉꽃 여자가 다른 남자와 결혼하자마자 그가 새로이 여자를 구하여 여행을 다니는 것이 그 증거이다 싶었다. 이곳 바이칼 호수 여행도 그가 죽은 아내와 함께 이미 다녀간 코스이지 않는가. 멀리 떠나간 아내가 그리워서 그 아내와 함께 전에 했던 여행 코스를 복기하듯이 여행한다지만 그것은 이미 하나의 핑계가 되어 있을 뿐이다 싶었다.

나는 그가 노회하다는 생각이 들었다. 노회老獪는 늙어서 교활해진 것을 말한다. 교활한 노인은 추한 잘못을 저질러놓고 그것을 열심히 합리화하며 산다.

노인이 된다는 것은 모든 탐욕의 삶에서 벗어나(해탈하여) 고고한

야기에서 양파 껍질같이 겹겹이 덮여 있는 포장들을 정신분석학적으로 한 꺼풀씩 벗겨내면 실상을 알 수 있다. 아버지가 괭이로 밭을 일구는 행위와 딸이 우물에서 머리를 감는 행위는 이미 성적인 행위이다. 기호학적으로 볼 때 밭은 여근이고 괭이는 남근이다. 우물은 여근이고 거기에서 머리를 감거나 털어 말리는 행위는 남성을 유혹하는 것이다. 또한 딸이 산정으로 알몸인 채 앞장서서 올라가고, 아버지가 소의 탈을 쓴 채 뒤따라 숲 칙칙한 골짜기를 네 발로 기어오른다는 것도 성행위를 은유적·상징적으로 표현한 것이다. 아버지가 딸에게 접근했을 때 딸이 절벽 아래로 떨어져 죽는다는 것은 성행위로 인해 오르가슴을 느끼는 것이다. 성행위에서 오르가슴을 느낀다는 것은 죽음을 체험하는 것이다.

사유와 명상과 도락의 삶을 즐기며 살아야 한다는 것인데, 영육에 보석 같은 사리가 앙금처럼 켜켜이 가라앉도록 살아야 하는 것인데, 마음 가는 대로 자유자재의 삶을 살아도 법도에 어그러짐이 없다는 공자의 말은 바람처럼 걸림 없는 해탈의 삶으로 나아간다는 것인데, 깨끗한 모습으로 역사와 자연의 섭리 속으로 사라질 준비를 참하게 해야 하는 것이 늙은이의 당면 과제인 것인데 말이다.

도덕 교과서 같은 고정관념에 사로잡힌 스스로가 한심스러워지면서도 나는 그를 비난하고 있었다.

배설

그는 맥주 한 모금을 마시고 나서 엉뚱하게 배설에 대하여 이야기했다.

"붉은 철쭉꽃 같은 여자와 관계가 깊어진 이후 제 의식 속에 그 여자와 끝내야 한다는 생각이 문득 들곤 하면서부터 얼마 동안, 그러니까 그 여자가 저에게 신의 시간을 살게 해주겠다고 한 이후부터 밤이면 참으로 이상하고 별로 향기롭지도, 깨끗하지도 못한 꿈에 시달리곤 했어예. 알 수 없게 뒤숭숭하고 황당한 어디인가를 여행하다가 대변이 마려워 그것을 해결하려고 대변소를 찾아다니는 꿈입니더……. 대변소이다 싶은 곳을 거듭 찾아다니지만 찾지 못하고 이곳저곳을 한없이 헤맵니더. 마침내 옹색한 대변소를 발견하고 들어가서 배설을 하려고 사력을 다하지만 성공하지 못한 채 꿈에서 깨어나고 마는 것입디더. 그런데 막상 깨어보면 대변이 마려운 상태가 아닌데 문제가 있습니더. 아, 나에게 꿈속의 '대변'이란 무엇일까."

코를 찡긋하고 나서 말을 이었다.

"대관절 이게 무슨 꿈일까……. 하도 그와 비슷한 꿈을 자주 꾸니까 저는 프로이트의 정신분석적 방법으로 제 꿈을 해석하려고 들었어예. 배설하려 하지만 배설하지 못한 생각, 혹은 아직 잘라버리지 못한 어떤 삶의 찌꺼기에 대한 꿈이지 않을까. 누군가와 억지 인연을 맺고 살면서 그 인연을 끊어야 하는데 끊지 못한 채 질질 끌려가는 삶을 살고 있음이 투영된 꿈이 아닐까. 그래서 저는 남강시의 한 상담소를 찾아가서 상담을 청했어예. 그랬더니 그 박사(상담소장)가 제 호소를 다 듣고 나서, 버려야 하는데 버리지 못하고 사는 꺼림칙한 무엇인가가 있다고 그것을 과감하게 잘라버리라고 그러더라고예. 내 생각과 그 박사님의 생각이 합치했어예. 붉은 철쭉꽃 같은 여자를 버리지 못한 채 마음에 담고 살아가는 것이 꿈에 대변을 시원스럽게 보지 못하게 하는 정답이었어예. ……철쭉꽃 여자와 헤어지고 그 여자를 마음속에서 지우자 향기롭지도 못하고 찝찝하고 꺼림칙한 꿈이 없어졌어예."

뉴질랜드에서 주운 여자

"이번에 함께 오신 여자분은 어디에서 만난 분인가요…… 결혼을 하셨어요?"

내 물음에 그는 대답하려 하지 않고, 잘 다듬은 반백의 콧수염을 한번 쓰다듬더니 빙긋 웃으면서 엉뚱한 말을 했다.

"아까 그 나리꽃 같은 여자, 웃으면 이가 하얗고 치열이 고르지예. 사실은 그게 모두 의치입니다. 틀니를 하려고 양쪽 어금니에 임플란트를 해서 지주를 세운 것이 몇 개 있을 뿐이라예. 틀니를 빼내고 나면 그 여자는 양볼이 우묵 들어가는 합죽이가 되는데 그때 입을 벌리면 위아래 잇몸이 모두 빨갛지예. 잠자리에 들 때는 반드시 그걸 빼서 칫솔질을 세세히 한 다음에 생수 담긴 컵에다가 담가두지러. 그걸 입에 끼고 나서는 자주 가글을 하곤 합니다."

나는 틀니를 뺀 여자의 빨간 잇몸을 떠올리면서 그의 콧수염과 어쩌면 전과 달리 흐려져 있는 듯싶은 그의 두 눈을 응시했다. 그가 나리꽃 같은 여자의 틀니 이야기를 하는 의도가 무엇일까.

"제가 제 여자의 비밀을 누설했네예. 한 선생님은 저와 제 여자의 자존심과 인격을 위해 반드시 비밀을 지켜주셔야 합니다."

나는 고개를 끄덕거리며 "아, 네" 하고 대답했고, 그는 건들바람처럼 웃으며 말을 이었다.

"저, 그 여자를 뉴질랜드에서 주웠어예. 멀리 떠나간 아내가 그리워서 아내와 함께 다닌 여행지를 복기하듯이 훑어간 뉴질랜드 남북섬 여행길에서예."

여자를 어떻게 물건처럼 주울 수 있다는 것인가.

뉴질랜드 남북섬과 오스트레일리아 시드니 항을 한데 엮은 패키지여행팀에 혼자 참여한 여자였다. 짝 잃은 암사슴처럼 외롭고 우울해 보이고, 눈빛이 깊은 창공처럼 그윽하고 슬퍼 보이는, 말을 잃어버린 듯싶은 그 여자를 보자마자 그는 그녀의 외로움에 공감했고 그것을 공유하고 싶어 환장할 것 같았다. 계속 기회를 엿보다가 사흘째 되는 날 호텔 식당에서 저녁밥을 먹은 후 혼자 자기 방으로 들어가려 하는 그 여자에게 접근했다.

"여사님, 저기 카페에서 저하고 와인이든지 커피든지 한잔하시지예."

그 여자는 수줍게 웃으며 잠시 망설이다가 고개를 끄덕거렸고, 그가 이끄는 대로 따랐다.

호텔 로비의 한구석에 있는 카페에 들어간 그들은 탁자를 가운데 놓고 마주 앉은 다음 통성명을 했다. 그 여자는 입을 다문 채 가방에서 작은 공책 크기의 태블릿 피시를 꺼내더니 재빠르게 글자들을 찍어서 보여주었다.

"저는 남한강 변 외딴집에 살아요. 성은 해남 윤尹가, 이름은 '날 일日 자 세제곱'이어요."

'날 일 자 세제곱'이라는 이름이 수수께끼처럼 알쏭달쏭해서 그가 그 여자를 향해 "네?" 하고 반문했다. 그 여자는 태블릿에다 날 일 자 세 개가 조합된 '수정 정晶' 자를 찍어주었다.

"아하, 수정 정. 아주 찬란하고 향기로운 이름이네예!" 하고 그가 탄성을 지르듯이 말했다. "그러고 보니…… 모습도 예쁘고 아름답고…… 이름하고 딱 어울리시네예. 윤정 여사의 삶과 운명도 수정처럼 투명하고 향기롭고 그윽하시겠네예?"

그 여자는 도리질을 하고 나서 얼굴에 쓸쓸한 웃음을 바른 채 재 바르게 태블릿으로 말했다.

"제 운명, 제 삶은 투명하지도 찬란하지도 향기롭지도 못하고, 탁 하고 쓸쓸하고 암울해요."

그들은 붉은 포도주 한 병을 시켜 마셨다. 그 여자는 그가 권하는 술을 사양하지 않았다. 그녀는 귀가 열려 있기는 하지만 말을 하지 못하는 사람이었다. 말을 못한다는 사실이 그녀를 더 신비로워 보이 게 만들고, 궁금증을 일으키고, 보호하고 싶은 마음이 충동적으로 일어나게 했다.

그는 그 여자의 얼굴 살갗에 점점이 박힌 주근깨들을 보며 생각했 다. 어린 시절에 주근깨 많은 여자는 팔자가 순탄치 못하다는 말을 들은 적이 있었다. 한국 사회에서는 그게 통념이 되어 있지만 서양에 서는 주근깨에 대한 해석이 전혀 다르다는 말을 들었다. 주근깨 있 는 여자는 오히려 감성이 곱고 영민하고 섹시하다고 평가한다는 것 이었다. 섹시하다는 것은 아름답고 곱고 생명력이 왕성하다는 것이 지 않은가.

그는 잠수부의 순애를 다룬 할리우드 영화를 본 적이 있었다. 남 자 주인공인 잠수부가 죽었을 때 슬퍼서 눈물을 흘리는 여주인공의 발그레한 얼굴이 화면에 클로즈업됐는데 어두운 보라색 주근깨들이 자잘한 꽃잎처럼 점점이 드러났다.

와인을 한 잔 마시고 난 여자가 태블릿에 "왜 혼자서 여행을 오셨어요, 선생님은?" 하고 찍어 내밀었다. 그는 삼 년 전에 아내가 멀리 떠나갔다고 말했다. 그 여자가 안타까운 표정을 지으며 고개를 끄덕거렸다. 둘 사이에 잠시 침묵이 흘렀다. 그가 그 여자에게 혼자서 여행 온 까닭을 물으려 하는데 그 여자가 태블릿을 내밀었다.

"저도 삼 년 전에 제 선생님이 멀리 떠나갔어요. 제 선생님의 빈자리가 너무 커서 내내 우울증에 시달리다가 그것을 해소하려고, 의사의 권유도 있고 해서 제 선생님과 함께 여행했던 곳들을 복기하듯이 찾아다니고 있어요."

아내와 함께한 여행 코스를 복기하듯이 다니는 자신과 영혼의 궁합이 아주 딱 맞는 여자라고 그는 생각했다. 그의 가슴에 쓰라린 기운이 퍼지면서 알 수 없는 감정이 벅차올랐고 코끝이 시큰해졌다.

"우리는 운명이 비슷하네에" 하고 그가 말했고, 그 여자는 두 손으로 얼굴을 가리고 울었다. 외로움에 절어 있는 여자는 와인 몇 잔에 금방 취했다.

그녀가 더 취하면 감당하기 어려울 듯싶어서 그가 서둘러 내일을 위해 그만 마시고 일어서자고 했는데 그 여자는 일어나면서 몸을 제대로 가누지 못하고 비틀거렸다. 그가 태블릿이 들어 있는 여자의 가방을 자기 어깨에 걸치고 부축해주었고, 그 여자는 몸을 그에게 의지하다시피 한 채 걸었다. 그녀의 호텔 방문 앞에 이르렀을 때 그 여자는 울음을 주체하지 못했다.

그가 여자의 손가방에서 카드 열쇠를 꺼내 문을 열어주었는데 그 여자는 열린 문 앞에서 쪼그려 앉은 채 두 손바닥으로 얼굴을 감쌌다. 그는 한동안 망설이다가 두 팔을 여자의 겨드랑이에 넣어서 안아 들다시피 안으로 들였다. 침대에 걸터앉혀주었는데 그 여자가 그의 상체를 끌어안았다. 여자의 눈물이 그의 가슴을 적셨다. 그가 중심을 잃은 채 그 여자와 함께 쓰러졌다. 그 여자가 재빨리 손바닥으로 눈물을 훔치고 나서 태블릿에다 찍어주었다.

"선생님, 저 혼자 두고 가지 마셔요!"

그는 그 여자를 끌어안았다. 여자의 체취가 가슴속으로 밀려들었고 가슴이 쿵쿵거렸다. 그 여자가 그의 가슴에 안긴 채 태블릿을 끌어당겨 찍었다. 자꾸 오자가 났고 그것을 바로잡는 손가락들이 떨렸다.

"선생님, 우리 오늘부터 한방을 쓰면 안 될까요? 선생님은 여러 면에서 제 선생님을 닮았어요. 표정, 분위기, 목소리, 체취까지도……."

모닥불은 활활 타고 있었다. 그의 목소리가 격앙되어 있었다.

"한 선생님, 요즘 들어서 여자와 사랑을 해본 적 있으신가예? 아, 지금 저 여자도 지난번의 빨간 철쭉꽃 같은 여자처럼 저를 감격스럽게 숭배하듯이 사랑한다고예. 물론 저도 그렇게 하지예."

나는 그의 두 눈을 응시했다. '감격스럽게 숭배하듯 사랑한다'는 추상적인 표현을 어떻게 이해해야 할까.

그가 말을 이었다.

"귀국한 다음부터 우리는 먼 길을 오가며 서로의 집에서 머무르곤 합니더. 한 달 동안은 남한강 변의 양지바른 그 여자의 그림 같은 집에서 살고, 또 한 달 동안은 남해 창선 해변의 제 토굴에서 살고……. 우리는 말년을 그런 식으로 함께 보내기로 했어예. 자식들이 다 동의했어예. 그 여자에게는 미국에서 교수 하는 딸이 하나 있기는 하지만 애초에 남보다 못한 처지이고 저한테는 아들 둘, 딸 하나가 있는데 함께 살기는 하되 혼인신고는 하지 못하게 하더라고예. 둘이 기막히게 좋은 처지가 되어 있는데 혹시라도 나중에 가족 구성원들 사이에 이런저런 문제로 인해 성가신 일이 생길지도 모른다고예."

내가 맞장구를 쳐주었다.

"아주 잘하셨네요. 아무런 부담을 안 가지고 다만 멋지게 남은 삶을 즐길 수 있게 되었습니다."

그가 말했다.

"우리는 우울해질 새가 없어예. 함께 손잡고 산책을 하든지, 책을 읽든지, 읽은 책이나 시나 소설에 대하여, 음악이나 미술 작품에 대하여 이야기하든지, 소파에 붙어 앉거나 얼싸안은 채 TV를 보든지…… 잔잔한 음악을 틀어놓고 목욕을 함께하곤 합니더. 둘이 다 무소륵스키의 음악을 좋아합니더. 중요한 말은 태블릿을 통해 하지만 웬만한 것들은 눈빛으로, 손발짓으로, 표정으로 하지예. 그 여자는 어려서 심하게 앓은 홍역 열병으로 말을 못하게 되었을 뿐 다른 모든 것은 다 정상이라예. 욕조에 따뜻한 물을 받아서 쟁반만 한 연잎 하나를 띄워놓고, 그 향기가 우러나온 다음 뜨거운 물을 더 받아 섞어 온도를 높이고, 둘이서 그 안에 들어가 서로의 몸을 쓸어주고 안아주지예. 그 여자는 제 맨살 여기저기를 속속들이 닦아주거나 애무해주곤 합니다. 물론 저도 그 여자의 몸을 애무하곤 하지예. 애무라는 것은 일종의 연주하기입니다. 가끔씩 저는 욕조 밖으로 나와서 물속에 있는 여신 아프로디테의 몸을 내려다보곤 하지예. 노인 우울증에는 둘이 함께하는 목욕 이상으로 좋은 치유 방법이 없다고 그 여자가 그랬어예. 서로의 알몸을 따스한 물속에서 안아주는 것 이상으로 좋은 사랑법이 없다는 것입니다. 노인 우울증은 사랑 부족으로 인한 것이니까예. ……목욕은 신화적이고 원초적인 거듭나기입니다. 욕조의 따스한 물은 거대한 여신의 자궁 속 양수이고, 두 늙은이는 양수에서 헤엄치는 이란성 쌍둥이 태아가 되는 것이라예. 서로를 안아주면서 살냄새, 정 냄새를 맡습니다. 정精은 그야말로 정情의 씨앗입니다. 저는 하늘로 날아간 아내가 그 여자를 보내준 것이라 생각하고, 그 여자는 저세상으로 간 자기 선생님이 저를 보내준 것이라 생각하고 사는 깁니더."

나리꽃 같은 여자

"죽은 사람만 불쌍해."

　손을 잡고 다정하게 여행하는 그와 그 여자의 모습을 보고 아내가 속삭이던 말을 떠올리면서 나는 밤하늘을 쳐다보았다. 나는 자꾸 그 여자가 죽은 남편을 '선생님'이라 부른다는 사실이 얼굴 살갗에 걸쳐진 가느다란 거미줄처럼 신경 쓰였다. 호수에서 찬바람이 불어왔고, 진한 가지색 하늘에는 빛을 뿜는 살아 있는 벌레 같은 노란 별, 붉은 별, 파란 별들이 수런거렸다. 산들바람에 고개를 흔드는 산야의 들국화나 쑥부쟁이나 무청 꽃망울들이 연상되는 별이었다.

"자세히 보았으면 아시겠지만" 하고 그가 말을 이었다. 나리꽃 같은 여자의 더 깊은 내막을 나에게 털어놓으려 하고 있었다.

남녀가 뜨겁고 진하게 한 사랑이라는 것은 맛나게 배불리 먹은 음식처럼 소화하고 나면 밖으로 배설돼야 하는 것이다. 트림을 하듯이, 방귀를 뀌듯이, 오줌똥을 누듯이 누군가에게 발설하지 않으면 안 되는 것이다. 무단히 하늘과 들판을 향해 벙싯벙싯 웃어야 하고, 어리미친 듯 춤이라도 덩실덩실 추어야 하고, 나 누구하고 환장하게 달콤한 사랑을 한다고 소리를 지르고 싶어지는 것이다. 황실 이발사가 대숲을 향해 "임금님 귀는 당나귀 귀"라고 소리쳐야 했듯이. 그가 그렇게 자신의 사랑 행위를 트림하듯 토로하려 했다.

"그 여자의 얼굴, 자세히 보면 우윳빛인 듯싶지만 살짝 붉은 기운이 감도는데 살갗에 자잘한 주근깨가 많다고예. 저는 그 주근깨가 환장하게 예쁘고 귀여워예. 큰 것은 겨자씨만 하거나 쬐끄마한 송장메뚜기의 눈알만 하고, 더 작은 것들은 먼지 알갱이만 하지예. 그게 저 하늘의 별들 같아예. 그 여자는 주근깨를 짙게 화장해서 감추려 하지 않아예. 늘 가벼운 기초화장만 투명하게 하는 기라예. 주근깨를 오히려 자랑으로 생각하지예. 주근깨는 삼신할미가 점지한 선물이라는 생각을 가지고 있어예. ……전남편이 주근깨 하나하나가 모두 하늘의 별자리들처럼 신화적이고 성스러운 것이라고 예뻐하고 귀여워했다더라고예. 얼굴에 주근깨가 많은 여자들은 다른 여자보다 훨씬 영적으로, 육체적으로 감수성이나 성감대가 잘 발달해 있다고 했다는 것이라예. 그 여자의 죽은 전남편, 여러 면에서 감지력이 대단한 사람이었어예."

그는 한동안 밤하늘의 별들을 쳐다보고 있었다. 그 별자리들에서 자기 여자의 주근깨를 느끼는 것일까. 그가 맥주 한 모금을 마시고 나서 말을 이었다.

"바이칼 호수의 별들이 아주 찬란하네예. 그 여자의 전남편이 샛별이나 북극성처럼 찬란하게 살다 간 대단한 시인이자 소설가였는데 젊어서는 평론도 좀 했어예. 제가 이름을 대면 한 선생님이 깜짝 놀랄 깁니더. 그 작가는 이름만 무성한 대중작가가 아니고 순수 작가이지만 책을 낼 때마다 베스트셀러였고 상도 무수히 받은 사람이었어예."

그는 맥주병을 들어서 거품이 일도록 따랐다. 하얗게 일어난 거품을 핥듯이 마셨다. 맥주의 거품을 즐기면서 인생살이의 거품에 대하여 이야기하고 있었다.

"제 여자는 Y 대학원에서 그 작가의 작품론으로 석사를 받고, 그 다음에 박사 학위 논문으로 그 작가의 작가론을 쓰다가 정분이 나서 그 작가가 꼼꼼 숨겨놓은, 흔히 말하는 우렁이 각시 노릇을 평생 동안 하며 살게 된 기라예. 작가론을 쓸 경우에는 연구자가 작가를 여러모로 밀착하여 취재하지 않으면 안 되는 모양이더라고예. 그 여자가 말을 못해서 타이프라이터를 통해 필담을 해야 하다 보니까 가까이에서 서로의 체취를 맡기도 하고…… 같이 밥을 먹고 술도 한 잔하고…… 잔시중을 들어주기도 하고…… 그러다가 딸을 하나 낳게 되었어예. 골반이 발달하지 못한 까닭으로 제왕절개를 했다더라고예. 그 여자는 지금까지도 호적상으로 처녀입니더. 그 여자가 낳은 딸은 핏덩이였을 때 그 작가의 본처에게로 감쪽같이 보내졌고, 그 본처가 낳은 것으로 호적에 실렸어예. 지금 그 딸은 그 본처를 생모로 알고 있어예. 제 여자는 지금까지도 그 딸한테 자신이 생모임을 밝히지 못하고 살아왔습니더. 딸을 빼앗겨서 억울하지 않느냐니까 제 여자는 뱀이 허물을 벗듯이 진작 마음을 비웠다고, 잘 살고 있는 딸한테 혼란을 주고 싶지 않다더라고예. 그렇게 살아주는 것이 먼저 떠나간 선생님의 뜻이라는 것이었어예. 그러니까 그 여자는 아직 어느 누구하고도 혼인신고를 해본 적이 없지예. 저하고도 남은 삶을 함께하긴 하지만 혼인신고는 하지 않기로 했어예. 아기에게 젖 한 번 빨려보지 않았고…… 아기도 산도를 통해 출산하지 않았고…… 영육이 처녀 그대로인 듯싶어예. 그만큼 영혼이 순박한 여자입니더."

신성

나리꽃 같은 여자를 평생 동안 남한강 변의 별장 같은 집에 숨겨놓고 산 작가, 시인이자 소설가인 그는 누구일까. 나는 작고한 작가들을 하나씩 떠올렸다. 순수 작가이면서 역사소설을 많이 쓴 A일까, 쓴 작품마다 베스트셀러가 되고 영화로 만들어진 C일까, 발표한 작품마다 평론가들의 대대적인 호평을 받고 이 상 저 상을 많이 탄 B일까. 자기 아내 말고는 다른 여자를 거들떠보지도 않는다던 B가 설마 그랬을까. B는 젊어서 시를 쓰기도 하고 가끔 평론을 발표하기도 했던 작가이다. 집요하게 곰곰이 추리했지만 그럴듯한 답이 나오지 않았다.

그가 말했다.

"설사 그 작가가 누구인지 연상되더라도 명명한 곳에 계시는 그분의 명예를 위해서, 명복을 빌어주는 의미에서 절대로 거명은 하지 말고 이야기하기로 하지예. 그것이 이야기하는 제 쪽에서 편하고, 제 여자를 위해서도 좋을 듯싶습니다. 선생님은 제가 한 이야기를 앞으로 어디에서든지 발설하지 않겠다고 약속해주이소."

그가 잠시 타오르는 모닥불을 들여다보다가 말을 이었다.

"……제가 생각하기로 그 작가는 아름답고 신비롭고 자유로운 영혼을 가진 분이지만 매우 이기적인 사람이었을 거다 싶어예. 작가들은 대개 자기 글에서는 너그러운 체, 자비로운 체, 달관한 체, 세상에서 가장 민주적인 체, 구도자인 체하지만 사실은 이기적이고 편파적이고 독단적이고 고집이 센 경우가 많다 하더라고예(물론 제 앞에 있는 한 선생님은 그렇지 않으신 걸로 알고 있습니다만). 좌우간에 대개의 경우는 철저하게 이기적이고 고집이 세어야 좋은 작품을 쓰는 모양이더라고예. 그 여자는 그 작가의 그런 이기적이고 독단적이고 고집이 센 부분마저 사랑했던 모양이라예. 그 작가와 정분을 나누고 사는 동안, 그에게 본부인과 이혼하라고 요구하지도 않았고, 유산을 분배해달라고 하지도 않았어예. 그 작가의 심신을 한사코 편안하게 하고 글 쓰는 일을 돕기 위해 헌신과 희생으로 살기만 했어예. 그 작가가 어디론가 훌쩍 떠나가서 한두 달 동안 나타나지 않아도 혼자 그리워하며 참고 기다리며 살고, 어떠한 경우에도 그 작가를 두고 달아날 생각을 하지 않고 그 작가에게 폭 빠져 살았어예. 그 여자의 그러한 점 때문에 그 작가는 그 여자를 버리지 않고 꼼꼼 숨겨놓고 살았던 듯 싶어예. 제가 한 선생님을 언제 한번 남한강 변의 그 여자 집으로 모셔 가고 싶습니다. 그 작가가 그 여자한테 지어준 집이 아주 그윽하고 아름다워예. 남한강 변의 풍광 좋은 산언덕에 자리 잡은, 단열재를 잘 쓴 목조 전원주택이라예. 거실이라든지 방이라든지 서재라든지 욕실이라든지가 다 널찍널찍하지예. 거실 북편에는 벽난로가 있고, 가구들이 반듯반듯하더라고예. 물 찬 제비 같은 차도 한 대 뽑아주고, 통장에 돈을 넉넉하게 넣어주곤 했다더라고예. 그 여자가 말은 못해도 운전은 아주 잘합니다. 말 못한다는 결핍과 세상으로부터의 소외 때문인지 오히려 더 순하고 착하고, 모든 면에서 완벽한 여자라예. 그 작가는 그 여자의 존재를 아주 철저하게 감추려 들었지예. 어떤 친구에게도 알리지 않고, 오로지 혼자서만 드나들었어예. 그 여자는 그 작가가 하자는 대로 아무런 이의 없이 따랐어예. 인형처럼, 순하게 길들여진 애완동물처럼, 화분에 심은 난초 꽃처럼 있는 듯 없고 없는 듯 있는 비가시적 존재로, 전설 속 우렁이 각시처럼 말이지예. 여행을 떠나자고 하면 수족이나 수행 비서처럼 제자이자 연구자로서 은밀하게 함께 떠나고, 작품을 타이프라이터로 정리하라면 꼼꼼하게 정리하고, 틀린 문장들을 바로잡으라면 섬세하게 바로잡고, 교정을 보라면 착실하게 보고, 컴퓨터와 인터넷이 생긴 다음에는 그의 모든 작품을 입력하고, 원고를 발송하는 비서 노릇까지 했어예."

시집도 가끔 내고 젊어서는 평론도 했다는 그 작가가 대관절 누구일까, 나는 궁금해 환장할 것 같았다. 그가 맥주로 목을 축이고 말을 이었다.

"그 여자…… 평소 하는 짓들이 모두 환상적이고 몽상적이고, 아주 신성하고 성스러운 데가 있어예. 보통 사람으로서는 이해하기 어려운 구석이 있지예. 남한강 변의 그 주택에서 별로 멀지 않은 곳에 연방죽이 있는데, 봄부터 이른 가을까지 아침 일찍 산책을 나갔다가 연잎 한 장을 꺾어 머리에 쓰고 오지예. 욕조에 따스한 물을 반쯤 받은 다음 연잎을 거기에 띄우고 한 시간쯤 지나 뜨거운 물을 좀 더 받아 물 온도를 높이고 그 물속에 몸을 담그는 기라예. 잔잔하게 음악을 틀어놓고……. 물에서는 연잎 향기가 물씬 나지예. 그 여자는 한 사십 분가량 명상을 하는 기라예. 늦은 가을부터 다음 해 봄까지는 인진쑥을 넣고 그 목욕을 합니더. 여자 몸에는 그 두 가지를 우린 물이 약이 된다는 것입니더. 그 목욕 방법을 누가 가르쳐주었느냐고 물었더니, 연방죽을 산책하다가 자기가 어느 날 문득 그렇게 해야겠다고 생각한 거랬어예. 여신이나 천사나 옛날 구중궁궐 속에 사는 공주나 왕비가 그렇게 성스러운 목욕을 했을 거라 생각했답니더. 그 여자는 신라 김춘추의 딸이자 원효의 아내인 요석 공주를 좋아했는데 요석 공주가 그러한 목욕을 했을 거라 생각하고 있었어예. 연잎 향 우러난 물에 몸을 담그면 그 향이 다 몸에 배어드는데 그러면 자기 몸이 연잎의 기운을 받게 되는 것이고, 그리하여 영육이 비가시적인 한 송이 연꽃으로 피어날 거라고 상상하는 기라예. 그 여자가 하고 사는 것이 그야말로 환상적이고 성스러운 시詩입니더. 책을 읽고 사색을 하여 영혼을 가꾸는 것만 중요한 게 아니고 몸을 가꾸는 것도 못지않게 중요하다는 기라예. 그 여자는 그것을 하나의 의식이라고 믿고 있어예. 그 여자가 그렇게 하는 것을 그 작가가 아주 좋아했답니더."

그는 맥주 한 모금을 머금었다가 삼키고 나서 말을 이었다.

"이건 정말 다른 곳으로 새어 나가면 안 되는데예, 그 여자가 성스러운 목욕을 하고 나면 연잎 향기가 배어 있는 그녀의 발과 손과 유방 등 내밀한 부위들에 그 작가가 입을 맞추어주곤 했답니더."

순간 나는 그 여자의 치열 고른 이들이 의치라는 것과 의치를 들어내면 빨간 잇몸만 남게 된다는 것이 눈에 선해졌고, 내 몸에 알 수 없는 서늘한 전율이 일어났다.

그가 말을 이었다.

"불행하게도 그 작가, 말년에 인지 장애가 시작됐어예. 치매 말이지예. 그 여자는 그 작가의 영혼에 들어 있는 모든 기억 파일이 사라질 것을 예견하고는 작품 활동을 중단시키고, 세계의 이곳저곳을 패키지로 여행하기 시작했어예. 그러다가 그 작가의 건강이 더 나빠지자 그 여자는 그를 위하여 간병사 노릇을 했지예. 작가의 본처는 한밤에만 바람처럼 다녀가곤 했다더라고예. 그 작가의 원고료나 인세나 상금을 모두 관리하는 본처는 평창동 단독주택에서 사는데, 간병하는 그 여자에게 얼마쯤의 돈을 떼어주곤 했습니다. 본처는 그 작가를 그 여자에게 사실상 빼앗겼다고 생각하고 자식들과 돈만 챙긴 것이지예."

여신

그 여자는 인지 장애가 심해지고 운신이 불편해진 그 작가를 모시기 위하여 일차로 집 안의 문턱들을 모두 없애는 내부 공사를 했다. 휠체어를 밀고 다닐 수 있도록 하려는 것이었다. 또 넓은 거실 한쪽을 욕실로 개조했다. 한가운데에 튼튼하고 큼지막한 욕조를 앉히고 그 옆에 물침대를 놓았다. 사방의 바람벽에 타일을 붙이고 환풍기를 달았다.

　그 여자는 일본에 사는 한 교포 간병사에게서 치매 환자 간병하는 법을 배워서 그렇게 한 것이었다. 게이코라는 이름의 그 교포 여자는 젊은 시절부터 그 작가를 존경하고 짝사랑했는데, 다달이 깨알같이 쓴 편지와 함께 30만 엔씩을 보내곤 했고, 나리꽃 같은 여자는 그 편지에 정성스럽게 답장하곤 했다. 물론 그 작가의 증상 따위를 편지로 말해주었다. 게이코는 그 작가가 죽고 없는 지금까지 그 여자에게 그걸 똑같이 보내주곤 하는데, 그 작가를 위해 작은 탑을 하나 세워주기를 희망한다고 했다. 그렇지만 그 여자는 그 작가가 살았을 적에 문학비를 세우고 어쩌고 하는 일을 싫어했으므로 그 일을 하지 않을 생각이었다.

사람이 치매에 걸리면 영혼의 파일들은 지워지지만 육체에는 감각이 오래도록 남아 있다고 게이코는 말했다. 그 때문에 치매 환자를 치유하려면 몸을 통해야 한다고 가르쳐주었다.

치매에는 음악과 목욕을 통한 치료 방법이 가장 좋다고 했다. 온풍기로 실내 온도를 알맞게 올린 후 남자 환자를 발가벗긴 다음 따뜻한 물이 담긴 욕조 속에 앉히고, 여자 간병사도 발가벗은 채 마주앉아 안아주기도 하고, 몸 구석구석을 마사지하고 애무해주기도 해야 한다고 했다. 입술과 혀로 몸 구석구석을 입맞춤하고 가볍게 핥기도 하라고 했다. 핥는 행위는 동물들이 사랑하고 치유하는 방법이라고 했다. 가능하다면 환자가 젖꼭지를 만지기도 하고 머금기도 하도록 해주라고 했다. 그렇게 할 때는 성능 좋은 오디오로 미리 잔잔한 음악을 틀어놓으라고 했다.

그 여자는 게이코의 가르침에다 자신의 성스러운 목욕법을 더했다. 연잎을 뜯어다가 욕조에 담그고 그 향기가 우러난 물에 환자인 그 작가를 앉아 있게 하곤 했다. 아주 오랫동안 그렇게 작가의 몸을 지극정성으로 치유했지만 퇴행성 인지 장애로 영육이 무너지는 것을 막을 수는 없었다. 엎친 데 덮친다고, 그 작가의 몸에 대상포진이 왔고 그의 몸은 급속도로 삭고 마모됐다. 초가을 해 질 무렵에 그 작가는 짚불이 사그라지듯이 먼 나라로 떠나갔다.

그 여자는 작가의 시신을 본처에게 넘겨주었고, 본처는 작가의 관을 서울의 한 장례식장 영안실에 안치하고 성대하게 장례를 치렀다. 그 작가를 추모하고, 그의 작품과 사상과 삶을 기리려는 사람들이 무수히 조문했고 정부는 문화훈장을 추서했다.

그림자

그 여자는 한때 그 작가의 주변을 어릿거린 바 있는 그림자로만 존재해야 했다. 본처가 그 작가를 위해 그렇게 처신해달라고 요구했다. 본처는 그 여자가 장례식장에 들어서지도 못하게 했다.

그 작가의 관은 하얀 국화 송이들로 장식된 채 까만 리무진에 실려 가서 그의 남쪽 고향 마을 뒷산 기슭에 매장됐다. 그 여자는 장례가 진행되는 동안 장례식장 인근의 모텔 방에서 혼자 슬퍼하면서 우두커니 앉아 있거나 누워 있거나 거리를 헤매다가 문상객들 사이에 끼어서 장례 버스의 맨 뒷좌석에 타고 갔다.

그 작가의 관이 땅에 묻히고 봉분이 만들어지는 것을 그 여자는 일반 조문객들 사이에서 지켜보았다. 본처와 자식들과 친지들이 제사를 지낸 후 돌아가고 났을 때 그 여자는 혼자 무덤 앞에 엎드려 밤이 깊어지도록 울었다. 그 여자가 낳은 딸은 그녀의 존재조차 알지 못했다.

그 여자는 혼자가 되자 세상살이의 의미가 없어졌다. 남한강 변의 외딴집이 엉성한 거푸집처럼 느껴졌다. 우울증이 생겼고, 그것이 그녀의 의식을 파먹고 갉아먹었다. 따스한 물을 욕조에 받아놓고 연잎을 띄우고 그 작가의 혼령을 불러 함께 들어가 목욕을 해보아도 우울증은 해소되지 않았다. 연꽃 만발한 연방죽 앞에 하염없이 앉아 있기도 하고, 속절없이 강변길을 걸으며 울기도 하고, 숲속을 무작정 미친 듯 헤매기도 했다. 이젠 내가 작가가 되어 그 작가가 못다 쓴 것을 써야겠다고 독한 마음을 먹어보기도 했지만 막상 쓰려고 하니 써지지 않았다. 그 작가가 쓰던 서재를 겸한 침실에서 그의 숨결 소리와 기침 소리가 들리는 듯싶어 미칠 것 같았다.

차를 몰고 그 작가의 무덤으로 달려가서 무릎을 꿇고 엎드려 금잔디 속에 얼굴을 묻은 채 울다가 돌아오곤 했다. 밤이면 촛불을 밝히고, 벽난로를 피우고, 와인을 마셔보았다. 취하자 그 작가가 더욱 보고 싶어졌다.

그러다가 그 작가와 더불어 여행했던 자연 풍광 좋은 지역들을 복기하듯이 여행하기로 작정했다. 그 첫 번째 여행지가 뉴질랜드였다. 그 작가는 뉴질랜드의 빙하와 비취색 피오르드를 찬탄했다. 강도 호수도 바다도 아닌 해발 0미터의 피오르드, 빙하 녹은 물과 바닷물이 어우러져 있는 피오르드.

거기에서 그 여자는 그를 만난 것이었다. 그 작가의 얼굴을 닮은 것은 아닌데 분위기가 비슷하다고 그 여자는 필담으로 말했다. 그 여자의 외로움을 직시하고 접근해준 그는 그 여자의 구세주였다. 그 여자는 "천국에 가신 우리 선생님이 한 선생님을 저에게 보내주신 거예요" 하고 나서 그의 가슴에 얼굴을 묻은 채 울었다.

그 여자는 지금 그 작가를 모시듯 그를 모시며 살고 있었다.

"한 선생님은 말년에 여복이 아주 많으시군요."

내 말에 그는 코를 벌름거리며 말했다.

"늙은이에게는 행복한 여난女難입니다."

그는 맥주를 들이켜고 나서 말했다. 흥분해 있었다.

"남한강 변에 있는 그 여자의 집은 늙은이들이 살기 아주 편리한데 남해 창선의 제 토굴은 불편한 점이 많았어예. 그 여자의 조언에 따라 거실 한편을 욕실로 개조했어예. 욕실에 드넓고 튼튼한 욕조를 앉히고 그 옆에 황토 침대를 놓았습니더. 이제는 그 여자의 목조 건물 못지않게 제 토굴도 편리해졌습니더. 창선 토굴도 남쪽 양지바른 언덕에 자리 잡고, 강물처럼 굽이돌아 흐르는 해협과 산동면 지족 마을 포구를 건너다보는 그림 같은 집이지예. 우리는 늘 잔잔한 명상 음악을 틀어놓고 목욕을 같이합니더. 봄여름에는 연잎 우러난 물, 가을과 겨울에는 인진쑥 우러난 물로……. 둘이 욕조 안으로 들어가 서로를 애무하고…… 그 여자는 저를 마치 치매 환자 치유하듯이 사랑해줍니더. 그 여자는 헌신하고 희생하는 즐거움으로 살 뿐

허영도, 자기 쾌락을 위한 탐욕도 없는 천사라예. 그 작가를 모시기 위해 스스로를 순종 잘하는 애완동물처럼 길들인 삶을, 이 늙은이를 위해 살아주고 있는 기라예. 문학소녀였던 그 여자는 한때 소설가를 꿈꾸기도 했지만 그 작가를 위해 모든 것을 접었어예. 그 작가의 작품들 어느 구석인가에 어떤 모양새로든지 그림자나 향 맑은 냄새의 결이나 무늬로 드리워져 있을, 헌신과 위안과 구제의 삶을 살아온 그 여자를 제가 뉴질랜드 여행 중에 만난 것은 정말 행운입니다."

그는 어둠에 잠긴 호수를 바라보다가 말을 이었다.

"그 여자는 신화와 문화인류학에 관심이 아주 많습니더. 인도 신화, 중국 신화, 한국 신화, 그리스 로마 신화 다 통달했어예. 그 여자의 집에서 인도 신화『마하바라타』다섯 권을 다 읽었어예. 그 여자가 권해서 라캉도 읽었지예. 사서삼경도, 불경들도, 『노자』와『장자』도 새로이 읽었어예. 안반수의 심호흡 수행도 합니더. 그 여자로 인해서 저는 진짜로 새로이 개안을 한 듯싶어예. 이제 본격적으로 시를 쓸 생각입니더."

그는 맥주 한 모금을 마시고 말을 이었다.

"그 작가는 인지 장애(치매)가 시작되고 있을 때 생애 마지막 작품을 발표했는데 그 내용의 대부분을 사실은 그 여자가 섬세하게 고쳐서 마무리했다더라고예. 그 사실을 아는 사람은 아무도 없댔어예. 그 여자는 그 작가의 그림자로 살다가 바람이 되어 사라질 것입니더."

강이 운다

그는 두 손으로 받쳐 든 맥주잔을 서서히 돌리면서 어둠에 잠긴 바이칼 호수를 바라보았다. 그의 감수성은 신화적이고 자연 친화적으로 벼리어져 신화 속으로 미끄러져 들어갔다. 나리꽃 같은 여자의 영향을 받은 듯싶었다. 그의 영혼 속으로 호수의 정령, 물의 요정이 스며들고 있다고, 신화나 구원이라는 것이 바로 이러한 모양새일 거라고 나는 생각했다. 물에도 혼령이 들어 있다. 강이나 호수나 바닷가에 사는 사람들은 물의 넋, 물의 정령에 절어 사는 것이다.

그가 나의 두 눈을 응시하며 말했다.

"한 선생님은 강이나 호수나 바다가 우는 소리를 들어본 적이 있는기요?"

"저는 그것을 '강 몸살, 바다 몸살'이라고 해석합니다."

내 말에 그가 탄성 어린 목소리로 말했다.

"강 몸살, 바다 몸살! 강이나 바다의 파도나 해류처럼 들썽거려지는 몸의 반응을 선생님은 바다 몸살이라고 말했지예! 저는 남해 바다를 앞에 두고 살면서부터 선생님이 쓰신 「백년지기 내 동무」*를 즐겨 암송하곤 합니더" 하고 나서 그 시를 감성적으로 읊었다.

그는 맥주 한 잔을 따르고 거기에 하얗게 일어난 거품을 시의 여운처럼 오래 머금고 있다가 삼키고 나서 어둠에 잠긴 호수를 내려다보며 말을 이었다.

"남한강 변에서 내내 살아온 그 여자는 강의 울음소리가 계절마다 다르다고 했어예……. 바람이 불 때 다르고, 비가 올 때 다르고, 눈이 내릴 때 다르고, 꽁꽁 얼어 있을 때 다르고, 안개가 끼어 있을 때 다르다고 했어예. 안개가 짚불 연기처럼 자욱할 때는 강의 어느 먼 굽이에서인가 약음기를 꽂아서 부는 것 같은 트럼펫 소리를 낸다고 했어예."

가을비가 추적추적 내리는 어느 밤, 남한강 변에 있는 집에서 그 여자와 함께 밤을 보냈는데 오동나무 잎사귀에 빗방울이 떨어지는 소리가 잘 조율된 타악기를 두들기는 소리처럼 들렸다. 한밤중에 그 여자는 머리맡의 태블릿 피시를 열고 필담으로 말했다.

"귀 기울이고 들어보셔요. 강이 울어요. 늙은 여자가 앓는 소리 같

---

* 시 전문은 이렇다. "치기 어린 시와 풋사랑에 질퍽하게 젖어 살던 내 스무 살 시절 / 한밤중에 부르는 소리 있어 / 골목길을 걸어 앞산 잔등 넘어가면 / 그놈이 밤안개 너울 쓰고 달이랑 별이랑 바람이랑 / 백사장이랑 갯바위랑을 짓궂게 희롱하며 너울거렸습니다. // 포구 주막의 까맣게 그은 와사등 아래서 쌉쌀한 막걸리 한 됫병에 / 가오리의 지느러미 안주로 씹으며 모래밭으로 나와 혀 굽은 소리로 / 이 자식아 왜 불러냈어? 하면 그놈은 / 싱긋 웃으며 덩실덩실 춤만 추었습니다. // 머리칼 희어지고 / 그 시절의 시와 사랑 안개구름 속으로 사위어간 이즈음도 / 무시로 불러내는 소리따라 발밤발밤 여닫이바다 모래밭까지 걸어 나가 / 이 자식아 왜 자꾸 불러내? 하면 그놈은 / 마찬가지로 싱긋 웃으며 어깨춤 엉덩이춤만 움씰거립니다. / 그놈의 깊은 속뜻 알 듯도 하고 모를 듯도 하여 나는 물 좋은 / 농어회나 낙지 안주에다가 술 한 잔 들이켜고 / 코 찡긋거리고 어깨 움씰거리며 / 그놈의 춤을 그냥 즐길 수밖에요."

기도 하고, 남자가 웅얼거리는 소리 같기도 하고, 여자가 흐느끼는 소리 같기도 하잖아요? 귀로만 듣지 말고 가슴으로 들으세요."

그 여자는 그의 가슴을 파고들면서 진저리를 쳤다. 그는 숨을 멈추고 강의 울음소리를 들으려고 귀를 기울였다. 그는 생각했다. 이 여자의 감성은 하늘에 닿아 있고 땅과 강물에 닿아 있다. 강물이 이 여자의 몸으로 흘러들고, 그 흘러듦에 따라 이 여자의 감성이 메아리처럼 울리고 있다. 물의 메아리가 그녀의 몸과 영혼을 전율시킨다. 강물의 정령이 이 여자의 몸에 와서 어떤 반향을 일으키는 것이다. 에밀레 종소리의 울림 같은 비대칭의 파장이 되고 있다.

그 여자가 필담으로 말했다.

"강이 저렇게 울면 저는 사랑하고 싶어져요. 제 선생님이 그랬어요. 강이 우는 소리를 듣는 사람은 강처럼 영원히 죽지 않는다고요."

그 여자의 몸이 뜨거워져 있었다. 곧 그 여자만의 방식대로 그를 사랑하기 시작했다. 그 여자는 자신과 그의 몸을 동시에 연주하고 있었고, 악기처럼 공명하고 있었다. 그것은 하늘과 땅과 강만 아는 소리 없는 교성이었다.

그는 하늘의 별들을 쳐다보며 말했다.

"저는 지금 그 여자와 강을 주제로 연작시를 쓰고 있어예. 제목을 '강의 몸'이라고 했어예. 저는 한 선생님이 쓰신 「강」이라는 시*를 다 외웁니더. 곧 시집을 한 권 내고 싶어예……. 그 여자는 지금 바이칼 호수가 우는 소리를 듣고 있을지 모르겠네예. 공기가 맑아서인지 바이칼 호수의 별들은 유달리 심하게 수런거리네예. 수런거리는 소리가 들리는 듯싶어예. 바이칼 호수의 울음이 어쩌면 저 별들을 저렇게 수런거리게 하는지도 모르겠어예."

그가 술 반쯤 담긴 맥주잔을 비우고 나서 말했다. "그럼 내일을 위해 오늘 밤에는 이만하시지예……. 한 선생님, 이 하잘것없는 좀비의 이야기를 또 이렇게 들어주신 것 정말 고맙습니다. 선생님에게 이런저런 이야기를 털어놓고 나니 제 속에 수많은 꽃이 피어서 환하게 향기를 뿜는 듯싶네예."

우리는 수런거리는 들꽃 같은 별들을 머리에 인 채 각자의 호텔 방을 향해 걸었다. 이날 밤, 나는 내 몸이 바이칼 호수로 인해 어떻게 반응하고 있는가를 살피며 잠자리에 들었다.

---

* 시의 전문은 이렇다. "내 강에 성스럽고 풋풋한 여신이 살고 있다. / 나와 언제 입맞추고, 어느 때 춤추며 노래하고, / 언제 수다를 떨고 어느 순간에 침묵할 것인지, / 어느 결에 슬퍼하고, 어느 틈에 앙칼지게 울부짖을 것인지 / 아는 그 여신은 밤마다 우렁이 각시 되어 내 침실로 찾아와 / 질펀한 사랑의 담금질로 나를 잠재워놓고 강으로 돌아간다. / 그 맨살의 향 맑고 달콤한 맛에 환장한 나는 / 바람 되어 그 여신의 물살을 철벅철벅 밟아대고, / 해오라기가 되어 여울목에서 은어 사냥에 몰입하고, / 먹구름 되어 천둥을 토하며 그 여신의 / 몽실몽실한 은빛 가슴에 비를 뿌리고, / 산그늘 되어 그 여신의 심연에 나를 담그면, / 타오른다, 우리 사랑, 술 익는 해 질 녘의 타는 노을처럼."

밤 바이칼 호수의 울음

다음 날 아침, 식탁에서 우리(나와 내 아내, 그와 그의 나리꽃 여자)가 마주 앉았을 때 나는 그에게 "혹시 간밤에 바이칼 호수가 울지 않았어요?" 하고 물었다. 그가 당황한 목소리로 "……아, 네. 울었어예" 하고 대답했는데 옆에 앉은 나리꽃 같은 여자의 얼굴이 붉어지고 있었다.

이르쿠츠크 역에서 우리가 탄 관광 열차는 시베리아 횡단 레일을 타고 달려가다가 바다 같은 바이칼 호수를 오른쪽에 끼고 가장자리 산기슭을 천천히 달려주었다.

나와 아내는 호수 쪽의 창가에 자리를 잡았고, 그와 나리꽃 같은 여자가 우리와 마주 보는 자리에 앉았다. 나는 그 여자의 주근깨 많은 얼굴과 웃을 때 드러나는 하얀 이들을 자세히 바라볼 수 있었다.

창가에서 마주 앉은 아내와 그 나리꽃 여자는 광활하게 펼쳐진 바이칼 호수의 수면에서 흰 빛살 망울들이 크리스털 조각같이 찬란하게 반짝거리는 것을 바라보고 있었다. 아내는 그 빛살을 향해 찬탄을 연발했고, 그 여자는 고개를 끄덕거리면서 그 찬란한 망울 같은 웃음을 얼굴에 담았다. 빛살 망울들은 마치 호수에 사는 물고기들이 모두 수면으로 헤엄쳐 나와 햇살을 쪼아 먹으며 파닥거리는 듯싶었다.

그 전날에 나는 한 포구의 상점에서 바이칼 호수에서만 산다는 '오물'이라는 청어과 물고기를 보았다. 그것은 크기가 망둥이만 했는데 머리와 등이 푸르렀고 배는 희었다. 오물구이의 맛은 숭어구이처럼 부드럽고 고소했다.

　나는 호수의 수면에 취해 있는 나리꽃 여자를 주시했다. 그 여자가 틀니를 뽑아냈을 때 양볼이 우묵 들어가는 합죽이가 되고 잇몸이 빨갛게 드러나는 모습을 상상했다. 그 상상에서 벗어나려고 나는 아내가 바라보며 찬탄하는 호수의 수면으로 눈길을 옮겼지만, 그 여자의 빨간 잇몸에 대한 생각으로부터 자유로울 수 없었다. 의치를 뽑아버린 빨간 잇몸과 호수의 수면에서 파들거리는 크리스털 조각 같은 잔물결이 눈앞에서 섞바뀌고 있었다. 그가 말한, 헌신과 희생으로 살아온, 흰 거품 속에서 태어났다는 여신 아프로디테의 알몸이 짙푸른 호수의 물너울을 넘나들었다. 그 속에서 나는 바이칼 호수의 울음소리를 떠올렸다. 그 울음소리는 들이쉴 숨인 '옴'과 내쉴 숨인 '훔' 같은 귀기 어린 원초적 교성이었다.

제4화

내가 늘 하늘을 보는 까닭은
그 한복판에 수직으로만 상승하고 있는 새 아닌
새
한 마리가 거기 있어서입니다.

내가 늘 하늘을 보는 까닭은
한낮임에도 불구하고 알 수 없는
별
하나가 거기 떠 있어서입니다.

내가 늘 하늘을 보는 까닭은
말을 하긴 해야 하는데 입이 떨어지지 않는
내가 최후에 남겨야 할 말 아닌
말
하나가 거기 있어서입니다.

一시 「내가 늘 하늘을 보는 까닭은」

인도로 가는 길

다음 해 2월 초순에 인도 여행길에 올랐다. 인도로 가면서 나는 "달님이시여, 서방西方까지 가시옵니까"로 시작되는 신라 향가 「극락에 가서 살고 싶어라(원왕생가願往生歌)」*를 떠올렸다.

이 향가에서 '서방'은 서방정토, 서쪽 하늘의 어딘가에 있다는 극락(아미타) 세상을 뜻한다. 극락 세상은 부처님들이 산다는 영원무궁한 시공인데 한자로는 '무량수無量壽'라고 표현한다. 추사 김정희는 제주도로 유배되어 가는 길에 초의가 머무는 대흥사에 들러서 극락전에 걸 '무량수전无量壽殿'**이라는 현판을 써주었는데 그것은 지금도 현존하고 있다.

---

* 달님이시여, 이제 서방(극락 세상)까지 가시옵니까. / 서방극락 세상의 부처님 앞에 이르시면 사뢰어주십시오. / 다짐 깊으신 부처님께 우러러 / 두 손 모아 사뢰시기를 / 극락에 가서 살고 싶어요, 극락에 가서 살고 싶어요, / 간절히 빌며 찬양하는 사람 있다고 사뢰어주십시오. / 아아, 사랑하는 그이는 이 몸 여기에 남겨두고 / 사십팔 대원 성취하셨을까.

** '무無'와 '무无'는 둘 다 '없음'을 뜻하지만 그 깊은 의미와 맛이 많이 다르다. 앞의 것은 마른나무를 쌓아놓고 불을 질러 없앤다는 '없음'이고, 뒤의 것은 하늘 천天이라는 글자를 닮은 것으로, 한없이 깊고 푸른 하늘 같은 '그윽한 없음'이다. 그윽한 없음은 단순한 없음이 아니고 신비한 없음인 것이다. 노장의 '태허太虛'를 뜻하기도 한다. 태허는 하늘과 동의어이다.

한국 무당의 시조는 바리데기 공주이다. 바리데기는 오구대왕의 일곱 번째 공주인데 태어나자마자 버림을 받았다. 부모가 앓아눕자 언니 공주들은 약을 구하러 가기 싫다고 다 물러앉는데, 바리데기만 홀로 천신만고 끝에 아미타 세상으로 가서 부처님으로부터 생명수 세 병을 받아가지고 온다. 바리데기가 집에 당도하자 부모는 상여에 실려 북망산으로 가고 있었다. 바리데기는 상여를 가로막고 관 속에 든 죽은 부모를 그 약으로 살려낸다. 세 병의 생명수는 '살살이 약, 뼈살이 약, 숨살이 약'이다.

우리 선인들은 바리데기가 그 생명수를 구해 온 곳, 부처님이 사는 아미타 세상이 인도 하늘의 어디인가에 있다고 믿었다.

나는 동명이인인 그와 함께 인도 라자스탄을 여행했다. 이번 여행에도 그는 바이칼 호수 여행에서처럼 나리꽃 여자와 같이 왔다. 그 여자는 마찬가지로 얼굴 살갗의 어두운 보라색 주근깨들을 감추지 않고 가벼운 기초화장만 하고 있었다.

극락에 가서 살고 싶어라

인도 여행을 가기 열흘 전 아침나절, 남해 창선도에 사는 그들 부부가 장흥 안양의 바닷가에 사는 우리 부부를 찾아왔다. 우리 네 사람은 바닷가 횟집에서 점심을 먹으며 와인을 마셨는데 그가 이야기를 인도 여행 쪽으로 끌고 갔다.

"저는 이미 오래전에 강가(갠지스 강변의 성지)를 두 차례나 여행한 바 있어서 이번에는 북인도 라자스탄 쪽을 선택했어예. 인도를 여행할 때는 향가 「극락에 가서 살고 싶어라」를 생각하지 않을 수 없습니다."

그는 『삼국유사』에 들어 있는 광덕과 엄장* 두 스님의 이야기를

---

* 광덕과 엄장 두 스님은 각기 다른 곳에서 수도하고 살았는데 극락에 갈 때는 반드시 서로에게 알리자고 약속했어예. 광덕은 분황사 인근에서 신을 삼아서 팔아먹고 살았는데 관세음보살 같은 어여쁜 아내가 있었고, 엄장은 남산에서 혼자 화전을 일구어 농사를 지으며 살았어예. 어느 날, 엄장이 잠을 자고 있는데 밖에서 광덕의 목소리가 들렸지예. "엄장, 나는 지금 서방정토(극락 세상)로 가니 자네도 곧 내 뒤를 따라오이소." 엄장이 문을 열고 내다보니 온 세상이 무지갯빛으로 찬연하고 비천녀들이 연주하는 비파와 공후인의 영롱한 음악이 들려오는 기라예. 엄장이 한달음에 광덕의 집으로 달려가니 광덕의 육신이 죽어 있었어예. 그는 광덕의 아내와 함께 장례를 치러주었지예. 그런 다음 엄장은 광덕의 아내에게 여자 혼자 어떻게 살아갈 거냐고, 자기와 함께 살자고 말했고, 그 여자는 그러자고 했어예. 밤에 잠자리에 들었을 때 엄장이 그 여자에게 몸을 섞자고 했는데 그 여자가 피하며 말했어예. "이렇게 몸을 섞으려 하는 당신이 극락 세상을 구하려 하는 것은 나무에 올라 고기를 구하려 하는 것과 같습니다." 거기에 덧붙여 말하기를 "극락에 간 남편 광덕은 십 년을 함께 살았지만 저와 한 번도 몸을 섞지 않았고, 달빛이 창에 비치면 가부좌하고 나무아미타불과 관세음보살을 염송하고, 우주를 뚫어 보는 눈과 선정禪定에 드는 마음을 오롯이 가지려고 정성껏 도를 닦았습니다. 그런데 그러한 눈과 마음을 가지지 못한 당신은 동으로는 갈지언정 서방성토로는 가지 못할 것입니다." 이 말에 엄장이 깨닫고 원효 스님을 찾아가 엎드려 사정을 말하자 원효 스님이 정토에 이르는 법을 가르쳐주었고, 엄장은 그 가르침대로 정성을 다하여 세상만사와 우주적인 순리를 깊이 뚫어 보는 눈을 얻어 서방정토에 가게 되었는기라예. 두 스님을 서방성토에 이르게 한 그 여자는 분황사의 여종이었는데 그 여자가 지은 노래가 「극락에 가서 살고 싶어라」라는 향가입니다.

요약해 들려주었다.

그가 말을 이었다.

"광덕의 아내가 요즘 같으면 참선하는 스님들의 끼니 수발을 들어주는 공양주 보살 같은 여자였지예. 그와 같은 역할을 하는 여자들이 인도의 한 종파 수도자들 주변에 있다고 들었는데 그 여자를 '구루guru'라고 부른다 했어예."

비밀행법

"한 선생님, 그 특별한 종파에 속한 수도자들의 수도를 은밀하게 이끌어주는 여신 같은 스승이 '구루'라고예. 구루의 역할은 원효 스님이 살았던 때 광덕의 아내처럼 청순하고 현숙한 모습이지예. 늘씬해야 하고, 가슴은 풍만해야 하고, 건강한 연꽃을 지녀야 하는 거라예. 구루를 활용하는 수도 방법은 남성 수도자들 사이에 전해져 내려오는 일종의 비밀행법秘密行法인 기라예. 구루는 수도자들의 수도 과정에서 영적인 깨달음의 엑스터시 같은 오르가슴을 체험하게 도와주는 전문적인 젊은 여성 스승인 것이지예. 출가한 남성 수도자는 구루를 여신처럼 존숭해야 합니다. 구루는 절대적인 형안을 갖추고 있어서 상대에게 수도자의 자질이 갖추어져 있지 않으면 그 행법에 응하지 않습니다. 여러 의미에서 공부가 잘되어 있는 순수한 수도자가 알몸인 채로 가부좌를 틀고 있으면, 구루는 알몸으로 그의 목을 끌어안으며 성교를 하듯 아랫몸의 국부와 국부를 밀착시키고 앉아 안반수의와 명상적인 깨달음의 극치에 이르게 도와주는 것입니다. 그러면 남성 수도자의 '금강석'과 구루의 '연꽃'이 접합되지예. 이때 남성 수도자가 안간힘을 쓰듯이 읊는 '옴 마니 반메 훔'이라는 주문이 뜻하는 것이 '금강석과 연꽃의 성스러운 융합이여!'입니다. 그것을 변태적인 에로티시즘으로 생각해서는 안 됩니다. '옴'이라는 말은 우주적인 창조의 들이쉴 심호흡 그 자체인데 원초적인 생명 현상과 우주의 신비한 정수를 구현하는 소리이고, 모든 산란한 마음을 제거하는 소리입니다. '옴'은 한국어에서 '엄'이나 '엄마'라는 말과도 비슷합니다. 영어권 사람들이 말을 더듬을 때 내는 '암', 어린이가 어머니를 부르는 '맘'이라는 말하고도 비슷합니다. 사랑 행위를 할 때 안간힘을 쓰는 생명력의 소리하고도 비슷하지예. 그 안간힘 소리는 인류의 공통어인 겁니더. '마니'는 금강석이고, '반메'는 연꽃입니다. 금강석은 우주적인 남근을 상징하고, 연꽃은 우주적인 여근을 상징합니더. '훔'은 후유 하고 내쉬는 숨이고, 음과 양의 성스러운 만남의 종식과 안식을 뜻하는 것입니더. 금강석과 연꽃의 만남이란 성스러운 영혼의 거듭나기를 위한 행위이므로 그것을 통해 최고로 숭엄한 깨달음의 경지에 이르는 것입니더. 그 순간의 엑스터시 같은 오르가슴은 수도자들이 고행의 참선을 통해 한 소식(깨달음)을 얻는 순간의 오르가슴과 비슷한 기라예……. 그런데 그 비밀행법을 아주 특별한 시기와 장소에서 해야 합니더.

첫째, 그루가 비밀행법에 참여해주는 시기는 반드시 구루의 달거리가 한창 진행되는, 그래서 구루에게서 악취가 풍기는 시기여야 합니더. 둘째, 우중충하게 구름이 끼어 있거나 궂은비가 추적추적 내리는 한밤에 화장장 한가운데, 혹은 공동묘지에서 그것을 치러야 하는 기라예. 제 생각으로는 허무를 가르치는 것 아닐까 싶어예. 인생에서 허무를 터득하고 산다는 것은 아주 중요하지예. 허무는 생명력을 더욱 치열하게 일어나게 하고, 악에 빠져들지 않게 하고, 한층 진실되게 합니더."

나는 그가 얼마 동안 사귄 바 있는 붉은 철쭉꽃 같은 여자가 어쩌면 남성들에게 일종의 구루 역할을 하며 살아가는 것인지도 모른다고 생각했다. 그녀와 결혼했다는 남자도 그녀의 구루 같은 점에 현혹됐는지 모른다 싶었다.

그는 다시 와인 한 모금을 마시고 말을 이었다.

"김유신이 남산에서 수련하느라고 오르내릴 때 산기슭에 사는 천관녀天官女를 만나 정분을 나누곤 했다는 기록이 있지예. 그 여자를 요즘 사람들이 기생이라고 해석하는데 잘못입니더. 그 여자는 천지신명(천신, 지신 등 불교가 들어오기 이전 전통 신앙의 숭엄한 대상)에게 제사 지내는 사제 같은 여자인 기라예. 천관녀가 인도의 특별한 종파 수도자들을 도와주는 구루 같은 여자였을 듯싶어예."

나는 정말 그러할까 하고 반신반의하면서도 "아아, 네" 하고 추임새를 넣으면서 고개를 끄덕거려주었다.

그는 격앙된 목소리로 말을 이었다.

"출가한 남성 수도자가 구루와 그 비밀행법을 행하는 그림이나 까만 동상이 티베트 불교 성지에서 발견되어 전해지고 있어예. 전남 보성에 대원사라는 절이 있는데예, 그 절의 티베트 불교 박물관에 티베트 불교 미술품들이 전시되어 있어예. 전시된 사진과 자그마한 까만 동상에 '부모불父母佛'이라는 제목이 붙어 있는데, 그것은 한국의 전통문화나 관람자들과 타협하는 것이라고 저는 느꼈어예. 벌거벗은 남녀가 서로 마주 보고 부둥켜 앉은 자세로 성행위를 치르는 듯싶은 그 사진과 동상은 변질되어 『카마수트라』(사랑의 교과서)로 활용되기도 하는 것입니다. 인도 카주라호에 갔더니 카마수트라로 장식된 사원이 있었어예. 남녀가 성교하는 여러 체위(기법)들을 아주 사실적으로 조각해놓았어예. 자위행위를 하는 것부터 세 사람 혹은 네 사람이 혼음하는 것, 수간獸姦을 하는 것…… 여러 가지였어예. 그것들을 보면서 저는 생각이 많아졌어예. 왜 힌두교 나라에 그러한 카마수트라 사원이 만들어져 전해지는 것일까…… 저는 이렇게 해석했어예. 수많은 신을 받드는 나라에서는 인간이 생리적으로 즐기는 일, 자식을 낳기를 외면하는 일이 생기므로 '사랑 행위의 교육'을 시킬 필요가 있지 않았을까. 아니, 성행위 자체를 신들의 성스러운 창조 행위로 여긴 것 아니었을까. 좌우간 인도 카주라호의 아담한 카마수트라 사원은 신비하고 불가사의했어예. 그 사원 때문에 겨우 7천 명쯤 사는 작은 도시에 비행장이 들어서 있는 것입니다. 세계 각지의 관광객들이 많이 찾아온다는 것이지예. 장사꾼들은 관광객들을 상대로 카마수트라를 환락과 화류 교육을 위한 춘화春畵로 변조해서 팔더라고예."*

나는 그의 이야기에 고개를 끄덕거리기만 했다. 그는 와인을 거듭 마시면서 더욱 열을 올려 이야기했다.

"인도는 한번 정들면 자꾸 가고 싶어지는 이상한 곳이지예. 매력이라 할 수도 있고 마력이라 할 수도 있어예."

죽음을 사는 나라

횟집 창밖으로는 바다가 질펀하게 펼쳐졌다. 밀물이 범람할 듯 밀려들어 있었다. 먼바다에서 달려온 파도들은 방조제에서 철썩철썩 소리치며 춤을 추었고, 갈매기들은 바다 상공을 선회했다. 횟집 주인은 물고기 창자를 갈매기들에게 뿌려주었다. 갈매기들은 축제에 초대받은 듯 어지럽게 선회하기도 하고 곡예하듯이 춤을 추었다. 그는 갈매기들의 춤과 와인과 자신이 내뱉는 인도 이야기에 취해 있

---

* 오래전에 나도 대원사 박물관에 전시된 '부모불' 동상과 사진을 보고 깜짝 놀랐다. 삼십 년 전 인도에 간 나는 카주라호의 카마수트라 사원과 특이한 종파에 관한 것을 이미 보았다. 석지현이 저술한『밀교』를 구해 읽기도 했다. 그 책은 한국의 밀교와는 전혀 관련이 없으므로 오해가 없어야 한다. 그것을 나는 인도에서 특이한 종파 수도자들이 하는 신비한 수도 행위라기보다는 불교의 변태적인 측면이라고 인지했다. 그렇게 변태적인 것들(비밀행법)이 인도에서 불교를 소멸시킨 것 아닐까 하고 생각하기도 했다.

었다.

"인도는 진짜 사람의 냄새, 알 수 없는 신비와 허무의 향기를 접할 수 있는 나라라예. 강가(갠지스 강변의 성지)를 여행하다가 죽음을 앞둔 늙은 남자를 만났어예. 북인도에서 근근이 농사를 짓고 살던 남자는 자기 삶이 얼마 남지 않은 것을 알고는 모든 것을 버리고, 걷고 또 걸어서 강가를 찾아왔어예. 삶의 마지막에 쓸 돈을 말아 싸 들고, 자식들과 결별하고, 맨발로 걸어서 강가로 온 것입니다. 평생 소원하던 것을 이루려는 것이지예. 그 소원은 강가에서 죽은 후 화장되어 갠지스 강물에 뿌려지고 다음 생에는 높은 계급으로 태어나는 것입니다. 그 남자는 강가의 계단 한구석에서 앓으면서도 내세에서 새롭게 태어날 거라는 생각을 가지고 있었어예. 시체를 화장해주는 일을 전문으로 하는 사람에게 자신이 가진 돈을 모두 맡기고 자기 생명이 소진되기를 기다리는 기라예. 거기에는 그 남자와 똑같은 소망을 가진 사람들이 줄지어 기다리고 있었어예."

나는 그의 말을 들으며 북인도에서 갠지스 강변 성지를 찾아서 산을 넘고 물을 건너고 모래밭을 걸어가는 한 늙은 남자의 모습을 머릿속에 그렸다. 강가로 가는 그 남자의 모습에 내 그림자가 투영되고 있었다.

나는 늘 죽음을 짊어지고 산다고 생각한다. 부정맥 때문이다. 가령 내 몸에 감기가 오려고 하면 전조 현상으로 부정맥이 일어나곤 한다. 심할 때는 맥이 서너 번 뛰다가 한 차례씩 멈추곤 하는 것이다. 그럴 때면 무기력해지고 가슴이 답답하며 숨이 가빠지고 불안해지며 현기증이 일어난다. 어느 한순간 심장이 멈추고 내 삶은 끝나게 되지 않을까 하는 공포에 사로잡힌다. 나는 거기에 대처할 응급약을 소지하고 다닌다. 약은 위안일 뿐 먹어도 약효가 즉각 나타나지는 않는다.

그 늙은 남자는 이미 쇠약해진 데다 중병이 든 몸으로 비치적거리면서 걸어가고 있다. 죽음이란 도대체 무엇이기에, 강가가 대관절 어떤 곳이기에 그는 그토록 사력을 다해 그곳을 향해 걸어간 것일까.

나도 그 남자처럼 죽어야 하는 자리, 화장터를 향해 의연하게 걸어가서 화장 차례가 오기를 인내하며 기다릴 수 있을까.

석가모니는 어린 시절에 싯다르타라고 불렸다. 작은 왕국의 왕자였던 싯다르타는 사치스러운 궁중의 삶을 버리고 스물여덟 살에 출가하여 고행을 통해 깨달음을 얻었다. 그렇게 깨달음을 얻은 자를 부처(붓다)라고 이른다.

길 한복판에서 제왕절개로 어머니의 자궁 밖으로 꺼내지고, 그 산후통으로 어머니가 칠 일 만에 죽자 고아가 되어 이모의 손에서 자란 싯다르타는 왕자로서의 호화로운 삶을 버리고 출가했다. 맨발로 걸어 다니며 인간에게 참된 삶의 길이 어떤 것인가를 깨달은 다음, 역시 맨발로 세상 굽이굽이를 누비며 다른 인간들에게 참되고 순수한 삶의 길을 가르치다가 늙어 막다른 길, 사라나무 숲속에서 열반에 들었다.

맨발로 살다가 맨발인 채로 죽은 석가모니의 삶은 인간의 실존 자체이다. 먼 훗날 서구의 실존주의자들은 '나도 깨달으면 부처이다'라는 말을 가슴으로 받아들였다. 인간은 맨발로 참된 길을 걸어 다니다가 지고지순한 아름다운 죽음에 이르러야 한다. 글로벌 자본주의의 정글 세상에서 자신보다 힘 약한 것을 잡아먹으며 살도록 길들여진 사람들은 모두 탐욕을 버린 석가모니의 '맨발의 정신'을 배워야 한다. 내가 인도에 가려 하는 것은 그 맨발의 정신을 배우려는 것이다. 허무를 배우러 가는 것이다. 아니, 죽음을 죽지 않고 영원히 사는 길을 배우러 가는 것이다. 그가 이야기한, 수도자들이 여신 같은 존재인 구루를 하필 달거리가 진행 중인 시기에 이용하여, 또 하필 화장터나 공동묘지에서 비 내리는 밤에 성교하는 듯한 자세로 깨달음을 얻으려고 행한다는 비밀행법이라는 것도 결국 허무 배우기가 아니겠는가.

허무 배우기

그가 말했다.

"저는 한창 젊었을 때 방랑하듯이 배낭 하나를 짊어지고 인도 여행을 했어예. 인간이란 무엇인가, 어떻게 사는 것이 가장 값진 삶인가를 고뇌하던 치기 어린 풋내기 시절이었어예. 당시 젊은이들 사이에 한창 유행하던 실존주의 병이 든 데다가 석가모니 사상에서 영향을 받은 것이었지예. 그때 저는 인간의 실존을 확실하게 맨발로 체험하려고 인도 여행을 했어예. 집시처럼 아무 데서나 자고, 아무 음식이나 먹고 마시고, 아무하고나 서투른 영어와 손짓·발짓·몸짓을 이용하여 소통하면서예……. 팬티와 셔츠는 빨아서 말려 입었지예. 빤 것을 배낭 위에 걸쳐 묶어놓으면 잘 말랐어예. 갠지스 강변을 따라 걸어가기도 했는데 강변의 모래 둔덕에는 미친 듯싶은 거무칙칙한 들개들이 많았어예. 그 개들은 강가에서 덜 탄 채 떠내려오다가 모래 둔덕에 걸려 있는 시신을 뜯어 먹고 사는 기라예. 개들은 먹이를 서로 차지하려고 싸웠어예. 서로를 물어뜯고 싸우다가 피투성이가 된 채 간신히 차지한 먹이로 배를 채우는 기라예. 축생 지옥이 따로 없고, 거기가 그런 지옥인 듯싶었어예. 그 개들이 사실은 전생에 사람이었는데 큰 죄를 짓고 죽어서 축생 지옥살이를 하는지도 모른다는 생각이 들기도 했지예. 그 개들의 싸움을 구경하면서 많은 것을 생각했어예. 야만이란 무엇이고 문명이란 무엇이고 신화란 무엇인가. 강가에서 죽어 화장된 다음에 다시 좋은 고급한 삶을 받고 태어나려는 사람들의 소망과 덜 탄 시체를 뜯어 먹고 사는 들개들의 삶에서 많은 것을 배웠어예. 강변을 벗어나서 늙은 보리수나무 아래에 가부좌를 틀고 앉아 명상하는 수도자들 옆에서 같이 명상에 들어보기도 했어예. 석가모니가 출가하여 고행을 한 다음 깨달음을 얻은 것을 생각하면서 저도 그러한 고행을 했어예. 어느 숲속에 들어갔더니 몸을 학대하며 고행하는 수도사들이 있었어예. 어떤 자는 벌거벗은 채 불개미집 위에 누워서 우글거리는 불개미한테 물려 살갗이 퉁

통 부었고, 다른 어떤 자는 한 발로 선 채 하늘을 향해 두 손을 치켜들고 땀을 뻘뻘 흘리며 서 있었고, 또 어떤 자는 가부좌를 한 채 굶을 수 있는 한 한없이 굶었어예. 수도자들은 대개 쑥대같이 머리를 길렀고 비쩍 말라 있었어예. 고백하자면 저도 수도자로서 비밀행법을 해보고 싶어 구루를 만나기는 했는데 그 여신 같은 구루에게 통사정해도 끝내 제게는 비밀행법을 절대로 허락하지 않았어예. 형형한 눈을 가진 구루는 수도자로서 제 자격을 인정하지 않고 신뢰하지 않은 것이었어예."

그는 하얀 광어회 한 점을 입에 넣고 씹어 삼킨 다음 와인 한 모금을 마시고 나서 말을 이었다.

"인도는 참으로 불가사의한 나라입니더. 제가 한 늙은이에게 '저는 석가모니의 제자인데 당신의 종교는 무엇입니까?' 하고 물었더니 자신은 힌두교도라고 하면서 석가모니 사상을 대단하게 생각하지 않는다고 했어예."

(나는 한 여성 인도 연구자가 번역한 『마하바라타』를 읽은 적이 있었다. 『마하바라타』는 신화의 바다, 신화의 울창한 숲이었다. 아마존강 주위의 원시림 같은 신화의 숲.)

그가 말을 이었다.

"그 늙은 수도자가 이런 말을 했어예. 인도에는 오랜 옛날부터 석가모니 같은 성자들이 얼마든지 있어왔다는 것이었어예. 지금도 숲속에 들어가면 은둔한 채 도를 닦는 성자들이 많다고예. 인도의 사상이 거대한 바다라면 석가모니 사상은 한 줄기 강에 불과한 것이라고 했어예."

나는 그의 말에 동의할 수 없었다. 석가모니 사상은 힌두교에서 나왔지만 힌두교가 획득하지 못한 세계적인 보편성을 얻어냈다. 힌두교는 지역성을 벗어나지 못했는데 석가모니 사상은 지역성을 벗어나 더 큰 세상으로 나아간 것이다.

내 소설이 지역성을 가지되 그 지역성에서 벗어나 세계적인 보편성을 얻으려면 어찌해야 하는가. 리얼리즘 소설가나 리얼리즘을 신봉하고 예찬하는 비평가들은 '리얼리즘 소설이 신화성을 가지는 것은 리얼리즘 소설의 죽음'이라고 말한다. 나는 리얼리즘만으로는 좋은 소설이 될 수 없다고 생각한다. 그것을 뛰어넘어야 한다. 리얼리티를 바탕으로 하되 환상적인 리얼리즘과 신화와 문화인류학적·세계적 보편성을 획득하는 것이 그 답일 수도 있다.

진홍색 부겐빌레아 꽃

인천공항에서 인도로 갈 비행기 시각을 기다리는 동안 그가 내 옆으로 다가와서 나의 시 「내가 늘 하늘을 보는 까닭은」을 낭송하고 나서 말했다. 그 시에 우리가 인도로 가는 까닭이 들어 있다고 생각된다는 것이었다.

우리는 인천공항에서 여덟 시간가량을 날아서 뉴델리 공항에 도착했다. 팔십 늙은이가 긴긴 시간 동안 비좁은 이코노미석에 앉아 가는 것은 지옥행 같은 고통이었다.

비행기 안에서는 고통스러웠을지라도 라자스탄과 인도 북부 지방의 여행은 그곳의 겨울 가뭄과 먼지 속에서도 아름답게 꽃을 피워내는 부겐빌레아의 진홍색 꽃송이같이 슬프면서도 아름답고 향기롭고 의미심장한 것이었다. 그는 부겐빌레아 꽃 한 송이를 빙글빙글 돌리며 말했다.

"한 선생님, 인간이 시를 외워 낭송하거나 여행을 한다는 것은 자기 영혼을 비눗방울처럼 하늘로 날려 보내는 것인 기라예. 물론 시도 쓰고 소설도 쓰고 에세이도 쓰는 한 선생님은 저보다 훨씬 위대한 영혼을 늘 비눗방울처럼 날려 보내며 사시는 분이겠지예. 저는 시 낭송이나 여행을 하면 대마초 담배나 향기로운 와인에 취한 것처럼 황홀해지곤 합니더."

아, 이 사람이 법으로 엄히 금하는 대마초 담배를 피워보았구나, 하고 그의 눈을 깊이 살폈다. 그는 얼른 혀를 내둘러 마른 입술을 축인 다음 빙긋 웃으며 말했다.

"초등학생 시절에예. 그때 우리 마을 사람들은 삼베麻布를 짜기 위해 삼大麻을 많이 재배했는데, 삼 잎사귀가 말라 떨어진 시래기 같은 것을 비벼서 종이로 궐련처럼 말아 불을 붙여 피우곤 했어예. 마을 사람들은 모두 그것이 환각제라는 것을 몰랐고 나라에서 금하지도 않았지예. 또래 아이들이랑 놀면서 그걸 피워봤어예. 캑캑 기침을 하면서예. ……그 연기를 가슴속으로 들이켜면 어질어질 무지개를 타고 오르는 듯 황홀해지는 기라예. 그것에 취하면 아주 행복해진다고예. 가슴앓이라는 고질병이 있거나 수심이 많아 잠 못 드는 할머니, 할아버지들은 그 증세가 일어나면 그것을 뜯어서 말려뒀다가 담뱃대 대통에 넣어 화롯불을 붙여 뻐끔뻐끔 피웠어예. 그야말로 특효약이었지예……. 시 낭송이나 여행은 대마초 잎사귀 연기를 들이켜는 것보다 훨씬 더 황홀합니다."

미약

그는 한 손에 든 진홍색 부겐빌레아 꽃송이를 코에 댄 채 향기를 맡으며 말했다.

"세상이 팍팍해지거나 시상이 떠오르지 않을 때 저는 언제 어디서든지 하늘을 쳐다보기도 하고, 빨간 꽃을 꺾어 코에 대보기도 하고, 꽃잎을 깨물어보기도 합니다. 지금 제가 들고 있는 꽃은 부겐빌레아인데 공항 청사를 빠져나오다가 꺾었어예. 남아메리카가 원산지인데 인도에도 지천으로 피어 있습니다. 옛날 옛적 영웅들은 미녀를 가까이할 수 없을 때 꽃을 꺾어 희롱하곤 했다고 하는데 그런 면에서 저는 색을 늘 가까이하지 않고는 못 사는 사람인지 모릅니다. 남자에게 색은 죄가 아니고 뮤즈입니다. 석가모니에게는 야소다라가 있었고, 예수에게는 막달라 마리아가 있었고, 원효에게는 요석이 있었고, 로댕에게는 카미유 클로델이 있었습니다. 꽃이라는 것은 저에게 원초적인 에너지를 활성화해줍니다. 저는 서울 삼각산 아래에서 아주 오래 살았었습니다. 아내가 보쌈집을 혼자서 잘 운영한 덕택에 저는 건들바람처럼 흘러 다니면서 살았지예. 젊은 시절부터 한 선생님의 작품들을 속속들이 읽어서 한 선생님의 영혼과 삶을 제 나름대로 잘 꿰뚫고 있지예. 동갑내기 동명이인으로서 한 선생님을 시기하고 질투하기도 하고 존경하기도 해왔습니다. 선생님이 전남 장흥으로 이사를 간 다음 저희 부부는 큰아들 내외에게 보쌈집을 물려주고 남해 바닷가로 이사를 했지예. 장흥으로 선생님을 찾아가 술도 같이 한잔하고 살아가는 짭짤한 이야기도 시시콜콜 나누고 싶었지만 용기를 내지 못했는데, 그때 남강에서 한번 만나뵙고 난 뒤부터는 이렇게 번번이 먼 데 여행을 함께하게 되네예. 선생님의 영혼과 제 영혼은 아주 많이 비슷한 모양입니다. 그게 어쩌면 운명인 듯싶어예."

그는 나와 함께하는 인도 여행으로 들떠 있었다. 말을 하는 동안 내내 콧구멍이 벌름거렸고 목소리가 격앙됐다. 입술에서 열이 나서 그러는지 걸핏하면 혀를 내둘러 입술을 축이곤 했다. 침 때문에 입술이 번들거렸다.

나는 번번이 함께 여행하게 되는 그가 싫었다. 그 거부감을 어찌하지 못한 채 그의 수다스러운 이야기를 들어주고 있었다. 그는 음유시인답게 혀의 순발력이 매우 좋은 사람이었다. 혓바닥에 또 하나의 심장과 뇌를 가지고 있지 않은가 의심이 들 정도로 자기 나름의 반질반질한 관념을 토설했고, 그것의 하부구조를 잘 꾸며댔고, 적극적으로 재바르게 대화를 이끌었다.

"인도는 참으로 매력적인 땅입니다. 어떤 사람은 인도 여행에서 허무를 체득해서 돌아가고, 어떤 사람은 기왕 가지고 있던 교만을 더욱 살찌워서 돌아가지예. 인도를 현상적으로 읽으면 교만해지고, 본질적으로 깊이 응시하면 진실로 허무를 공부하게 되고 자기 실존을 확인하게 됩니다."

다음 날, 관광지로 이동하는 버스에 올라탄 뒤 아내는 속삭였다.

"저 사람, 보면 볼수록 신기해요. 어쩌면 저렇게 생김새나 표정이나 몸짓이나 목소리가 당신하고 비슷할까. 그런데 말이 너무 많네요."

그와 내가 비슷하다는 아내의 말이 잘 씹지 않고 삼킨 깍두기처럼 몸속에서 이리저리 나뒹굴었다. 나는 새삼스럽게 그의 얼굴과 차림새를 자세히 살폈다. 그의 코는 뭉툭하고, 코밑수염은 단아하게 가꾸었고, 반곱슬인 머리가 반백이고, 하얀 오라기가 섞인 눈썹밭이 넓은 데다 갈매기 날개처럼 꺾였고, 우중충한 생활한복 바지저고리를 입었고, 이들이 자잘한 데다 치열이 고르지 못했고, 입술에는 희끗한 거스러미들이 일어나 있었다. 그 거스러미들의 숨을 죽이기 위해 그는 혀를 내둘러 침을 바르곤 했다.

호랑이와 고양이

호랑이가 고양이를 만나면 조그마하고 쩨쩨한 놈이 건방지게 임금자리에 있는 자신을 닮았다고 갈가리 찢어 죽인다는 말을 나는 오래전에 들은 바 있다.

그는 나를 만날 때마다 반겼고 여행팀에 합류한 것을 운명적이라고 기뻐했지만 나는 싫은 정이 앞섰다. 나를 닮은 그가 내 속을 속속들이 읽고 많은 것을 훔쳐다가 사용하리라는 것을 생각하면 끔찍스러워지곤 했다.

내가 견딜 수 없는 것은 그에게서 발견되는 나의 약점들이다. 코를 찡긋거린다든지, 말을 하다가 혀를 내둘러 마른 입술을 축인다든지, 어깨를 으쓱한다든지, 실없는 말을 해놓고 나서 건들바람처럼 웃는다든지 하는 것들이 싫었다. 혀를 내둘러 침을 바르는 버릇 때문에 그의 입술에는 하얀 거스러미가 일어나 있었다. 소화액인 침은 입술 살갗을 삭게 했다. 내게도 그러한 버릇이 있었고 입술에 거스러미가 일곤 했는데, 아내가 그 버릇을 자제하고 침 묻은 입술을 물로 씻어내라는 충고를 늘 했다. 그 충고를 명심하고 실천하려 하지만 입술에 침을 바르는 버릇은 쉬 고쳐지지 않았다. 내 입술에는 알 수 없는 열기가 있었다.

세상에는 자신이 좋아하는 사람의 말투를 흉내 내곤 하다가 점차 그것을 자기 것으로 만들고, 존경하는 사람의 강연을 듣거나 그 사람의 저서와 칼럼을 탐독하고 나서 그 사람의 사상을 자기 것인 양 품고 다니며 차 마시는 자리나 술자리에서 만만한 좌중에게 사자후 하는 사람들이 많다. 그가 그런 사람이라고 나는 생각했다. 그는 나의 자전적인 작품이나 에세이나 인터뷰 기사나 대담을 속속들이 읽어서 내 사상을 훔쳐 가고, 내가 살아가는 방식을 자기 것으로 삼아서 살고 있음에 틀림없었다.

따지고 보면 나도 그를 흉볼 일만은 아니다. 내게는 십 대 후반에서 이십 대 초반에 이르기까지 늘 가까이 지내던 시 쓰는 친구가 하나 있었다. 그 친구는 당시 유행하던 실존주의에 감염되어 있었는데 "반항한다, 그러므로 나는 존재한다"는 말을 뇌까리며 아나키스트처럼 살려 했고, 세상의 어떤 흐름인가를 시시포스처럼 거슬러 자기 삶을 밀고 나아가려 들었다. 아나키스트처럼 멋대로 행동하기와 거슬러 나아가기가 그의 반항적이고 낭만적인 시가 되곤 했다.

천동설이 절대적인 대세이던 유럽 중세의 종교 재판정에서 생사여탈권을 가진 판관이 "하늘이 도는가, 지구가 도는가?" 하고 묻자 "하늘이 돕니다" 하고 거짓말하여 참수를 면하고 나와서는 그의 참형을 구경하러 온 대중에게 "지구가 돌지 않고 하늘이 돈다고 거짓말을 하고 나는 이렇게 살아 나왔습니다만, 그럼에도 불구하고 지구는 지금 돌고 있는데 어찌합니까"라고 말한 갈릴레오 갈릴레이와 니콜라우스 코페르니쿠스를 닮고 싶어 한 그 친구에게는 여러 가지 버릇이 있었다. 그 친구는 양복보다는 하얀 한복 바지저고리 입기를 좋아했고 어색하면 코를 찡긋거린다든지, 재바르게 말을 하다가 혀를 내둘러 마른 입술을 축인다든지, 어깨를 으쓱한다든지, 실없는 말을 해놓고 나서 건들바람처럼 웃곤 한다든지…….

군대에서 탈영을 하고 잠행하던 그 친구는 늘, 아버지 밑에서 농사짓고 바닷일을 하며 사는 나를 불러내서 밤새워 술을 마시고 나에게 실존주의 강의를 하곤 했다. 동녘 하늘에 도둑처럼 떠오른 얼굴 찌그러진 새벽달을 보며 악을 쓰고 〈금순아, 굳세어다오〉를 소리쳐 불렀다. 잠행에 지친 그는 자수하고 육군 교도소에서 옥살이를 한 다음에 새로이 부대 배치를 받았는데 그 부대에서 무슨 일인가로 죽었다.

그 친구가 이 세상에서 사라지고 나니, 나는 그 친구처럼 양복 대신 하얀 무명 바지저고리를 입곤 했고 코를 찡긋거린다든지, 술자리에서 좌중에게 알베르 카뮈와 시시포스 신화를 이야기하고, 재판정에서 나온 갈릴레이가 한 말을 씹어대며 어깨를 으쓱거린다든지, 실없는 말을 해놓고 나서 건들바람처럼 웃는다든지 하는 버릇의 주인이 되었다. 죽어간 친구의 그 버릇들을 내 것으로 만들어 사용하고 나서 양심에 가책이 되면 만만한 허공을 향해 흥 하고 콧방귀를 뀌며 스스로를 비웃었다. 저승에 간 친구가 자신의 모든 것을 훔친 나를 보면서 어떤 표정을 지을까. 얼마쯤 뒤에 "실패는 중요하지 않다. 자신을 웃음거리로 만드는 용기가 필요하다"라는 채플린의 말로 위로를 삼으면서 늘 나 스스로를 웃음거리로 만들어 즐기며 살았다. 가까이서 보면 비극이지만 멀리서 보면 희극이라는 말이 맞다.

좌우간 동명이인인 그가 나의 이런저런 버릇들을 차용하므로 나는 그가 곱게 보일 리 없다. 가뜩이나 그는 자기 도깨비와 함께 살고 있다고 실토했는데, 그것도 내 삶의 방식이나 말법을 훔쳐다가 제 것인 양 사용하는 것이다.

알 수 없는 것은 내 마음이었다. 그가 싫고 미우면서도 그를 통해 내 존재를 확인하고 위안을 받고 싶어지는 것을 어찌할 수 없었다. 그를 보면 거울 속의 나를 보는 듯싶고, 그의 말과 행위들은 내 노인성 우울증과 가슴앓이 같은 고독을 해소하고 치유하는 약이 되고 있는 것이었다.

동명이인인 그가 나를 표절해 사는 것을 불편해하면서 나는 문득 추사 선생이 자화상에 써놓은 화제를 떠올리곤 했다. "나라고 해도 좋고 내가 아니라고 해도 좋다. 나라고 해도 나이고 내가 아니라고 해도 나이다. (…) 조화 세계의 구슬이 겹겹이 쌓였거늘 누가 큰 여의주 속에서 참모습을 찾아낼 수 있겠는가."

살아간다는 것은 결국 자기 참모습을 찾아 즐기기이다.

무덤 궁전

생각해보면 내가 오직 나만의 것이라고 믿어왔던 나의 정체성은 하나의 거푸집 같은 허상일 뿐이었다. 내 실체는 모두 어린 시절부터 대면해온 할아버지, 아버지, 어머니, 형제들과 한 해에 한 차례씩 바뀌는 머슴들과 내가 거친 많은 선생님, 사귄 친구들에게서 배운 것을 내 것으로 만든 것들이었다. 이런저런 책들에서 읽은 사상이나 선지식의 강연에서 감명 깊게 들은 내용들을 뜯어 맞추고 편집하고 살짝살짝 변조해서 내 것인 양 풀어먹고 있었다. 나는 누군가의 그림자 같은 헛것일 뿐이었다.

인도의 무덤 궁전인 타지마할을 둘러보면서 나는 슬퍼졌다. 나는 그 무덤 궁전에서 허망하게 박제된 나의 실체를 보았다.

가난하여 굶주리는 백성들이 득시글거리는데도 인도 무굴제국의 황제는 자기 아이를 낳다가 죽은 아내(황후)를 영원히 추모하고 기리기 위해 이십이 년 동안 먼 나라로부터 들여온 하얀 대리석으로 타지마할을 찬란하고 호화롭게 만들었다. 하루 2만 명쯤의 인부가 동원된 광적인 공사였다.

지금 그것은 세계에서 가장 호화롭고 장엄한 무덤 궁전으로 포장되어 있다. 그걸 건설하느라고 헤아릴 수 없도록 많은 인민이 죽고 나라의 살림살이가 기울었는데.

그것은 하얀 대리석으로 지었을 뿐 한 여자의 시신이 묻혀 있는, 거푸집 같은, 허망하고 정체된 시공인 것이다. 가난한 자들에게 희망을 줄 수 있는 시공이 아니고, 허망하게 박제된 무덤 궁전인데도 그것을 구경하기 위해 세계의 관광객들은 바글바글 몰려든다. 나와 아내도, 그와 그의 나리꽃 같은 여자도 그 속에 끼어 있는 것이다.

한 무소불위의 독재자가 광적으로 만든 아내의 무덤 궁전이 도깨비방망이처럼 돈을 벌어들이고 있다. 어떠한 구실로도 추앙받아야 할 까닭이 없는 한 여자의 무덤일 뿐인, 그저 흰 대리석으로 어마어마하게 크게 지은 건물인 타지마할을 관광하면서 나는 '이 얼마나 허망한 짓인가' 하고 생각했다. 덩달아 내 인생살이라는 것이 허망하고 슬퍼지고 쓸쓸해졌다. 나라는 인간은 이 무덤 궁전보다 훨씬 더 허무한 거푸집 같은 엉성한 존재이지 않는가.

타지마할 무덤 궁전을 등지고 돌아서면서 나는 그것들을 깡그리 잊기로 했다. 이곳저곳을 여행하면서 본 것을 머리에 오래 간직한다는 것은 소화되지 않은 고깃덩어리를 위장 안에 오래 담고 있는 것처럼 불편하다. 나는 아내의 한 손을 잡고 이끌듯이, 아니 아내에게 이끌리듯이 안내자를 뒤따라 걸었다.

"만일 당신이 나보다 먼저 멀리 떠나가게 된다면 내가 당신을 위해서 저 타지마할보다 더 큰 무덤 궁전을 세워줄게."

나는 아내에게 거푸집 모양새의 타지마할 같은 흰소리를 하고 건들바람처럼 웃었다.

릭샤꾼

자이푸르 왕궁 박물관을 구경하고 나온 우리 일행은 모두 두 사람씩 짝을 지어 릭샤를 탔다. 자전거 뒤에 두 사람이 앉을 자리를 제작하여 부착한 인력거 모양의 이동 수단을 릭샤라고 불렀다. 음유시인인 그와 그의 나리꽃 여자도 릭샤 한 대에 나란히 올라탔다.

나와 아내가 탄 릭샤는 허름했고, 그것을 끄는 릭샤꾼은 몸이 빼빼 말라 있었다. 주름살 많은 얼굴은 진한 갈색이고, 머리칼은 반백이고, 반바지를 입은 두 다리는 가늘었고, 살갗 밖으로 금방이라도 뼈가 튀어나올 듯싶은 두 발에는 닳고 닳은 검은 플라스틱 슬리퍼를 신고 있었다.

나이를 물어보니 마흔일곱 살이라고 했다. 고된 노동과 힘든 삶과 영양 결핍으로 칠십 살쯤으로 보이게 겉늙어 있었다. 그의 거무칙칙한 피부와 깊고 주글주글한 주름살들 속에서 반짝거리는, 흰자위 많은 진갈색 눈동자가 짠했다. 그것은 허기진 들짐승의 눈빛 같은 결핍의 반짝거림이었다.

우리의 현지 관광 안내자는 릭샤를 타고 나서 내릴 때 미국 돈 1달러만 주면 된다고 했다. 인도 젊은이인데 칠 년 동안 한국 유학을 다녀와서 관광 안내자 노릇을 하며 살고 있었다. 그런데도 그는 절대로 릭샤꾼에게 더 얹어주지는 말라고 당부했다. 만일 더 주면 그들이 봉을 잡았다고 생각하고 더욱 많이 달라고 떼를 쓴다는 것이었다.

우리 부부가 탄 릭샤는 붐비고 복작거리는 전통 시장 사차선 도로로 들어섰다. 인도 서민들의 치열한 생활 전선 현장이었다. 도로에 오토바이, 자전거, 오토릭샤, 작은 승용차, 화물차, 릭샤 들이 꼬리에 꼬리를 물고 달리는 바람에 먼지가 보얗게 일어났다. 그것들은 접촉 사고를 피하기 위해 각기 몇 번씩이고 경적을 울려대며 달렸다. 거리는 온통 빵빵거리는 경적 소리, 부르릉거리는 엔진 소리, 보얀 먼지, 휘발유와 경유가 타면서 내뿜는 푸르죽죽한 매연으로 가득 차서 정신 사납게 와글거렸다.

아내와 나는 겁을 잔뜩 집어먹고 조마조마해하고 있었다. 만일 접촉 사고나 전복 사고로 릭샤가 찌그러지는 바람에 몸을 다치게 되면 어찌할 것인가. 우리 부부는 한 손으로 릭샤의 가장자리를 잡고 다른 한 손으로 천장 덮개의 쇠막대를 힘껏 움켜잡았다. 안전띠가 없으므로 두 손을 안전띠 대신으로 활용할 수밖에 없었다.

릭샤 타기는 즐거움을 만끽하기 위해서가 아니고, 목숨을 걸어놓고 위태위태한 접촉 사고를 피해 나아가는 아찔아찔한 공포와 스릴 맛보기였다. 아니, 가진 자로서의 오만 즐기기, 깡마른 릭샤꾼 학대하기였다. 놀이하는 인간(호모 루덴스)의 잔인한 놀이였다.

릭샤 타기 체험이라는 것은 누가 고안했는지 모르지만, 대한민국에서 온 관광객들에게 교만을 가르쳤다.

"이거 아주 몹쓸 프로그램이네요!"

아내는 비명을 지르듯이 불평을 뱉어냈다. 나는 아내에게 미안한 생각이 들었다. 이번 인도 여행을 강권한 사람이 나였던 것이다.

도로는 낡아 있었다. 균열이 생기고 파인 데다가 여기저기 땜질을 했으므로 릭샤는 덜커덩거리며 흔들렸다. 가뜩이나 비스듬한 오르막이 시작됐다. 페달을 밟아도 릭샤가 나아가지 않자 빼빼한 릭샤꾼이 재빨리 길바닥으로 내려서서 핸들을 들어 올리며 앞쪽으로 밀었다. 우리가 탄 릭샤의 양쪽으로 오토바이나 오토릭샤나 작은 승용차나 화물차 들이 빵빵거리면서 지나갔다. 우리 릭샤꾼은 그 흐름에서 뒤처지지 않으려고 악착스럽게 페달을 밟기도 하고, 길바닥으로 내려서서 사력을 다해 밀기도 했다. 릭샤꾼의 이마와 눈자위에 땀이 흐르고 있었다. 목에 걸친, 자기 살결과 비슷한 긴 암갈색 수건으로 얼굴의 땀을 거듭 훔쳤다.

우리 릭샤는 홍수로 인해 범람하고 소쿠라지고 펑퍼져 흐르는 혼탁한 강물 같은 세상 속에서 우리 부부의 의지와는 전혀 상관없이 떠밀려 흘러가고 있었다. 어질어질한 혼돈이었다. 내 가슴은 불안으로 인해 떨고 있었다. 오금이 저리고 항문과 전립선이 시큰거리며 오그라들었다.

아내는 나에게 "단단히 잡으세요" 하고 나서 괜히 릭샤를 탔다고, 왜 여행 안내자는 이런 위태위태한 공포 체험을 하게 하느냐고 연신 투덜거렸다. 그 틈에 우리의 빼빼한 릭샤꾼은 양옆에서 흘러가는 릭샤꾼들을 향해 감지할 수 없는 인도어로 소리를 질러댔다.

우리 릭샤는 도로 공사 중이어서 한쪽에 가림막이 쳐져 있는 구간과 시장 앞 도로를 돌아서 원래 출발했던 지점으로 가서 멈추어 섰고, 나는 내리자마자 미국 돈 1달러를 릭샤꾼에게 주고 나서 팁이라며 한 장을 더 얹었다. 아내는 릭샤꾼에게 너무 많은 고생을 시켰다고 불쌍하다며 두 장을 더 얹어주라고 말했다. 나는 그 말을 아랑곳하지 않고, 왜 돈을 더 주지 않느냐고 앙탈하는 아내의 손을 끌면서 릭샤꾼을 등지고 돌아섰다.

내가 말을 들어주지 않자 아내가 나를 향해 "이럴 때 보면 당신은 굉장히 인색하고 야멸찬 사람이야" 하고 비난했다. 아내는 매정한 사람을 극도로 싫어했다. 인도에 와서 아내에게 비난을 받자 나는 2달러를 아낀 나 자신이 쩨쩨해 보이고 자존심이 상하고 불쾌했다. 내속의 도깨비가 얼굴을 내밀고 "마나님 말대로 하지 왜 그랬어?" 하고 지청구했다.

그 비난으로 인해 주눅이 들어 있을 때 음유시인인 그를 만났다. 그는 나리꽃 여자와 나란히 서서 우리 부부를 기다리고 있었다. 그는 자기가 직접 릭샤를 밀고 끌기라도 한 듯 자라처럼 고개를 쇄골 속으로 집어넣으면서 어깨를 으쓱하고 탄성 어린 소리로 말했다.

"오늘 저는 릭샤 체험을 하는 동안 카오스(혼돈)와 코스모스(질서)라는 것이 무엇인가를 알았어예! 엉망진창인 교통지옥의 먼지 속에서 사투를 벌이는 릭샤꾼들에게서 무지무지하게 많은 것을 얻었습니다. 인도의 세상은 진흙탕 홍수처럼 어지럽게 휩쓸려 흘러가는 카오스인 듯싶지만 나름대로 알 수 없는 코스모스를 가지고 있어예. 인도의 세상은 아주 난해한 시詩이기도 하고 산문이기도 합니다. 그런데 시로는 표현하기가 지극히 어렵고, 산문으로나 표현해야 제격이겠어예. 한 선생님, 귀국하고 나서 릭샤꾼들 이야기를 소설로 쓰이소……. 선생님, 우리 이것은 알고 돌아가야 합니다. 릭샤꾼처럼 가엾은 사람들만 사는 듯싶은 인도이지만, 이 나라 안에는 우리나라 삼성 이건희 같은 부자가 몇 십 명이고 대단한 아이티 강국이랍니더. 미국의 아이티 산업을 주도하는 사람들 대부분이 인도인이랍니더."

내 아내는 그의 말을 아랑곳하지 않았다. 인색한 나로 인한 불쾌함이 사그라지지 않은 듯 왼고개를 틀고 있었다. 내 가슴에 후회의 물결이 일어났다. 내가 아낀 2달러가 내 가슴을 옥죄었다.

그가 불붙은 듯한 우리 부부 사이에 부채질을 하고 있었다.

"저를 신고 달린 릭샤꾼은 고등학생이었어예. 아버지가 아파 누워 있어서 아들인 그가 학업을 멈춘 채 릭샤꾼 노릇을 한댔어예. 빼빼 마른 학생의 작은 어깨와 다리가 얼마나 짠한지 가슴이 아려 혼났어예. 그래서 저는 5달러를 주었습니다. 5달러를 받아 든 학생은 멍히 그 돈을 들여다보다가 다시 다른 관광객을 태웠어예. 제가 그 아이한테 희망이 있느냐고 물었더니 대답을 하지 않았어예. 이곳의 릭샤꾼에게 희망이란 어떤 모양새일까예!"

부옇게 매연 섞인 미세 먼지들 때문인지 그의 눈에는 물이 그렁그렁 고여 있었다.

2달러로 인해 나와 아내의 사이는 상상할 수 없도록 껄끄럽게 벌어지고 있었고 그 사이로 찬바람이 몰아쳤다. 참회의 감정이 나를 외롭고 쓸쓸하게 했다.

지옥

그날 밤 나는 겨우 2달러 때문에 아내에게 당한 수모와 자괴감에 빠져든 채 잠자리에 들었다. 우리가 묵은 호텔 방은 깨끗하고 널찍하고 에어컨 덕분에 분위기가 쾌적했다.

"한세상 나그넷길 반 고비에……"

슬프게도 내 머리에는 단테의 『신곡』「지옥편」의 첫 대목*이 떠올랐다. 대학 1학년 때 나는 그 첫 대목을 '시 창작 실기' 지도 교수였던 김구룡 시인의 권유로 달달 외웠다.

나는 호텔 방으로 찾아온 한 섬뜩한 모습의 낯선 자에게 이끌려 나갔다. 새까만 얼굴에 검은 갓을 쓰고 검은 두루마기를 걸치고 검은 가죽신을 신은 저승사자였다. 그 사자는 염라대왕이 보낸 심부름 꾼이라고 하며 새까만 패를 내보였다.

내가 왜 하필 인도 여행 중에 저승으로 끌려가야 하느냐고 항의했지만 저승사자는 딱딱하게 굳어진 표정으로 입을 다물고만 있었다. 사자의 턱 밑에서 암갈색 갓끈이 미세하게 흔들렸다.

---

* 한세상 나그넷길 반 고비에 / 올바른 길 잃고 헤매던 나 / 컴컴한 숲속에 서 있었네. / 아, 호젓이 덧거칠고 억센 이 수풀 / 그 생각조차 새삼 몸서리쳐지거든 / 아, 이를 들어 말함이 얼마나 대견스러운가. / 죽음보다 못지않게 쓰디쓴 일이었어도 / 내 거기에서 얻어본 행복을 아뢰노니 / 거기에서 익히 보아둔 또 다른 것들도 나는 애기하리라(최민순 옮김).

새까만 강물이 넘실거리며 흘렀다. 나는 검은 강변의 거무스레한 모래밭길을 따라 이끌려 갔다. 어둠에 잠긴 포구가 나타났다. 새까만 배 한 척이 정박해 있었다. 검은 갓, 검은 두루마기 차림의 사자는 나를 그 배에 태웠다. 까만 그림자 같은 배꾼이 노를 저었다. 바람도 없고 풍랑도 없는 바다 위를 배는 흔들리면서 나아갔다.

아득한 바다 저쪽 언덕에 저승 세상이 있었다. 염라대왕이 사는 대궐은 거무스레한 금빛으로 장식되어 있었다. 검은 옷차림의 염라대왕 앞에는 까만 탁자가 있고, 그 탁자 위에는 사과 상자만 한 까만 컴퓨터 한 대가 놓여 있었다. 그것의 앞 바람벽에는 학교에서 흔히 볼 수 있는 칠판만 한 브라운관이 걸려 있었다. 끌려온 모든 사람의 일생이 투영되어 흐르는 거울인 업경대業鏡臺였다.

내 몸에 차가운 전율이 일어났다. 염라대왕의 시자가 컴퓨터 자판에 '대한민국의 소설가 한승원'을 입력하고 엔터키를 눌렀고, 업경대에는 내 일생의 이모저모가 시시콜콜하게 동영상으로 나타나기 시작했다. 거기에는 주로 나의 너그럽지 못하고 인색하고 쩨쩨하고 비굴한 삶들이 적나라하게 떠올랐다가 사라지곤 했다.

나는 진저리 쳐지는 두려움과 부끄러움을 어찌하지 못한 채 우두커니 서서 조마조마해하며 그것을 건너다보았다. 내 인생살이 맨 끝부분, 인도 자이푸르의 북적거리는 시장 거리에서 나와 아내를 태우느라 땀을 뻘뻘 흘리는, 아직 젊은데도 빼빼 마르고 늙어 보이는 릭샤 운전자에게 2달러만 건네는 나의 인색하고 매정한 모습이 나타났다.

내 일생을 일별하고 난 염라대왕은 주먹같이 큰 코를 찡긋하고 나서 사무적으로 웃으며 육도환생六道還生의 윤회에 대하여 말했다. 모든 중생이 선악의 업보에 따라 윤회하는 여섯 가지 세계에 대한 설명이었다.

다음 생에서 지렁이나 쇠똥구리나 굼벵이나 개미 따위로 태어나느냐, 아니면 개구리나 뱀으로 태어나느냐, 개나 돼지나 여우로 태어나느냐, 낙타나 코끼리나 소로 태어나느냐, 천한 사람으로 태어나느냐, 귀족으로 태어나느냐, 윤회에 빠져들지 않고 꽃으로 가득하게 장식된 극락 세상으로 그냥 가느냐를 결정짓는 것이 육도환생이라는 것이었다.

검은 살결에 배가 불룩하고 이마가 번들거리는 염라대왕은 알려진 것처럼 무섭지 않고 권위적이지도 않았다. 사무적이긴 하지만 매우 인자하고 너그러웠다. 염라대왕은 부드러운 목소리로 조용조용 말했다.

"그대는 가난한 집에서 태어나 소설을 쓰면서 일찍 돌아가신 아버지 대신 많은 동생을 키우고 가르쳐 시집과 장가를 보내서 독립시키고 노모에게 효도하고, 딴에는 좋은 일을 많이 한다고 하긴 했지만 인색하고 쩨쩨하게 산 것이 큰 흠이구나. 다음 생에서는 개나 여우나 낙타나 코끼리나 소로 태어나겠느냐, 아니면 릭샤꾼으로 태어나겠느냐? 그대는 애초에 극락 세상으로 갈 희망을 버려라. 이것은 어찌 할 수 없는 그대의 업보이다. 어서 선택하도록 하라."

나는 짐승보다 사람으로 태어나 참회의 삶을 살며 다음 생을 기약하는 것이 좋겠다고 생각하고 "릭샤꾼으로 태어나고 싶습니다" 하고 말했다. 염라대왕은 지극히 사무적인 목소리로 사자에게 "이자를 지금 축생 지옥으로 보내기에는 전생에 지은 업적으로 보아 좀 거시기하다. 릭샤꾼 노릇을 하며 참회할 기회를 주는 것이 좋겠다. 이놈을 자이푸르 시내의 릭샤꾼으로서 다시 한살이의 삶을 살아보게 해주어라" 하고 명령했고, 나는 곧 깜깜한 어둠 속으로 이끌려 나갔다.

눈을 뜨나 감으나 아무것도 보이지 않기는 마찬가지여서 아주 눈을 감아버렸다. 얼마쯤 뒤 찬바람이 얼굴을 스치기에 눈을 뜨니 자이푸르 왕궁 문밖이었다.

환생

나는 머리털이 반백이고 피부는 암갈색이고 눈은 쌍꺼풀졌고 신체는 깡마른 늙은 릭샤 운전자가 되어 있었다. 내게는 어린 아들딸 셋과 병든 아내가 있는데, 그들을 먹이고 입히기 위해 진땀을 흘리며 릭샤를 끌지 않으면 안 되는 사람이었다.

왕궁을 구경하고 나온 이국의 관광객들을 유인하기 위해 그들을 향해 여느 릭샤꾼들과 마찬가지로 "원 달러! 원 달러!" 하고 외쳤다. 그들을 태우고 나면 잽싸게 릭샤의 몸체를 약간 들어 앞으로 밀면서 올라타고 페달을 밟았다. 다리가 시고 팍팍했지만 사력을 다해 릭샤의 페달을 밟았다.

이날 내 릭샤에 탄 손님들은 머리칼이 희고 스모 선수처럼 뚱뚱

한 일본인 남녀여서 간단히 페달을 밟는 것으로만 운행할 수가 없었다. 길도 약간 오르막이었으므로 길바닥에 내린 다음 한 손으로는 핸들을 잡아 올리고 다른 한 손으로는 릭샤의 몸체를 밀었다. 너무 힘들어 숨이 가쁘고 팔다리에 힘이 빠졌다. 젖 먹던 힘까지 쓰면서 밀어야 했다. 이마에서는 땀방울이 맺혀 눈으로 흘러들었으므로 목에 건 구중중한 수건으로 땀을 훔쳐가면서 밀었다. 아무리 힘들지라도 내 릭샤에 탄 손님들에게 힘든 모습을 보여서는 안 되었다.

오토바이와 릭샤와 오토릭샤와 승용차와 화물차 들의 물결은 에움하게 휘어진 길을 휘돌아 나가고 있었다. 나는 그 어지러운 흐름 속에서 멈춰서도 안 되고, 뒤처져서도 안 되고, 다른 오토바이나 오토릭샤와 부딪쳐도 안 되었다. 이를 앙다물고 사력을 다해 릭샤를 밀었다. 내 릭샤의 양옆과 앞뒤에서는 수많은 바퀴 달린 것이 자신들이 나아가는 방향으로 들어오지 말라고 황급하게 경적을 울려대거나 소리쳐댔다.

길바닥에서 일어난 먼지는 짙은 안개처럼 세상을 에워싸고 휘돌았다. 입술이 타고 목이 말랐다. 받은 침 묻힌 혀를 내둘러 입술을 적시고 숨을 헐떡거리면서 릭샤를 끌었다. 이 손님들을 목적지까지 태워다 준 다음에는 쓰러져 죽을지라도 최선을 다해 릭샤를 운전해야 했다. 목적지는 아직 멀었고 눈앞은 아득해지고 어지러웠다. 밀고 또 밀다 보니 내리막길이 나타났다. 나는 릭샤 위에 올라타고 페달을 밟았다.

릭샤들의 속도가 빨라졌다. 내 릭샤와 한 방향으로 가는, 모든 바퀴 달린 것은 현기증 나게 흙탕 홍수처럼 밀려서 나아갔다. 나는 내 릭샤와 부딪치려 하는 오토바이와 오토릭샤를 향해 "조심해!" 하고 소리를 질렀다.

뒤에 탄 일본인 남녀는 하얀 마스크를 꺼내 썼다. 그들은 부딪칠 듯 부딪치지 않고 나아가는 스릴을 즐기고 있었다.

나는 인도 카스트의 네 계급(브라만, 크샤트리아, 바이샤, 수드라)에도 들지 못하는 언터처블 하리잔Untouchable Harijan(불가촉천민)으로 태어 났고, 학교의 문턱도 밟아보지 못했다. 아버지가 집시였다. 나는 어 려서부터 어머니와 함께 길거리를 헤매면서 구걸하여 연명했다.

어머니는 장차 죽은 후 갠지스 강변에서 화장되어 강물에 재로 뿌려지는 것이 소원이라고 했다. 다음 생에는 브라만이나 크샤트리 아 계급으로 다시 태어나는 것이 희망이었다. 어머니는 다산성이었 다. 새로 남자와 관계를 가진 다음 두 차례나 아기를 낳아 강물에 던 졌다. 이승에서 불가촉천민으로 살지 말고 얼른 죽어서 다음 생에는 고귀한 계급으로 다시 태어나라는 것이었다.

어머니는 나를 강물에 던지지 않고 키우게 된 것을 후회했다.

"네가 태어났을 때 내가 너를 강물에 던졌으면 너는 진즉 브라만 이나 크샤트리아 계급 사람으로 태어나 호의호식하며 살아갈 터인 데…… 너를 강물에 버리지 않고 키우다니 돌로 발등을 찍고 싶다."

응아응아 하고 울어대는 핏덩이를 두 손으로 받쳐 든 어머니가 신 에게 간절한 소망을 말하고 강변으로 가서 물에 던지는 것을 나는 말없이 지켜보아야 했다. 어머니는 한 푼 두 푼 돈을 모아서 갠지스 강변의 강가로 가고 싶어 했다. 강가에서 자기 몸을 화장하게 하려면 장작 값을 넉넉하게 지니고 있어야 한다고 했다. 어머니의 소망은 그냥 소망인 채 끝이 났다. 어머니는 만삭인 몸으로 폐렴에 걸려 기침을 하고 피를 토하다가 죽었고 그 시체는 새벽녘에 시청 청소차에 실려 갔다.

나는 서른다섯 살이 되던 해 겨울의 어느 날 밤에 추위를 이기지 못하고 부들부들 떨어대는 집시 처녀를 끌어안고 자다가 개처럼 짝짓기를 하곤 했는데 그 처녀가 아기를 뱄다. 나는 아기를 밴 처녀를 위하여 전보다 더 열심히 구걸을 했고, 돈을 모았고, 그 돈으로 릭샤를 한 대 장만했다. 늙고 병들어 죽어간 남자의 헌털뱅이 릭샤였다. 이제 마흔일곱 살이 되었는데, 인도의 불가촉천민으로서 이 나이는 늙바탕이다.

나에게 헌털뱅이 릭샤를 마련해준 것은 관광객들이었다. 나는 지금도 나에게 은혜를 베푼 관광객들을 위하여 땀을 흘려야 한다. 그 땀의 대가로 아내와 자식들을 먹여 살린다. 집시인 아내는 자꾸 어디론가 떠나가려고 한다. 아내를 붙잡으려면 배 속에 내 아기를 담아두어야 한다. 아내는 지금 배가 둥둥하게 불러 있다. 그런 채로 깡마른 갓난아기를 한 팔로 안고서 다른 어린 딸을 이끌고 다니면서 관광객들에게 구걸을 한다.

나에게도 희망이 있다. 4천 달러만 모으면 오토릭샤 한 대를 살

수 있다. 오토릭샤를 운전하게 되면 내 인생길은 탄탄대로처럼 트인다. 그렇게 살다가 죽은 다음의 생에서는 브라만이나 크샤트리아로 태어나야 한다. 아니 최소한 바이샤 계급으로는 태어나야 한다.

나에게도 행운이라는 것이 있었다. 구걸하며 살던 내가 집시 처녀를 만나 사랑을 나누게 된 것이 첫 번째 행운이었다. 그녀는 나의 고달픈 인생을 고달프지 않게 했다. 그녀의 몸에는 꿀물이 흐르는 꽃의 늪과 향기가 있었다. 진땀을 흘리면서 릭샤를 끄는 것도 그녀의 꿀물과 꽃향기를 맛보기 위한 것이다. 그녀는 구원의 여신이다.

어느 날 내 릭샤에 혼자 올라탄 동양 관광객이 나에게 말했다.

"고달플수록 가끔 하늘을 쳐다보거나 저 길 가장자리의 먼지 속에서 피는 빨간 부겐빌레아 꽃들을 보면서 살아가시오."

건들바람처럼 인도 땅을 방랑한다는 그 여행객은 시인이라고 했다. 어디선가 많이 본 듯한 얼굴이었다. 내가 저 얼굴을 어디서 보았을까.

하늘과 꽃이라는 것이 무엇이기에 그 하늘과 꽃을 보면 고달픔이 해소된다는 것일까. 생각이 깊어지는 그 순간, 나는 깜짝 놀랐다. 앞에 가는 오토릭샤의 몸체가 어른거렸고, 내 릭샤와 나란히 가던 릭샤가 맞닿으려고 했다.

정신을 바짝 차렸지만 이미 늦었다. 내 릭샤와 옆 릭샤가 엉키고 말았다. 옆 릭샤의 주인은 살갗이 유달리 검은 네루 영감이었다. 네루 영감이 나를 향해 악을 썼다. "야, 이놈 간다야, 정신 차려!" 나는 길바닥으로 내려서자마자 릭샤 핸들을 잡아 젖혔다. 네루 영감의 릭샤와 내 릭샤가 떨어지는 찰나에 왼쪽에서 달려온 오토릭샤가 내 릭샤를 받았고, 내 릭샤가 모로 넘어지면서 거기에 타고 있던 일본 인 부부도 거꾸러지며 비명을 질렀다. 일본인 부부의 일그러진 얼굴에서는 피가 흘렀다. 내가 그들을 일으키면서 옆 사람에게 도움을 청하려 하는데, 누군가가 웬 꿈을 그렇게 꾸느냐고 하며 내 가슴을 흔들었다. 아내였다. 나는 가까스로 꿈에서 깨어났다. 내 몸은 진땀에 젖어 있었다.

인천공항으로 출발하는 비행기를 기다리는데 음유시인인 그가 다가와서 빙긋 웃으며 말했다.

"간밤에 저는 강변 모래밭의 한곳에 시체로 누워 있고 개들이 몰려와서 제 몸뚱이를 뜯어 먹는 꿈을 꾸었어예. 장작불 위에 올려져 불에 반쯤 타다 말아 퉁퉁 붓고 검게 그을린 시체 말이지예. 개들은 서로 많이 먹겠다고 악을 쓰고 싸웠어예. 그것들은 서로에게 주둥이나 귀를 물리고 피투성이가 된 채 으르렁댔어예. ……저는 간밤에 지옥을 체험했어예."

나는 내 꿈을 떠올리며 그의 얼굴을 건너다보기만 했다. 그가 말을 이었다.

"인도에 와서는 나 자신이 신화 속의 한 존재가 되어야 합니더."

비행기 안에서 내가 릭샤꾼이 되어 살았던 한살이의 삶이 자꾸 떠올라 나는 눈을 힘주어 감은 채 비좁은 이코노미석에 앉은 몸을 모로 뒤치곤 했다.

제5화

인생은 가까이서 보면 비극이지만 멀리서 보면 희극이다.
나는 멀리서 보려고 노력한다.
진정으로 웃으려면 고통을 참아야 하고
그 고통을 즐길 줄 알아야 한다.

— 찰리 채플린

미끼

초여름의 찬란한 아침나절에 그와 그의 나리꽃 같은 여자가 예고도 없이 내 토굴에 찾아왔다. 부산에 있는 한 대학이 '문학과 노인'을 주제로 연 세미나에서 내가 발제를 하고 온 지 사흘 뒤였다.

세미나 주최 측은 내가 늘그막에 들어서서도 부단히 소설을 써내고 그 소설에 등장하는 인물들이 노인인 것에 주목했으며, 그 의미와 가치와 전망에 대하여 말해달라고 했다.

세미나 발제 준비는 늙바탕에 든 채 부정맥에 시달리면서 천형을 받은 늙은 시시포스나 사막을 건너는 늙은 낙타처럼 사는 나의 삶을 정리하고 미래를 내다보는 계기가 되었다.

"초사흘 전후를 살다가 죽는 하루살이는 이 세상에 상현의 초승달만 경험할 뿐, 둥근 보름달과 하현의 그믐달이 있다는 사실을 알지 못한 채 죽을 것 아니겠는가. 이십 대나 삼십 대나 사십 대에 요절한 천재 작가는 노년의 삶을 살아보지 못한 불행한 작가라 말할 수도 있다."

나는 이 말을 화두로 발제를 시작했고 몇 가지 문제를 제기했다.

"노인은 노인답게 고고한 도락을 즐기며 삶을 마무리해야 하는데 그리할 에너지를 무엇에서 어떻게 얻는가. 노인에게도 성적인 사생활이 있을 수 있는가(한 의사가 말년에 성적인 기능이 떨어지면 이런저런 병에 대한 면역력도 떨어진다고 말했는데 과연 옳은 말인가). 소외로 인한 노인성 우울증과 고독을 어떻게 극복해야 하는가. 추한 죽음과 아름다운 죽음은 어떤 모양새인가. 죽음을 극복한다는 것과 초월한다는 것은 무엇인가."

나는 "분투하듯이 살아낸 아름다운 삶이 향기로운 꽃이듯이 늘 그막의 삶을 최대한 의미 있게 즐기다가 깨끗하고 아름답게 맞는 죽음도 향기로운 꽃일 터이다"라고 전제한 다음 "살아 있는 한 글을 쓰고, 글을 쓰는 한 살아 있을 것이다"라고 발제를 마무리했다.

내 발제가 끝났을 때 토론자로 나선 반백 머리의 여교수가 말했다.

"선생님이 살아 있는 한 글을 쓸 것이고, 글을 쓰는 한 살아 있을 것이라고 하신 말씀은 자살한 일본 작가 가와바타 야스나리, 미국 작가 어니스트 헤밍웨이, 프랑스 작가 로맹 가리를 생각나게 합니다. 저는 그 작가들이 자신의 예술적인 성취에 한계를 느끼고 자살을 했는지도 모른다고 생각합니다. 살아 있는 한 글을 쓸 것이고, 글을 쓰는 한 살아 있을 것이라는 선생님의 '자기 미래'에 대한 선언은 생물학적인 생명과 작가적인 생명이 두 개의 바퀴로써 삶을 이끌어간다는 화두인 듯한데, 그렇다면 글을 쓸 수 없게 되었을 때는 선생님이 스스로의 삶을 그들처럼 그런 식으로 결단하시겠다는 것입니까?"

그것은 아프고도 무서운 질문이었다. 나는 강연할 때마다 그 선언 같은 말을 끝으로 마무리하곤 하므로 비슷한 질문을 더러 받았다. 그 때문에 나는 그 질문에 답할 준비를 미리 하고 있었다.

"저는 지금도 제 서재의 바람벽에 '狂氣(광기)'라는 두 글자를 먹글씨로 크게 써 붙여놓고 삽니다. 제 몸속에 그 광기가 사라지지 않는 한 저는 살아 있을 것입니다. 광기라는 말은 생명력의 또 다른 얼굴인데 저는 그것을 저와 함께 사는 도깨비라는 존재로 바꾸어 말하기도 합니다."

질문의 본질에서 벗어난 듯싶은 나의 선문답 같은 대답에 질문자가 "선생님의 삶에서 등장하곤 하는 도깨비라는 것은 무엇입니까?" 하고 물었다. 나는 대답했다. "구태여 말을 한다면 저의 '호모 루덴스(놀이 좋아하는 인간)'적인, 혹은 디오니소스적인 자존심일 터입니다. 그것은 「공무도하가」*에 나오는 백수 광부의 넋 같은 자유의지일지도 모릅니다."

나는 죽음이 두렵다. 그렇기 때문에 죽음이라는 것을 극복해야 할 과제로 생각하며 살고 있다. 그 극복의 한 방법으로, 내 토굴 마당에 작은 삼층 석탑을 만들었고, 그것을 내 무덤으로 삼아서 그 앞에 대리석 상석도 놓아두었다.

---

* 술병을 허리에 차고 다니며 늘 취해 사는 백수 광부가 아내를 뿌리치고 강을 건너서 달아나다가 빠져 죽자 그를 뒤쫓던 아내가 지었다는 노래. "임이여, 강을 건너지 마오公無渡河, / 임은 기어이 건너시다가公竟渡河 / 물에 빠져 돌아가시었으니墮河以死 / 임이여, 나는 장차 어찌해야 합니까公將奈何."

찾아오는 사람들에게 좀 뻔뻔스럽게 그것을 내 무덤이라 소개하고, 내가 죽은 다음에 찾아오면 상석에다가 꽃 한 송이를 올려달라고 청하곤 했다. 그 일이 거듭되자 내 죽음이라는 것이 현실로 받아들여지고 친밀해지기도 했다.

부산에서 돌아와 인터넷을 열어보니 주최 측에서 블로그에다가 내가 발표한 주제의 내용과 토론자의 질문과 그 질문에 대한 나의 선문답 같은 대답을 상세하게 정리하여 올려놓았다.

나리꽃 같은 여자와 함께 찾아온 동명이인인 그는 그것을 모두 읽고 온 듯싶었다. 우리는 탁자를 사이에 두고 마주 앉았고, 나는 차를 우려냈다. 이 무렵 나는 녹차 대신 흰 민들레 잎을 덖은 차를 마시고 있었다. 민들레의 잎이나 꽃대를 꺾으면 우유 모양새의 끈적거리는 액체가 흘러나오는데 그것은 쓰지만 암이나 당뇨나 혈압 등 성인병에 특효약이라고 했다.

젊은 시절부터 녹차를 부지런히 마셨는데 늘그막에 들어 위산 과다 증세가 일어나곤 하여 그 향기롭고 고소한 차 마시기를 중단했다. 한 제자가 흰 민들레 잎을 덖은 차를 가져다주며 마셔보라고 했다. 흰 민들레 잎사귀를 우린 물은 속을 따뜻하게 해주리라는 것이었다. 마셔보니 과연 그렇다고 판단됐다.

마시던 차를 바꾸어 마시는 일은 삶의 모양새와 가락 바꾸기였다.

그와 나리꽃 같은 여자는 흰 민들레 잎차의 향기를 맡고 약간 씁

쓰름하면서 고소한 맛을 즐기고 있었다. 그 차를 음미하며 그가 말했다.

"오늘 선생님을 뵈러 온 것은 '미끼'에 대한 이야기를 들어보고 싶어서입니더."

"미끼라니요?" 하고 되물으면서 나는 그의 단아한 반백 콧수염과 뭉툭한 코와 콧대 양쪽에서 빛나는 두 눈망울을 응시했다. 그의 눈에는 남강에서 처음 만났을 때 보이던, 짝 잃은 수컷 노루의 눈에 어린 처연함이 사라지고 없었다. 나는 그게 함께 사는 나리꽃 같은 여자 때문이라고 생각했다. 그렇다면 성적인 삶이 노인의 삶의 질을 밝은 쪽으로 바꾸어주기도 한다는 것이다.

내 생각의 흐름을 읽기라도 한 듯 그가 선언하듯 말했다.

"인간은 잡은 물고기에게 미끼를 주지 않는데 신은 잡은 물고기에게도 미끼를 후하게 줍니더."

"아, 네."

나는 고개를 끄덕거렸지만, 속으로는 당신은 이미 잡은 물고기인 나리꽃 같은 여자에게 더 이상 미끼를 주지 않겠네요, 하고 중얼거렸다. 그가 말을 이었다.

"선생님은 모든 소설의 서두에 반드시 미끼를 내걸어놓더라고예. 독자를 낚는 미끼 말이지예."

나는 그의 잠 오는 듯 처진 눈매와 갈매기의 두 날개 같은 눈썹과 희끗한 거스러미가 일어난 입술과 단아한 콧수염과 반백의 반곱슬

머리와 굴 껍데기처럼 오종종한 귀를 살폈다.

나는 새삼스럽게 이 사람은 거울 속에 비친 내 모습과 너무 많이 닮았다, 하고 생각하면서 추사 선생의 자화상 화제를 떠올렸다. "나라고 해도 좋고 내가 아니라고 해도 좋다. 나라고 해도 나이고 내가 아니라고 해도 나이다……" 나는 그 화제에서 신성을 느꼈다. 그래, 노인은 신성 어린 삶을 살아야 한다는 것이다.

내 앞에다 나와 판박이인, 건들바람처럼 웃곤 하는 이 음유시인을 미끼로 내놓은 것이 신이라면 그 신의 속셈은 무엇일까. 나로 하여금 내 참모습을 낚으라는 것 아닐까.

신금神琴

"거문고는 왜 신의 악기인가……."* 하고, 그는 내 소설 『다산』의 첫머리에 실린 시를 암송하고 나서 말했다.

"이 시가 『다산』을 읽는 독자들에게 던진 미끼라고 저는 생각합니다."
"그러고 보니 그렇다 싶네요."

---

* 거문고는 왜 신의 악기인가神琴, 何爲神琴. / 수많은 누에고치들의 순절 때문이네數萬繭殉. / 그들의 몸을 비틀어 꼰 울음은其體繩哭 / 혼의 선율이 되고 그 선율은 빛이 되고고魂音光芒 / 찬란한 빛은 새가 되어輝煌飛鳥 / 펄펄 푸른 하늘로 날아가네翩翩蒼天.

그는 '미끼'에 대하여 나름대로의 철학을 가지고 있었다.

"운수 사나운 아홉수를 벗어나 나이 팔십에 들어서는 이제는, 제가 저의 새 교과서를 새로이 산조散調 투로 기술하고 그 교과서대로 살기로 했어예."

나는 그의 '교과서'라는 말을 '그림자'로 번역해서 이해했다. 그림자는 나를 사사건건 간섭하는 어떤 것이기도 하다. 그 어떤 것을 나는 내 도깨비라고 생각한다.

그가 말을 이었다.

"누가 흉을 보거나 말거나 저는 조선 무당의 활옷 같은 옷을 걸치고 현대인들의 거리를 활보하고, 왈츠를 틀어놓고 내가 사랑하는 도깨비와 너울너울 춤을 추고, 이 나리꽃 같은 여자와 무시로 사랑을 하고, 어선을 구입하여 선유船遊와 낚시질을 즐기는 따위의 제멋대로 살아가기, 그것이 산조 투로 기술한 제 교과서일 터입니다. 제가 사랑하는 도씨와 나리꽃 같은 여자는 저의 산조 교과서가 만든 비대칭의 사이클이거나 홀로그램이지예."

나는 묵묵히 차만 마셨다. 그는 잠시 뜸들이다가 말했다.

"한 선생님, 한 여자가 자신의 아름다운 몸을 신금에 비유한 적이 있습니다. 자기 몸이 '신의 작품인 거문고'라는 것이지예. 그 여자는(이때 나는 나리꽃 여자의 얼굴을 흘긋 살폈는데 그녀는 눈을 내리깔고 있었다) 자신의 '몸이라는 악기'를 숭엄한 것으로 알고 성스런 의식을 치르듯이 몸을 관리한다고 했어예. 하루 한 차례 목욕을 하고 자기 손으로 제 몸의 모든 부위를 마사지하는 것, 향유를 바르는 것, 명상을 하

243

는 것, 몸에 알맞은 음식을 먹어주는 것…… 사랑하는 남자와 사랑
행위를 하는 것을 그 악기를 연주하는 축제 의식으로 생각했어예.
축제를 이끄는 사제의 연주에 아름답게 울어주는 악기인 것을 자부
하고 있었어예. ……저는 선생님의 그 소설 맨 앞에 내놓은「신금」이
라는 시를 일단 저에게 유리하도록 아전인수로 해석했어예."

　나는 고개를 끄덕거리며 듣기만 했다. 그가 잠시 침묵하다가 말을
이었다.

　"그 소설에서 거문고와 그것을 켜는 여인은 주인공 다산의 영혼을
홀리는 주체거든예. 제가 선생님의 소설을 그런 식으로 읽는 것은 말
도 안 되게 유치한 것인지 모르지만, 그렇지만 그것은 독자로서 자
유롭게 꿈꿀 권리이니까 너무 타박은 마십시오. 좌우간 저는 지금
선생님이 그 소설의 첫머리에 내건 미끼에 대한 이야기를 하고 있으
니까……. 한 작가가 자기 소설 모두에 내건 미끼라는 것은 독자에
게 하나의 미래 기억을 제시한 것이니까……."

　그는 자기 이야기가 엉뚱한 쪽으로 미끄러져 비틀거리고 있는 것을
깨달았는지 "그런데 선생님은 언제부터인가 선생님 자신에게 특이한
미끼, 아니 떡밥을 던져주곤 하더라고예" 하고 수습하려 들었다.

　그게 무어냐고 묻자 그가 대답했다.

　"'살아 있는 한 글을 쓰고, 글을 쓰는 한 살아 있을 것이다.' 이 화
두가 선생님의 삶에서 하나의 미끼나 떡밥인 기라예. 말하자면 '미
래 기억'인 것이지예."

　그가 뱉은 '미래 기억'이라는 말을 나는 '나의 미래에 대한 약속'으

로 번역해서 이해했다. 사람은 과거 기억만 가지고 사는 것이 아니고 현재 기억과 미래 기억을 함께 가지고 산다. 미래 기억은 가령 로맹 가리의 자전소설 『새벽의 약속』에 잘 진술되어 있다. 어린 시절 어머니가 그에게 "너는 장차 프랑스 대사가 될 거야" 하고 말했고, 여기저기 데리고 다니면서 사람들에게 내 아들이 장차 프랑스 대사가 될 거라고 당당하게 예언하곤 한 그 말이 평생 로맹 가리의 미래 기억으로 작용한 것이다.

내 어머니는 나를 잉태할 때 뒤란에 있는 유자나무 밑에서 하늘복숭아같이 유달리 크고 샛노란 유자를 주워 치마폭에 담는 태몽을 꾸었다고 했다. 그러면서 "너는 무엇을 하든지 장차 다른 사람보다 더 큰 사람이 될 것이다" 하고 예언했다. 그것이 나의 '미래 기억'이 되었다. 그 미래 기억은 이십 대 초반에 닭치기와 당근 재배에 실패하고 좌절하고 절망했을 때 그것을 극복하는 힘의 원동력이 되었다. 중등학교 교사시험에 낙방했을 때, 응모한 소설이 낙선했을 때, 첫사랑 여인이 고무신을 거꾸로 신었을 때, 군대에서 식통을 나르는 쇠몽둥이로 엉덩이를 맞았을 때 눈앞이 새까만 어둠으로 장막처럼 가렸는데 그 태몽 이야기가 나를 빛 속으로 걸어 나아가게 했다.

미래 기억

그는 음유시인답게 재바르게 말했다.

"비대칭 파장의 대표적인 소리가 에밀레 종소리라고 어디선가 선생님이 말했어예. 선생님은 파도 소리에서도 환상적인 비대칭 파장의 소리를 듣고, 해당화에서 비대칭의 향기를 맡으신다고도 했어예. 제가 생각하기로 그것은 산조적인 삶인데, 비대칭의 율동을 가졌다는 것이지예? 따지고 보면 제가 사랑하는 이 나리꽃 여자나, 비싼 돈을 주고 구해서 타고 다니는 2톤짜리 어선이 사실은 제 삶을 활성화하는 데나 저를 잡아갈 저승사자를 따돌리는 데나 홀로그램처럼 화려한 가짜 미끼일지도 모릅니더. 그것은 제가 사랑하는 도씨의 성가신 관여와 간섭에 의해 행해지는 일일 터이지예."

그는 요즘 자신이 어떤 미끼나 떡밥에 걸려 살고 있는가를 나에게 시시콜콜 펼쳐 보였다.

"선생님이 선생님의 토굴 앞에 펼쳐진 바다를 연꽃 바다라고 명명했듯이 저도 저의 남해 바다를 연꽃 바다라 명명했습니다. 제가 연꽃 바다라고 명명한, 남해도를 둘러싼 짙푸른 바다, 드넓은 청남색 치마폭을 가진 마녀 같은 그 바다는 자기 마음대로 말갛게 침잠하기도 하고 출렁거리기도 해서 '야, 이 사랑스러운 마녀야!' 하고 함부로 말을 건네고 싶어지도록 저를 어리미치게 하고 들썽거리게 하곤 합니다."

'그래, 산조처럼 살아가는 것도 미래 기억으로 인한 것이다' 하고 생각하면서 나는 추사가 자화상에 붙인 화제의 신성 어린 끝부분을 떠올렸다. "……조화 세계의 구슬이 겹겹이 쌓였거늘 누가 큰 여의주 속에서 참모습을 찾아낼 수 있겠는가."

그는 문득 자신이 낚시질을 즐기며 사는 이야기를 꺼냈다.

산조散調

갈매기 한 마리가 그의 머리 위에서 끼룩끼룩 울면서 선회했다. 등의 깃털에 검은 점이 있는 괭이갈매기였다. 갈매기라는 흰 물새에게는 설화가 어려 있다. 어린 시절 그는 물에 빠져 죽은 시누이의 넋이 새가 되었는데 그 새가 바로 갈매기라는 이야기를 들었다.

……오빠와 올케와 시누이 셋이서 썰물진 바다의 아랫목 갯벌을 건너는데 거센 밀물 너울이 밀려들어 세 사람 다 휩쓸려 둥둥 떠갔다. 유일하게 수영을 할 줄 아는 오빠가 자기 아내만 구해서 헤엄쳐 나갔으므로 여동생은 급류에 떠내려가 익사하고 말았다. "아내는 다시 얻으면 아내인데 왜 동생을 버리고 올케를 선택했느냐"고 원망하는 여동생의 넋이 갈매기가 되어 끼룩끼룩 한스럽게 울며 날아다닌다고 어른들이 말했다…….

그 슬픈 설화가 스며들어 갈매기 소리에는 비대칭의 홀로그램 같은 신성이 배어 있다고 그는 생각했다. 어린 시누이의 원망과 한스러운 넋이 서린 신성.

배가 고팠다. 그는 나리꽃 같은 여자를 집에 두고 혼자서 배를 타고 나왔다. 그 여자는 작은 배를 타면 멀미를 심하게 한다. 어지러워하고 토악질을 한다.

그는 그 여자에게 매운탕 거리를 잡아다가 바치겠다는 약속을 했다. 자기 삶에는 신이 미끼로 던져준 나리꽃 여자로 인해 비대칭의 향기가 배어든 것이라고 그는 생각했다. 그 여자는 한 유명 작가의 신화적인 우렁이 각시 노릇을 한 구슬픈 홀로그램 같은 그늘(상흔 혹은 결핍)을 지녔다. 그것은 그 여자의 몸이 여느 때에 발산하는 아우라이다.

터지기 직전의 한껏 부푼 꽃봉오리, 어쩌면 나리꽃 여자의 유방처럼 봉싯한 무인도의 서남쪽 모퉁이에 배를 댔다. 갯바위의 비스듬한 모서리에 노끈들이 매달려 있었다. 다른 낚시꾼들이 다녀간 흔적이었다. 좋은 낚시질 포인트인 것이다.

바야흐로 밀물이 지고 있었다. 해류는 섬 모퉁이를 감돌아 흘렀다. 그 어름에 넘실거리는 소용돌이가 있었다. 하늘에는 부연 연기 같은 구름이 끼어 있고, 바람은 남쪽에서 서늘하게 불어왔고, 별로 높지 않은 파도가 일었다. 먼바다에서 달려온 파도들은 배의 옆구리를 찰싹찰싹 간지럽혔다.

섬 모퉁이에 있는 갯바위 모서리의 새끼줄을 끌어다가 뱃전에 묶었다. 낚싯대를 꺼냈다. 낚싯줄 끝에는 가짜 미끼들이 네 개나 달려 있는데 그 뒤에 말굽 모양의 낚싯바늘이 숨어 있었다. 미끼들은 홀로그램이 어려 있는 새우가 하나, 형광을 발하는 멸치가 둘, 앙증스럽게 작은 꼴뚜기가 하나였다.

낚싯줄을 물에 던졌다. 맨 끝에 달린 납으로 된 봇돌이 낚싯바늘을 가라앉히고 있었다. 봇돌이 심연 속의 갯벌에 닿는 감촉을 손끝으로 느끼면서 신경을 집중했다. 그것은 푸른 물 아래 갯벌과의 소통이었다. 갯벌에는 거머리말이 자생하고 있다.

바다의 모든 물고기는 신통하게도 한창 썰물이 지다가 밀물로 바뀔 때의 얼마 동안과 만소였다가 썰물로 돌아서는 어름에 심한 허기를 느낀다. 허기진 물고기들은 눈에 보이는 것이면 무엇이든지 허겁지겁 삼키는 것이다.

푸드득하는 엑스터시 같은 손맛으로 인해 등줄기에서 전율이 일어나고 가슴이 두근거렸다. 낚싯대를 잡아채면서 줄을 감았다. 그의 도씨가 성마르게 하지 말고 느긋하게 끌어 올리라고 충고했다. 도씨의 간섭은 서두르곤 하는 그의 성정을 조율하는 자동 센서 노릇을 했다.

거무스레한 점과 줄무늬가 있는 우럭 한 마리가 수면으로 올라왔다. 이놈은 투명한 새우 미끼를 널름 삼키려다가 낚싯바늘에 걸려 있었다.

그는 흥분해 있었다. 그가 흥분하기 시작한 것은 하얗고 늘씬한 2톤짜리 어선 한 척을 구입하고, 집에서 선착장까지 왕래할 네 바퀴 달린 오토바이도 한 대 산 다음, 낚시 가게에 가서 낚시 장구 일체와 황갈색 구명대를 준비하면서부터였다. 그가 곧잘 흥분한다는 사실을 알고 있는 그의 도씨는 한사코 차근차근 준비하라고 충고했다. 나리꽃 여자는 돌다리를 두드려보고 나서도 건너지 말고 멀리 돌아가는 조심성을 가지라고 그에게 필담으로 주문했다. 그때 그 여자에게서는 여신의 향기가 풍겨 왔다.

거문고

"한 선생님, 저는 신神이 던진 미끼에 걸려 있는 기라예."

낚시질 이야기를 하던 그는 내 소설 『다산』의 첫머리에 실린 시 이야기를 다시 꺼내고 있었다.

"선생님은 『다산』을 쓰면서 거문고로 연주한 음악이 필요했던 모양이대예. 거문고는 따지고 보면 굉장히 신묘하고 향기로운 미끼입니더. 여인이 거문고를 켜는데 다산은 그 여인과 그 악기의 신비한 소리에 취합니더. 선생님은 그 여인과 거문고라는 악기를 동의어로 쓰고 싶었던 모양이더라고예. 그 여인과 그녀가 켜는 거문고 소리는 다산의 혼을 사로잡는 미약인 것이지예. 그 여인과 그 소리의 어떠한 점이 강진으로 유배를 와서 사는, 조선 후기 최고의 지성인인 다산의 넋을 사로잡았을까. 그 여인은 그녀가 연주하는 거문고 소리로 인해 더욱 아름다웠을 것이고, 다산은 그 여인의 영육을 연주하지 않을 수 없었을 것이지예. 여인은 능력 있는 연주자를 만나야 더욱 그윽하고 향기롭게 울어주는 악기라고 누군가가 그랬습니다. 거문고는 조선 남성들이 기꺼이 연주하고 싶어 하는 악기였지예."

그는 차를 한 모금 마시고 나서 말을 이었다.

"좌우간 선생님은 거문고를 깊이 알아내기 위해 그것을 한 조 사서 그 소리의 원리와 연주법을 영육으로 터득하려고 했어예. 거문고의 혼과 신명이 담긴 짧은 시 한 편을 쓰고, 그것을 미끼로 독자를 사로잡고 싶었던 모양이지예. 선생님은 광주의 한 전통악기점으로 갔습니다. 악기점 사장이 인간문화재 장인이어서 거문고를 직접 제작할 뿐 아니라 연주도 잘한다고 소문이 나 있었어예. 선생님이 거문고에 관심을 보이자 악기점 사장은 제작소 내부를 모두 보여주었어예. 제작소 한가운데는 소나무로 만든 작업대가 놓여 있고, 사방 바람벽에는 바싹 말린 오동나무 널빤지들이 세워져 있고, 옆 창고에는 그 널빤지들이 두둑하게 쌓여 있었습니다. 거문고 한 조가 얼마냐고 물으니 정악正樂을 연주하는 것은 5백만 원이고 산조散調를 연주하는 것은 4백만 원이라고 했어예. 선생님은 거문고 여섯 현을 무엇으로 만드는지, 그리고 각 현의 소리들은 어떤 의미를 지니는지 물었습니다. 그 장인은 오동나무 한 그루가 죽어야 거문고의 몸체가 되고, 누에고치 2만 마리가 죽어야 거문고 한 조의 여섯 줄을 만들 수 있다고 했습니다. 거문고 소리가 신비한 까닭은 거문고를 위하여 죽은 오동나무의 넋과 누에고치의 혼이 만드는 홀로그램 어린 소리이기 때문이라고 했습니다. 그래서 신금이라는 것입니다. 그것을 알아차리고 나자 선생님은 거문고를 가지고 싶어 환장할 것 같았습니다. 집으로 돌아와서 사모님에게 거문고 이야기를 하자 사모님은 제발 사지는 말고 거문고에 대한 공부만 하라고 하셨어예. 그 소설을 쓰기 위해 사서 연주해보는 것이 좋기는 하지만, 그것을 다 쓰고 난 다음에는 산지기 집의 바람벽에 걸려 있는 거문고가 될 것 아니냐고, 또 거문고에 미치고 나면 다른 소설을 더 쓰지 못하게 될지도 모르는 것 아니냐고……. 사모님은 선생님의 영육을 관리하는 존재, 말하자면 '한승원 관리소장'이라고 어디선가 말하지 않았는기요? 선생님은 사모님의 비위를 상하게 하고는 한시도 견디지 못하시는 분입니다. 선생님은 사모님을 어머니 다음가는 자궁 권력자, 노자가 말한 우주적인 자궁谷神 같은 존재로 생각한다고 고백한 적이 있습니다. 한 선생님이야말로 진짜 페미니스트, 혹은 여성 숭배자라고 저는 생각합니더."

그는 다시 차로 목을 축이고 나서 말했다.

"잘 아는 후배가 예술대학에서 거문고를 전공하는 여학생이 읍내에 살고 있는데 실력이 대단하다고 소개해주었습니다. 선생님은 서른 살인 대학원생이 건네준 거문고 기초 학습에 관한 책을 복사해 가지고 들어와 밤새워 읽었습니다. 이후 날마다 그 학생의 집에 찾아다니면서 거문고 연주법을 배웠습니다. 그 학생은 산조 연주용 악기를 가지고 있었어예. 정악이 엄격한 규범을 가진 악곡이라면 산조는 자유롭게 연주하는 악곡입니다. 선생님은 역시 산조가 좋았습니다. 그 학생이 가르쳐주는 대로 연주하려 했지만 선생님의 손가락들은 우둔해서 제대로 따르지 못했습니다. 선생님은 굵기가 각기 다른 여섯 개의 거문고 줄과 그것들이 내는 소리의 차이점을 그 예인의 연주를 통해 귀에 익혔어예. 중간 굵기의 문현文絃은 가녀리면서 부드럽고 포용성이 있는 데다 아릿한 교태(농현)를 부리는 반면, 가장 굵은 무현武絃은 장중하고 근엄했고, 나머지 현들은 요조숙녀처럼 아름답고 곱고 유현幽玄했습니다. 그 소리의 유현함에는 비대칭의 홀로그램이 들어 있었습니다. 젊은 예인은 선생님이 무엇을 알고 싶어 하는가를 재바르게 눈치채고 음반 두 장을 주었습니다. 거문고 달인(무형문화재)이 연주한 음반들이었습니다. ……집으로 돌아온 선생님은 음반을 오디오에 넣고 틀었습니다. 아침부터 저녁에 잠들 때까지 듣고, 다음 날 다시 되돌려 듣고 또 들었어예. 일 년 가까이 음반에 구멍이 뚫어질 정도로 거듭 들었어예. 그 결과, 거문고라는 악기와 거문고의 음악이 몸에 배어들기 시작했고, 거문고 소리가 가진 신성神性이 선생님의 몸에 녹아들었습니다. 신성, 오동나무와 누에고치들은 죽었지만 죽지 않고 신성으로 살아나고 있는 것이라고 선생님은 생각했습니다. 삼 년여에 걸쳐 『다산』을 쓰면서 미친 듯이 거문고 음악을 들었는데 그 음률이 선생님의 영혼과 집필 중인 소설의 중추신경을 지배함을 느끼게 되었습니다. 그 결과, 선생님은 독자들을 낚을 수 있는 미끼가 될 시 한 편을 쓸 수 있었습니다. '거문고는 왜 신의 악기神琴인가. / 수많은 누에고치들의 순절 때문이네. / 그들

의 몸을 비틀어 꼰 울음은 혼의 선율이 되고 그 선율은 빛이 되고 /
찬란한 빛은 새가 되어 / 펄펄 푸른 하늘로 날아가네.' 그 소설의 첫
머리에 실린 이 시는 독자를 홀리는 떡밥이고 미끼인 셈입니다. 신성
어린 에밀레 종소리 같은 비대칭의 홀로그램, 혹은 농현弄絃……. 바
이칼 호숫가에서 마신 러시아 맥주의 거품이 풍기는 벌꿀 향과 쌉쓰
레한 맛 같은 농현! 그것은 한 개의 줄을 누른 채 위아래로 흔들어
서 내는, 우주의 혼을 흔들어대는 소리 아닌가요?"

농현

그는 흥분해 있었고 침을 튀기면서 이야기했다.
    "신이 던진 홀로그램을 발산하는 미끼의 뜻을 저는 깊이 알게 되
었어예. 아내를 멀리 떠나보내고 우울증에 시달리던 제가 저의 도씨
와 더불어 하는 바다 여행을 위해 통 크게 4천만 원을 투자한 것은
제 미끼에 걸린 나리꽃 여자와 도씨 때문입니다."

    옆에 앉은 나리꽃 같은 여자의 얼굴이 얼핏 붉어지고 있었다. 나
는 그 여자의 약간 붉은 기운이 감도는 얼굴 살갗에 널려 있는 주근
깨들에서 어떤 알 수 없는 낌새를 읽었다. 저 주근깨들이 내포하는,
신성이라고 말할 수도 있을 어떤 것이 이 음유시인을 사로잡고 있는
지도 모른다. 신은 이 여자를 미끼로 이 음유시인을 낚은 것인데 그

렇게 낡아서 어찌하려는 것일까.

그는 격앙된 목소리로 말을 이었다.

"저를 더욱 흥분시킨 것은 낚시 가게에서 산 가짜 미끼 한 상자입니다. 상자 속에는 플라스틱이나 고무 재질로 만든 새우, 멸치, 꼴뚜기 따위의 가짜 미끼들이 들어 있는데 형형색색이었어예. 어떤 것은 몸이 희고 투명한데 묽은 내장을 가지고 있는 작은 멸치 모양새이고, 어떤 것은 형광을 발산하는 망둥이 새끼이고, 또 어떤 것은 홀로그램을 발산하는 새우 모양새였어예. 그것들 뒤에는 날카로운 낚시가 숨겨져 있어예. 인간이 가짜 미끼를 고안해낸 것은 얼마나 약고 영리하고 간교하고 잔인한 발상인가요."

그는 차 한 잔으로 목을 축이고 말을 이었다.

"초등학교 사오 학년 시절에 저는 갯지렁이를 대나무 그릇에 갈파래와 함께 넣어가지고 아버지를 따라 목선을 타고 낚시질을 다녔어예. 그때는 줄낚시를 했어예. 낚싯바늘에 갯지렁이를 꿰면 갯지렁이가 몸부림치면서 고개를 외틀어 손가락 살갗을 물어뜯었어예. 저는 살갗이 따끔거려서 진저리를 치곤 했지예. 갯지렁이가 낚싯바늘에 꿰어지는 아픔을 참지 못한 채 고개를 외틀고 몸부림치는 것을 보는 것도 고통이고, 갯지렁이에게 살갗을 물리는 것도 진저리 쳐지는 고통이었어예. 그런데 이제는 그러한 고통을 당하지 않고도 가짜 미끼를 이용하여 낚시질을 할 수 있습니다."

그는 삶에 달통한 도인처럼 말했다.

"인생살이라는 것이 사실은 가짜 미끼 놀음과 다름없습니다. 제가 어줍지 않게 쓴 시나 암송하는 시도 사람들을 낚는 홀로그램 어려 있는 미끼인 기라예. 아니, 사실은 신이 눈앞에 드리운 미끼에 제가 걸려서 고개를 회회 저으며 몸부림치는 것 아닐까…… 가짜 미끼로 무엇인가를 잡는 것이 어찌 어부나 낚시꾼들뿐이겠어예. 정치인들은 표를 얻기 위해 유권자에게 미끼를 던지고, 장사꾼들은 고객에게 미끼를 던지고, 전자제품 회사는 선녀같이 하얀 살결의 여인이 걸치고 있는 흰 달빛 같은 드레스 자락과 미역 가닥 같은 머리카락을 바람에 하늘거리게 해가지고 에어컨이나 냉장고나 공기청정기를 팔고…… 제가 배와 오토바이와 낚시 장구들을 장만해서 멋들어지게 바다 여행과 낚시질을 즐기려 하는 것은 또 어떤 가짜 미끼 놀음일까. 신은 아내를 떠나보내고 외롭게 사는 저에게 이 나리꽃 여자를 미끼로 걸려들게 한 것이고, 저는 가짜 미끼를 이용하여 물고기와 그 물고기 이상의 무엇인가를 낚으려 하고 있는 것입니다. 어쩌면 시인 이태백이 호수에서 길어 올리려 한 그 달을 낚고 있는 것일 터입니다."

그는 심호흡을 하고 나서 말을 이었다.
"낚시질은 하루 전날부터 주도면밀하게 준비해야 합니다."
나는 무엇을 낚으며 살고 있을까, 아니 무슨 미끼에 걸려 있는 것일까, 하고 생각하며 그의 이야기에 귀를 기울였다.
"낚시 장구와 구명대는 배 이물의 갑판 밑 창고에 넣어두고, 배를 산동면 지족 선착장에 정박해놓곤 합니다. 선착장은 서쪽을 향하고 있어 큰바람에도 안전합니다. 낚시질을 하려고 나서는 날 아침, 제 여자는 밥과 물김치와 된장과 고추장과 도마와 식칼과 커다란 생수 한 병과 칠레산 와인 한 병과 병마개 뽑는 기구를 싸줍니다. 그것들을 네발 오토바이 뒤에 싣습니다. 오토바이에 오르면서부터 저는 가슴이 심하게 두근거리지예. 제가 흥분해 있음을 눈치챈 도씨가 '한사코 천천히, 느긋하게!' 하고 충고합니다."

그의 나리꽃 여자는 조심스럽게 몸을 일으키고 밖으로 나갔다. 작달막한 그 여자는 자락이 정강이에서 찰랑거리는 진회색 주름치마를 입었는데 다리가 가늘었다. 그는 잠시 뒤 코를 찡긋하고 나서 말했다.

"사실은 저 여자가 많은 역할을 합니다. 다산에게 은밀하게 거문고 켜는 한 여자가 있어서 유배살이를 잘할 수 있었듯, 저 여자가 있어서 제 말년은 행복합니다······. 저 여자는 제가 낚시질을 갈 때마나 태블릿 피시를 들고 나와 주의할 사항을 찍어줍니다. '배에 오르기 전에 구명대를 반드시 착용하시고, 핸드폰을 물에 빠뜨리지 않도록 조심하시고, 여차하면 해양경찰을 부르시고요. 와인은 꼭 한 잔만 하시고, 절대로 두 잔 이상은 마시지 말고······.'"

낚시질

"인간은 왜 낚시질을 하는가. 신도 낚시질을 하는 것 아닐까. 인간은 신의 낚시에 걸려 있고, 신은 인간의 낚시에 걸리곤 하는 것 아닐까……."

　그가 말한 '신과 인간의 서로 낚고 낚이는 관계 설정'에 나는 고개를 주억거렸다. 그래, 그렇다, 모든 사람은 다 낚시질을 한다. 석가모니도 연꽃을 미끼로 수많은 제자를 낚았고, 인도 가비라성의 유마거사는 병을 미끼로 석가모니의 제자들을 줄줄이 낚아다가 옆에 앉히고 '중생이 앓고 있는데 어찌 보살이 앓지 않을 수 있느냐'는 명언을 던져 기를 죽이고, 불이不二와 불가사의 해탈*을 설했다. 유마는 하나라고 하면 될 것을 왜 구태여 '불이(둘이 아니다)'라고 말했을까.

---

*『유마경』은 불교의 특이한 경전이다. 유마는 그 경전에 나오는 주인공이다. "사리불이여, 모든 깨달은 자(불보살佛菩薩)에게는 불가사의不可思議한 해탈이 있습니다. 만약 그 깨달은 자가 이 해탈에 머무르면 높고도 넓은 수미산을 겨자씨 안에 넣어도 그 겨자씨가 늘어나거나 줄어드는 일이 없고, 수미산도 아무런 변함이 없습니다. 사천왕이나 도리천과 같은 제천諸天 자신들이 어디에 들어 있는지 전혀 알지 못합니다. (…) 또 모든 바닷물四海을 하나의 털구멍에 넣어도 물고기와 자라와 악어, 그 밖의 물에 사는 동물을 괴롭히는 일이 없고, 그 바다는 본래 모습 그대로이며, 용과 귀신과 아수라들도 자신이 어디에 들어 있는지 알지도 못하고, 이들을 괴롭히지도 않습니다. 사리불이여, 또 불가사의한 해탈에 머무는 그 깨달은 자는 모든 세계를 움켜쥐기를 마치 도공이 흙덩이를 오른쪽 손바닥에 움켜쥐고 항하의 모래알과 같이 수많은 세계 밖으로 던져버리는 것과 같습니다. 그 안에 사는 중생은 자신이 어디로 갔는지 알지도 깨닫지도 못하며 다시 제자리에 돌아와도 그 사람들에게는 갔다 왔다는 생각을 일으키게 하지 않고, 이 세계의 본래 모습은 예전과 같습니다."

따지고 보면 그 불이와 불가사의 해탈에 나도 낚여 있다.

그는 낚시질 나갈 때의 흥분과 감격을 그대로 쏟아냈다.

"도씨와 함께하는 낚시질을 겸한 선유, 그것은 하나의 모험입니다. 바다라는 것은 음험한 마녀인 기라예. 한없이 큰 입과 거대한 펄럭거리는 청남색 치마폭 같은 은밀하고 심오한 물너울, 깊고 드넓은 요니, 그것은 '세상의 기원'*과 한가지인데…… 드높은 파도와 휘돌아 흐르는 해류를 가지고 있어예. 바람이 불지 않으면 백치 여인처럼 고요하게 게으름을 피우고 바람이 불면 미친 듯 들썽거리는 마녀 말입니다. 그 음험한 마녀는 물고기들을 미끼로 어부들을 낚습니다. 바다낚시 여행을 하려면 그 마녀에게 낚여서 들썽거리거나 출렁거리지 않으면 안 되지예. 연안 바다 여행을 겸한 낚시질을 기획하고 준비하는 과정에서부터 도씨가 말했어예. 연안 바다에서 낚시 여행을 하려는 자는 스스로 바다와 한 몸이 되어야 하고, 파도의 성정에 따라 알맞게 출렁거려야 하는 것이라고예. 바다에 가면 파도만 보지 말고 물을 볼 줄 알아야 합니더. 그것은 원효의 『대승기신론소』에 있는 말인데 현상과 본질에 대한 것입니다. 시인은 본질을 응시할 줄 알아야 좋은 시를 쓴다고 들었습니더."

그가 쏟아낸 현란한 말의 잔치 앞에서 나는 고개를 끄덕거리기만

---

* 귀스타브 쿠르베가 여성의 성기를 극사실화로 표현한 그림의 제목이기도 하다.

했다.

"선주가 배를 넘겨주며 말했어예. '먼저 운전을 배우고 면허증을 습득한 다음에 운항을 해야 합니더. 멀리 가려면 해경에 신고를 해야 하고예. 바다 한가운데서 기름이 떨어져 낭패를 안 당하려면 기름을 충분히 가지고 다니시소.' 선주는 뱃머리 너머의 바다를 가리키면서 말했어예. 연안 바다에는 어장이 아주 많다는 것이었어예. 주꾸미잡이 소라병줄, 낙지 통발줄, 정치망, 미역발, 김발, 숭어·농어·도미 잡는 삼중망三重網…… 그 가운데서 가장 위험한 것이 삼중망이라고, 만일 스크루에 삼중망이 감겼다 하면 배가 순식간에 뒤집힐 수도 있다고, 정치망의 하얀 부표들을 잘 피해야 한다고, 위험하니까 구명대를 항상 착용해야 한다고예."

나도 배를 사고 싶었다. 음유시인인 그가 하는 배 운전을 나라고 못하겠는가.

그가 코를 찡긋한 다음 "따지고 보면 배와 낚시질에 제가 낚인 것입니더" 하고 나서 문득 스스로를 조롱하듯이 흥 하고 웃으며 말했다.

"사실 신이 던진 미끼에 걸려 그 짓을 즐기고 사는 것입니다. 한 선생님, 유사 이래로 인간이라는 동물은 사실상 신과 거래를 하며 살아가는 존재인 기라예. 신은 죽었다고 한 니체의 말을 믿지 않습니더. 보이소. 제 미끼에는 줄줄이 물고기들이 걸리곤 하는데 그건 신의 뜻인 기라예."

나는 그가 함께 살게 된 나리꽃 같은 여자로 인해 들떠서 약간 맛이 가 있는지도 모른다고 생각됐다. 나는 그처럼 배를 사서 낚시질을 하러 다니지는 않겠다고 생각했다. 인생의 삶에는 희비극이 교차한다. 채플린은 인생을 가까이서 보면 비극이지만 멀리서 보면 희극이라 했다. 낚시질이라는 것이 그렇다. 채플린은 또 스스로를 웃음거리로 만들어 세상을 웃기라고 했다. 그는 신과 인간의 관계를 웃음거리로 만들고 있었고, 스스로 주연을 하고 있었다.

된장물회

그가 차 한 모금을 마시고 말을 이었다.

"첫날 저는 우럭 세 마리를 잡았습니다. 한 마리는 멸치 모양의 미끼에 걸리고, 다른 두 놈은 홀로그램 어린 새우에 걸렸어예. 저는 시장기를 참을 수 없어서 도마와 칼을 꺼냈습니다. 우럭을 도마 위에 놓고 오른손으로 칼을 들었습니다. 멀리 떠나간 아내가 포를 뜨던 것을 많이 보아온 터였지예. 왼손 엄지와 검지로 아가미 안팎 틈새를 집어 누르고 비늘을 긁어낸 다음 배를 가르고 창자를 끄집어냈어예. 그때 갈매기가 홀로그램 어린 소리로 슬프게 끼룩거리며 머리 위를 선회했어예. 귀신처럼 벌써 비린내를 맡고 나타난 깁니더. 창자를 뱃전 너머 수면으로 던졌더니 갈매기가 하강하여 그 창자를 채어 갔습니다. 갈매기라는 놈의 눈과 코는 이 세상 최고의 것이라는 찬탄을 받아도 될 깁니더. 제 요리가 계속되는 까닭에 아직 먹을 것이 더 있으리라고 생각한 갈매기는 제 머리 위를 계속 선회했어예. 저는 갈매기의 처지를 생각하고, 포를 뜨기 전에 다른 고기의 비늘을 거스르고 배를 갈라 창자를 꺼내 수면으로 던졌어예. 갈매기가 또 채어 갔습니다. 만일 창자에 낚싯바늘을 달았다면 갈매기도 낚을 수 있었을 거라고 도씨는 말했어예. 나머지 한 마리를 도마에 놓고 비늘을 거스른 다음 배를 가르고 창자를 꺼냈습니다. 창자는 갈매기가 한입에 삼킬 수 있는 크기였어예. 창자를 던지려던 저는 멈칫했습니다. 머리 위를 선회하는 갈매기가 세 마리로 늘어났거든예. 저는 우럭의 빨간 아가미들을 잘게 토막 냈습니다. 먹이를 세 개로 만들어 뱃전 너머의 수면으로 던졌어예. 갈매기들이 경쟁적으로 그것들을 채어 갔어예. 채어 간 먹이를 삼키고 난 그것들은 제 머리 위를 선회하면서 끼룩끼룩 울었습니다. 가짜 미끼로는 물고기의 육신을 잡아 올리고, 진짜 미끼로는 새의 영혼을 포획했다고 도씨가 말했습니다(그게 얼마나 비극적인 일입니까만. 멀리에서는 제가 갈매기와 놀고 있는 것으로 보였겠지예). 저는 도씨의 말에 흥분한 채 서투른 솜씨로 우럭의 포를 떴어예. 척추와 거기에 달린 가시만 남기고 살을 정교하게 발라냈습니다. 물고기들이 별로 크지 않았으므로 살코기의 양은 많지 않았어예. 살코기를 바닷물에 씻은 다음 집에서 가져온 생수로 헹구고 자잘하게 썰었습니다. 하늘에는 반투명 비닐 자락처럼 보얀 구름이 끼었으므로 햇살은 따갑지 않았고 바람은 건들건들 불었습니다. 사발에다가 자잘하게 썬 회를 담고 물김치 건지를 송송 썰어 넣었습니다. 물을 알맞게 붓고 된장과 고추장을 반 숟갈씩 넣어 풀었어예. 맛

을 보니 약간 새콤한데 싱거웠습니다. 신 물김치 국물을 더 붓고 된
장을 좀 더 넣어서 저었습니다. 떠나간 아내가 만들어주던 된장물회
의 맛을 어느 정도 흉내 낸 것이지예. 도씨가 킁킁 냄새를 맡아보고
맛이 좋다고 나의 바다낚시 여행을 축하해주었어예. 와인을 꺼내 코
르크 마개를 뽑고 종이컵에 한 잔 따라 마시고 된장물회를 먹었습니
다. 밥 한 덩이를 물회에 넣어 말아서 새콤한 국물 맛을 음미하면서
회와 밥과 김치 줄거리를 먹었습니다. 바다에 나와서 와인을 반주로
싱싱한 생선물회에 밥을 말아 먹는 저는 세상에서 제일가는 호사가
인 것이지예. 도씨가 말했어예. '너는 가짜 미끼 아닌 진짜 미끼에 영
혼이 포획되고 있다. 신이 던진 미끼에.' 갈매기들은 제 머리 위를 계
속 선회했어예. 그중 한 마리가 뱃머리에 앉아서 저를 살폈어예. 배
가 불룩해졌을 때 저는 그놈들의 넋을 확실하게 포획하고 싶어서 도
마에 남아 있는 우럭의 등뼈와 머리와 꼬리들을 칼로 탕탕탕 자잘
하게 쪼았습니다. 날카로운 뼈와 가시들이 갈매기들의 목에 걸리지
않을까 걱정하면서 더욱 잘게 쪼았습니다. 그것들을 수면에 던져주
자 갈매기들은 급강하하여 뭉근 것만 주워 먹었습니다. 갈매기들은
다시 제 머리 위를 선회했어예. 그들은 끼룩끼룩 신성 어린 노래로
써 보답하고 있었어예. 도씨가 이제는 돌아가자고 말했습니다. 수정
처럼 맑은 혼을 가진 나리꽃 여자가 기다리는 집으로 돌아갈 수 있
는 저는 행운아였습니다. 그 여자에게 줄 물고기는 산동 지족 마을
의 죽방렴횟집 수조에서 골라 사자고 했어예. 낚싯대를 거두어 가방
에 담고, 도마와 식기를 씻어 갑판 밑에 간직하고, 시동을 걸고 배를

몰았어예. 뱃머리가 자잘한 파도를 깨부수며 나아갔습니더."

하늘

한동안 뜸을 들이고 있던 그는 문득 쓸쓸한 표정을 지으며 말했다.

"그런데 한 선생님, 제게는 늘 하늘이 있어예. 집으로 돌아가는 그 순간에 문득 제 머리 위의 마른하늘이 빈정거렸어예. 어디서 많이 들어본 목소리, 또 다른 한 놈의 제 도깨비 목소리였어예. '지금 네가 하는 이 짓거리에 무슨 의미와 가치가 있다고 이렇게 너를 허비하느냐?' 순간 나 혼자 작은 배 위에 의미 없이 떠 흐르고 있다는 쓰디쓴 허무감이 엄습했어예. 아, 나는 나를 신에게 덤핑으로 팔아넘기고 있는 것 아닌가. 여느 때 저는 낚시나 등산이나 바둑 따위로 저를 허비하는 것을 싫어했습니다. 책 읽고 사유하고 명상하고 시 쓰는 일을 멀리하고 낚시질로 소일하는 것은 저를 배반하고 허비하는 것이었어예. 유체 이탈幽體離脫의 모순을 범하고 있었어예. 이태백 시인처럼 달을 길어 올려야 하는 나를 배반하고, 비싼 배를 구해 타고 연안 바다 낚시질을 즐기는 것⋯⋯. 제 심사를 알아차린 도씨가 위로의 말을 던졌습니다. '그래도 이때까지 너는 늘 네 영혼이 깨어 있다고 생각하며 살아오지 않았느냐. 중국 시인 굴원屈原처럼 모두가 취해 있는데 나 홀로 깨어 있다衆人皆醉我獨醒고 생각하는 사람들은 도회 한복판에 우글거리는 사람들 속에서 살지라도 늘 달을 훔칠 수 있는 것이다.'"

거래

그는 문득 쓸쓸한 목소리로 눈물을 글썽거리며 말했다.

"한 선생님, 저는 가끔 절에 가는데 시줏돈 몇 푼을 미끼로 부처님과 스님을 낚고, 부처님과 스님은 해탈과 설법을 미끼로 저를 낚습니다. 기독 신앙이 독실한 친구가 있는데, 친구는 염봇돈 몇 푼과 십일조를 미끼로 신과 천국을 낚고, 사제는 신과 천국에 대한 설교를 미끼로 해서 친구로부터 염봇돈과 십일조를 낚습니다. 모든 존재하는 것은 다 거래를 하고 삽니다. 제가 뉴질랜드 여행 중에 만난 나리꽃 여자는 제가 내민 와인 몇 잔과 저의 서글픈 수다에 낚였어예. 그런데 그 여자는 신이 저를 낚으려고 내민 미끼입니다. 아니, 신이 어떤 필요에 의해서 그 여자를 낚아 올리기 위해 저를 그 여자 앞에 미끼로 내밀었는지도 모릅니다. 그러고 보면(여기서 그는 목소리를 높였다) 신은 인간이 낚은 가장 편리하면서도 위대하고 성스러운 존재입니다. 그런데 신은 무얼 낚기 위해 저와 그 여자를 미끼로 활용하는 것일까, 제가 신을 낚기 위해 그 여자가 활용되고 있는가, 그 여자가 신을 낚는 데 저를 미끼로 활용하는가, 좌우간 좋습니다. 늙어가는 저와 그 여자는 서로를 위하여 미끼로 활용되는 것입니다……. 한 선생님, 신에게 낚이는 것은 신의 세상으로 편입된다는 것입니다. 우리

새 부부는 서로를 확실하게 낚으려고, 아니 우리는 신에게 완벽하게 낚이려고 욕조를 활용합니다. 따끈한 물을 받아놓고, 둘이 알몸으로 들어가 몸을 담그고, 서로의 몸을 닦아주고, 안아주고…… 선생님, 사랑이라는 것도 하나의 거래입니다. 우리는 신이나 부처님의 미늘 없는 낚시에 낚여서 천국으로 한 발짝씩 걸어가고 있습니다."

여기서 나는 그의 개똥철학에 낚이고 있었다.

서로에게 낚인다는 것, 신에게 낚여서 신의 세상으로 편입된다는 것은 무엇인가.

그는 울먹거리며 손수건을 꺼내서 눈물을 훔치며 말을 이었다.

"아니라예, 사실은 멀리 떠나간 아내가 그 여자를 미끼로 던져준 것인지도 몰라예."

내가 그에게 물었다.

"음유시인인 당신은 무슨 미끼로 이때껏 장흥 바닷가의 저를 낚으셨습니까?"

그가 내 손을 덥석 잡으며 말했다.

"무슨 미끼냐고 물으셨어예? (그는 잠시 생각하다가 말했다.) ……구태여 규정짓는다면 허무라는 미끼일 터이지예. 아니, 그보다 더 중요한 것은 허무를 느끼고 그것을 극복하려는 의지일 터이지예. 사실은 그 여자도 허무라는 미끼에, 고독이라는 미끼에 걸렸어예. 한 선생님, 이 좀비의 허튼 미끼에 걸려주어 정말 고맙고 황송합니다."

"낚아서 어디에 쓰려고요?" 하고 묻고 싶었지만 나는 묻지 않았다.

아내와 나, 그리고 그와 나리꽃 같은 여자는 여닫이횟집으로 가서 와인에다가 주꾸미회를 먹었다. 술에 취한 그가 "한 선생님, 늙은 이들은 누구나 다 죽음에 이르는 고독과 허무라는 병을 앓고 있습니다. 그래서 저는 늘 '바람이 분다…… 살려고 몸부림쳐야 한다!'* 하고 폴 발레리의 시 한 구절을 입에 달고 삽니더" 하고 나서 감상적인 목소리로 읊었다.

시를 읊고 난 그가 주꾸미회 한 점을 들어 보이며 말했다. 그의 눈에는 눈물이 글썽거렸다.

"우주에 존재하는 모든 것은 다 비슷합니다. 인간에게 절, 교회, 성당, 사원 같은 것들이 있다면 이 주꾸미라는 물고기에게는 소라고둥 껍데기가 있습니더."

나리꽃 여자가 휴지를 꺼내 들고 그의 눈자위를 적시는 눈물을 닦아주었다. 그가 말했다. "제 눈물은 무엇이고, 이 여자가 훔쳐준다는 것은 무엇일까예. 저도 소크라테스처럼 닭**을 빚졌을 터인데 이

---

* 바람이 분다…… 살려고 몸부림쳐야 한다! / 세찬 마파람은 내 책장을 펼치고 닫고, / 갯바위에 부딪힌 물결은 하얀 물보라가 된다. / 날아가거라. 눈부신 책장들이여!/ 부숴라, 파도여! 용솟음치는 물결로 부숴버려라. / 돛배가 먹이를 쪼고 있던 이 조용한 지붕을! (김현 번역)

** 고대 그리스에는 앓던 병이 나았을 때 의술의 신에게 닭 한 마리를 바치는 풍습이 있었다. 소크라테스는 인간의 삶이 끔찍한 병이라 여겼고, 죽음으로써 그 삶의 병에서 벗어났을 때는 닭을 바쳐야 한다고 생각했다.

여자가 눈물을 훔쳐주듯이 대신 갚아줄 터입니다."

소라고둥

그는 어린 주꾸미 한 마리를 초장에 발라 먹은 다음 와인 한 잔을 들이켜고 나서 말했다.

"어린 시절에 우리 아버지는 작은 허름한 목선을 타고 주꾸미를 잡으셨어예. 주꾸미는 낙지나 문어와 비슷하지만 그것들보다 체구가 훨씬 작고 발 길이도 짧지예. 발에는 정교하게 만들어진 자잘한 보석 구슬 모양새의 빨판들이 줄지어 달려 있어예. 이놈을 사냥하는 데는 낚시가 필요 없지예. 어부들은 주먹만 한 소라고둥 껍데기와 긴 노끈 타래를 구해다 사용합니더. 소라고둥 껍데기의 주둥이 시울에 노끈이 들어갈 만큼 작은 구멍 하나를 뚫지예. 다음은 100미터쯤 되는 노끈에 그것들을 50센티미터 간격으로 매다는 기라예. 그것들을 배에 싣고 물의 흐름이 별로 빠르지 않은 연안 바다로 나가서 깊은 물속의 갯벌 바닥에 가라앉혀놓는 기라예. 하룻밤을 지새운 다음 그 노끈을 걸어 올리면 소라고둥 속에 주꾸미들이 들어가 있어예. 어부들은 휘파람을 불어가면서 그것들을 바구니에 털어 담지예. 자기들을 포획하기 위해 소라고둥 껍데기를 그렇게 바닷물 밑에 가라앉히는 줄도 모르고, 자기들보고 들어가 안락한 삶을 누리라고 그러는 줄로 착각하는 것이지예. 외적의 침입을 막아주는 소라고둥 껍데기 속에서 단잠을 자기도 하고 미래의 꿈을 꾸기도 하는 기라예. 그곳을 지상 극락이나 천국이라고 생각하는 것이지예."

와인으로 인해 그와 나는 얼근하게 낚여 있었다. 여닫이횟집 주인은 '카르멘'이라는 별로 비싸지 않은 칠레산 와인을 가지고 나를 낚곤 했다. 주위의 다른 횟집에는 와인을 비치해두지 않는데 유일하게 이 횟집만 나라는 손님을 낚기 위해 와인을 준비하는 것이었다.

그는 문득 큰 발견이라도 한 듯 목소리를 높여서 말하고 있었다.
"소라고둥의 껍데기, 그것은 얼마나 의미심장한 신화적·철학적 의미를 가지고 있고, 그 겉 무늬가 얼마나 화려하고, 또 내부는 얼마나 종교기하학적으로 반들반들하게 잘 닦여 있는기요? 소라고둥 껍데기의 나선螺線은 우주 시원의 한 점에서 시작하여 태극 방향으로 휘돌아 나가는데, 그것은 황금 비율에 따라 우주의 가장 멋스러운 율동의 완벽한 전범을 보이고 있어예. 주꾸미는 바로 그 의미심장하고 화려한 철학적 시간과 공간을 알아보는 눈을 가진 것이라예. 어쩌면 그들은 이렇게도 좋은 성스러운 집이 나를 위해 존재했느냐고 하면서 그 껍데기 속으로 들어가서는 어떠한 일이 있어도 그 집을 놓치려 하지 않는 것이지예. 그 때문에 어부들이 소라고둥 줄을 당겨 올려도 그들은 절대로 그 집을 버리고 달아나려 하지 않는다, 이 깁니더."
그는 건들바람처럼 웃었다. 이때 그의 콧구멍은 커졌고 거기에는 검은 어둠이 담겨 있었다. 콧구멍 속 어둠*의 시원은 어디일까.

그는 와인 한 모금으로 목을 축이고 나서 말을 이었다.

"인간이라는 족속은 유사 이래로 절과 교회와 사원을 한사코 화려하고 웅장하게 짓곤 했습니다. 거기에 들어가면 마음이 편안해진다든지, 극락이나 천국으로 가는 통로로 생각한다든지…… 거기에서 부처님이나 하느님이나 알라신에게 극락이나 천국에 가고 싶다고 발원하고, 그 영원한 시공으로 데려다 달라고 비는 기라예. 인간과 주꾸미의 다른 점은 주꾸미는 작은 소라고둥 껍데기 하나에 혼자 들어가 안식을 취하지만, 사람들은 수십수백 명씩 그 거대한 공간 속으로 떼 지어 들어가서 부처님과 신으로부터 면죄부를 받고 안식을 얻으려 한다는 점이겠지예. 그런데 신을 미끼로 절이나 교회나 사원을 짓고 염봇돈과 십일조를 챙겨서 영달을 누리는 것은 신이 아니고 사람입니더."

---

* 사람은 자신의 까만 콧구멍을 앞세우고 상대와 대화한다. 사람은 의식 내부에 빛과 어둠을 동시에 지니는데, 얼굴색과 표정과 눈동자로는 빛을 표현하고 콧구멍으로는 어둠을 표현한다. 사람 내부의 빛은 구분할 수 있는데 어둠을 구분할 수는 없다. 그 어둠은 어디에 뿌리를 뻗고 있을까. 콧구멍 속의 어둠은 지하의 광맥과 같다. 그 어둠의 한 줄기는 의식에 뿌리를 뻗고 있고, 다른 한 줄기는 무의식에 뿌리를 뻗고 있다. 무의식의 뿌리는 사람의 천 길 심저에 닿아 있고, 태극의 뿌리와 천지의 신화에 닿아 있다. 그 신화는 어떤 기능을 하는가.

제6화

늙은이가 자기 죽어 묻힐 곳이나 화장하여
재로 뿌려질 자리를 미리 마련해놓고 산다는 것은
'죽음 속으로 날아간다는 것이 아니고 죽음을 살고 싶다는 것'입니다.
죽음을 살고 싶다는 것은 죽음을 두려워하지 않는다는 것이고
죽음을 초월한다는 것, 삶과 죽음의 경계를 허문다는 것이지요.

새

내 토굴의 정원 가장자리에 쑥부쟁이 꽃들이 피기 시작한 날 오전 11시쯤 음유시인인 그와 그의 나리꽃 여자가 택시를 타고 내 토굴에 왔다.

내가 집필 중인 장편 『하늘에 발자국을 찍는 새』의 스물 몇 번째 수정 가필을 바야흐로 마친 때였다.

내 삶이란 무엇일까. 내 밤의 어떤 어두운 형상을 향해 짖어댄 한 마리 개의 삶이었을까. 끝없는 사막을 건너는 낙타의 삶이었을까. 바윗덩이를 정상에 올려놓기 위해 굴리고 올라가지만 그것은 다시 굴러떨어지고, 그러면 하산했다가 다시 굴리고 올라가는데 마찬가지로 정상에 올려놓지 못하고 거듭 실패하곤 한 늙은 시시포스의 삶이었을까. 새파란 무한 허공에 발자국을 찍어 남기려 하지만 그걸 이루지 못한 한 마리 새의 삶이었을까.

내 소설을 수정하고 가필하는 작업은 아주 오랫동안 계속되고 있었다. 한 차례의 수정 가필 작업을 하는 약 한 달 동안 나의 구레나룻과 턱수염과 코밑수염은 부스스하게 길었다. 아내는 오래전부터 제발 수염을 좀 깎으라고, 희끗희끗한 수염이 추해 보인다고 불평하곤 했다. 아내는 내가 늘 소년처럼 말끔해 보이기를 희망했다. 이제 수정 가필을 한 차례 마쳤으므로 면도를 해야 하는 때에 그들 부부가 들이닥친 것이었다.

나는 그들 부부에게 토굴에서 차 마시기를 생략하고, 그냥 여닫이횟집으로 가서 점심을 먹자고 말했다. 차를 마시는 것만으로는 해소되지 않을, 계속된 수정 가필 노동으로 인한 북받침과 술 고픔(쉽게 설명할 수 없는 결핍)이 내게 일어나 있었던 것이다. 나는 푹 취하고 싶었다. 그래도 될 만하게 밥값을 넉넉히 했다고 생각됐다. 밥도 노동도 성스럽다. 밥이 하늘食而天이다.

"그러시지요."
내 제안에 흔쾌히 동의하고 현관문을 열고 나서다가 토굴 마당의 서편에 서 있는 삼층 석탑을 본 그가 "선생님, 저는 저런 석탑을 볼 때마다 새를 연상합니다" 하고 말했다.
토굴 서편에 자리한 석탑은 장흥 보림사의 국보인 삼층 석탑을 3미터 높이로 축소시켜 모방해 제작한 것이었다. 그 석탑을 볼 때마다 나는 하늘로 날아오르는 알 수 없는 새를 떠올린다. 석탑 날개들이 새의 날개와 비슷하다.
하늘 어딘가에 죽은 후 가는 어떤 세상이 있다면 나는 저 석탑의 비상하는 기운을 받아 그곳으로 날아가고 싶다. 노자와 장자가 '태허'라고 말한 우주 시원인 하늘(원초적인 고향), 노장이 '현효'라는 글자로 표현한 '도道'의 세상으로 날아오르는 나의 모습을 늘 연상하곤 한다. 우주 속에 내재한 비가시적 그윽함, 어짊, 자비 따위를 가시적으로 표현한 것이 玄(현)이다(누군가가 玄이라는 글자는 정자의 모양새를 닮았다고 했다. 개구쟁이의 말 같지만 일리가 있다고 나는 생각한다). 그것을 나는 하늘의 씨눈芽이라고 생각한다. 나뿐만 아니라 모든 선인이 다 그와 비슷한 생각을 했다. 우리 선인들이 탑 날개나 기와집 추녀나 기둥에 붙인 익공들을 모두 새의 날개처럼 형상화해놓은 것은 하늘로 날아오르고자 하는 소망 때문일 터이다.

석탑 앞에 놓은 상석을 가리키며 내가 말했다.

"늙은이가 자기 죽어 묻힐 곳이나 화장하여 재로 뿌려질 자리를 미리 마련해놓고 산다는 것은 '죽음 속으로 날아간다'는 것이 아니고, 현재 살아 있음의 상태에서 죽음을 살고 싶다'는 것입니다. 따지고 보면 터무니없는 탐욕일 수도 있죠. 죽음을 살고 싶다는 것은 죽음을 두려워하지 않는다는 것이고 죽음을 초월한다는 것, 그 경계를 허문다는 것인데(그게 뜻처럼 될지 모르지만)…… 저는 선인들을 따라 하고 있어요. 옛날 지혜로운 선인들은 자기 가묘를 미리 만들고, 장차 자신이 죽어 담기게 될 널柩을 만들어 방 윗목에 두고 살았다대요. 두꺼운 송판으로 짠 널을 바싹 말린 후 안팎에 옻칠을 해놓고 그 안에 들어가서 누워보기도 하고 그랬어요. 그 널은 자궁하고 비슷한 것이지요. 저는 우주 시공을 하나의 구멍, 혹은 자궁으로 봅니다. 그것은 말하자면 모성성의 시공이지요. 그렇지만 저는 아직 제

널을 만들어놓지는 않았습니다. 화장을 할 터이니까, 그때 가서 아들딸이 싸구려를 사서 사용하면 되는 것일 터이므로. 제가 토굴 앞에 탑을 세우고 상석을 놓은 뜻은 새가 되어 하늘로 날아가고 싶다는 것입니다. 아들딸들에게 너희 엄마와 아빠가 죽은 다음에는 이 주위에 유골 가루를 뿌리고, 우리가 보고 싶으면 이 상석에 꽃을 놓으라는 유언도 해두었습니다."

그가 말했다.

"저도 남해 창선의 제 토굴 마당에 삼층 석탑을 하나 세웠어예. 그것을 세운 뒤로 마음이 아주 편안해졌습니더. 물론 선생님의 이 탑을 표절해다가요."

그의 말을 들으면서 나는 회의에 사로잡혔다. 저 시퍼런 허공중에 발자국을 찍다니 그게 있을 수 있는 일인가. 바위를 정상에 올려놓을 수 있는 일인가. 다 불가능하고 허무한 일을 하고 있는 것이다.

그가 문득 내게 귀엣말을 했다. 늘 타고 다니던 자가용이 아니라 택시를 타고 온 까닭을 말하고 있었다.

"사실은 저 사람한테 인지 장애가 시작됐어예. 우두커니 앉거나 서서 허공을 바라보고 멍해지는 '우두거니 병증'이 생겼어예. 그리고 자꾸 깜박깜박하는 기라예. 냉장고 안에 리모컨을 넣어놓거나, 국을 끓이려고 가스 불을 켜놓고는 정원에 나가서 멍히 앉아 있곤 하는 깁니더. 그래서 승용차를 처분하고 택시를 이용하기로 했어예. 저는 바다낚시 여행을 접고 배를 팔았어예. 저 사람 이제 예순아홉, 한창 젊은데 벌써 그러네예."

나는 "아, 네!" 하고 고개를 끄덕거리며 그의 나리꽃 여자를 보았다. 그 여자는 토굴 정원에 있는 탑과 그 앞에 있는 내 아내의 시비를 읽고 있었다. 나는 동글납작한 비석에 새겨진 아내의 시를 읽을 때마다 슬프다.

"당신의 등만 쳐다보고 / 있는 듯 없고 없는 듯 있게 / 그림자처럼 살았지만 / 나 그래도 행복했네……."

그가 나만 알아듣도록 낮은 소리로 말했다.

"늙어가면서는 널려 있는 이것저것을 정리하고 삶을 단순화해야 한다고 저는 생각합니더. 저 사람한테 남한강 변의 집을 팔아버리고 남해의 제 토굴로 이사를 하여 살자고 했는데 저 사람이 한사코 싫다고 하네예. 떠나간 그분과 자신이 단둘이 살던 그 집에 다른 누군가가 들어가 사는 것을 견딜 수 없다는 것이라예."

그때 여닫이횟집에서 보낸 승용차가 도착했으므로 우리 대화는 거기에서 멈추었다.

해변의 묘지

"아, 저 섬 끝에 폴 발레리의 '해변의 묘지'가 있네예."

그가 횟집 창밖을 내다보며 말했다.

횟집 통유리 창밖의 바다 건너에는 동북쪽을 향해 날아가는 두루미 모양새의 검푸른 소나무 숲 무성한 섬이 있었다. 그 섬에서 동북쪽 모퉁이의 *끄트머리*는 거대한 두루미의 부리와 머리와 목을 연상시켰다. 부리는 뾰족하고, 머리는 타원형인데 목은 잘록하고, 눈은 동그랗게 뚫려 있고, 날갯죽지는 펑퍼짐했다. 무덤은 두루미의 날갯죽지에 해당하는 부분의 살짝 오목하게 파인 곳에 있었다.

나는 그 무덤을 볼 때마다 폴 발레리의 시 「해변의 묘지」가 떠오르곤 했는데 그도 그렇게 느낀 모양이었다. 나는 그 무덤의 내력을 알고 있었는데 그것을 그와 그의 나리꽃 여자에게 말해주고 싶었다.

아내와 더불어 딸을 위하여 구절초를 캐러 다닌 적이 있었다. '들국화'라고 불리기도 하는 약초였다. 아내는 구절초를 곤 진액이 여성의 몸을 따뜻하게 하고 활성화하는 명약이라고 했다. 아내는 그해 가을 들어 장재도 *끄트머리* 조약돌밭에서 고둥을 잡다가 섬 연안 기슭에 구절초가 지천인 것을 발견했다.

아내와 함께 구절초를 캐면서 나는 갈등했다. 자연 친화적인 삶을 표방하는 내가 천사의 하얀 넋이 피어난 듯싶은 그 아름다운 꽃나무들을 서리하다니 가슴이 아렸다. 나는 그것들을 전멸시키지 않으려고 한 포기씩 드문드문 남겨두고 서리를 했다.

구절초라는 풀은 어찌하여 여자의 몸을 따뜻하게 하고 생리를 원활하게 하는 약효를 가진 것일까. 좌우간 나는 딸의 건강이 더 소중했으므로 그 꽃나무들을 열심히 뽑아 모았다. 아내와 내가 뽑은 구절초는 곡식 자루 한 개에 가득 찼다. 아내는 이틀 동안 그 약초를 솥에 넣고 고아서 흑갈색 진액을 만들어 병에 담아 딸에게 보냈는데 그것의 약효 때문이었는지 딸은 한 해 뒤에 건강한 외손자를 낳았다.

구절초를 캐러 다니다가 나는 그 무덤 앞에 앉았다. 금잔디와 띠 풀에 덮인 무덤 주위에 구절초 꽃나무들이 지천으로 자생해 있었던 것이다. 나는 무덤 주위의 꽃나무들 여남은 포기를 차마 캘 수 없어 남겨두었다. 이미 캔 구절초 꽃나무 한 줌을 손에 쥔 채 무덤 옆에 앉아 광활하게 트인 바다를 내다보았다.

왜 하필이면 이 섬의 끄트머리에 무덤을 만들었을까. 무덤은 동녘 과 북녘의 하늘과 바다를 향해 노출되어 있어서 거세게 불어닥치는 여름 동풍과 겨울 북풍을 피할 수 없고, 귀를 먹먹하게 하는 격랑의 소리를 견뎌야 할 터이다. 이 무덤에는 어떤 사람이 묻혀 있을까.

혹시 파도에 떠밀려 온 임자 없는 시신을 마을 사람들이 이 자리 에 묻어주지 않았을까.

유학자들은 무덤을 유택幽宅이라고 말한다. 유택은 죽은 자의 혼 이 영원한 안식을 취하는, 그윽하고 고요한 안식처라는 뜻이다. 그 때문에 선인들은 가능하면 무덤을 그윽한 곳에 마련하려 들었다.

해변에 있는 무덤의 봉분은 왜소한데 늙은 여성의 처진 젖무덤을 연상시켰다. 왼편으로는 여닫이횟집이 자리해 있는 휘움한 연안 바 다가 보이고, 오른쪽으로는 맥맥이 흘러간 고흥반도 안쪽의 광활한

푸른 바다가 펼쳐졌다.

내가 와인을 한 모금 마시고 나서 그에게 말했다.

"횟집 주인이 저 무덤 속에 들어 있는 사람 이야기를 해주더라고요."

그가 눈을 빛내면서 말했다.

"남해 창선의 제 토굴에서 멀지 않은 곳에도 저런 무덤이 하나 있어예. 해류가 죽방렴을 휘돌아 흐르는 해협 건너 산동면의 지족 마을을 바라보고 있지예. 그 무덤에도 슬프고 안타까운 사연이 있다고 들었어예."

내가 의아해하며 물었다.

"창선도에도 지족 마을이 있고 산동면에도 지족 마을이 있어요?"

그가 말했다.

"지금은 다리가 놓여서 두 섬이 완전히 한마을같이 되었어예. 그런데 옛날에 다리가 놓이지 않았을 때는 배를 타고 왕래를 했었지예. 양쪽 마을의 처녀와 총각들이 밤이면 바닷가에서 사랑을 속삭이다가 홀연히 서울이나 부산으로 나가버리기도 하고, 홀아비와 홀엄씨가 정을 주고 살다가 배가 불러갖고 밤 봇짐을 싸기도 하고…… 그랬는데, 지금 창선도 지족 마을 가장자리에 그 수상한 무덤 하나가 있어예."

바다 몸살

득량만 여닫이 연안 바다의 바지락과 키조개와 숭어와 도미와 농어와 낙지와 주꾸미 들은 여느 연안 바다의 그것들보다 더 차지고 달고 고소하다. 지도에서 보면 득량만은 'ㄷ' 자 모양의 호수 같은 바다이다. 동쪽에 고흥반도가 있고, 서북쪽에 장흥과 보성이 있다. 밀물은 소록도와 완도 쪽에서 흘러들어 머물다가 썰물이 되어 다시 그쪽으로 흘러 나간다.

갯벌이 무르고 기름진 데다 봉화대가 있는 드높은 산골짝의 물이 사철 내내 흘러내려 플랑크톤이 많다. 물고기들이 알을 낳아 키울 수 있을 만큼 아늑한 곳이어서 큰 바다에 살던 어미 물고기들이 완도 쪽에서 들어오므로 그 물고기들의 동선을 따라 어장들이 형성된다.

바다 앞에 서면 짭짤한 미역이나 다시마 냄새같이 비릿한 갯내가 콧속으로 스며든다. 가을철이면 울긋불긋한 보료를 깔아놓은 듯 해홍채가 서식하는 갯벌에서 갈매기가 먹이 사냥을 하고, 물떼새나 도요새가 파도 철석거리는 모래톱에서 종종걸음을 치며 어린 새우를 잡아먹고, 두루미나 먹황새가 갯벌 웅덩이에서 느릿느릿 거닐면서 먹이를 구한다. 모래밭 언덕에는 해당화나 갯메꽃이나 갯민들레꽃이 철따라 곱게 피고 지고, 먼바다에서 달려온 파도들은 춤을 춘다.

휘움하게 휘어진 연안 모래밭에 서면 물결과 함께 출렁거리고 싶어지는데 그것을 나는 '바다 몸살'이라 부른다. 내 속에도 순환하는 해와 달과 별을 품고 있는 바다가 들어 있다. 해조음을 일으키곤 하는 내 속의 바다는 실제 바다를 만나면 덩달아 들썽거리는 것이다.

바다는 육지에 서식하는 모든 것을 치유해주고 안식하게 하는 원초적 시공인데 그 바다가 자꾸 나를 불러내곤 한다. 그 부름에 따라 나는 하루에 한두 차례씩 바닷가로 이끌려 나간다.

나는 여닫이 연안 바다를 연꽃 바다라고 이름 붙였다. 연꽃 바다는 거대한 연꽃을 닮은 화엄의 바다이다. 화엄의 바다는 모든 것을 평화롭게 품어주고, 수없이 많은 해산물로써 육지에 사는 것들을 치유하고 양생한다. 그것은 구원의 시공이다.

바다로의 회귀

서울로 가서 사업에 성공한 한 친구는 자기 어머니의 무덤을 바다가 한눈에 내려다보이고 파도 소리가 들려오는 나지막한 언덕 위의 밭 가장자리에 조성했다.

그 밭은 어린 시절에 그의 어머니가 보리농사, 목화 농사, 콩 농사, 깨 농사, 고구마 농사를 짓던 밭이었다. 어머니가 김을 매면 어린 그는 밭둑의 찔레꽃을 따 먹고 삘기를 뽑아 먹으며 놀았다. 방아깨비나 메뚜기를 잡아가지고 놀기도 했다.

그가 젖먹이였을 때는 어머니가 그를 구럭에 담아 짊어지고 와서 밭 가장자리의 나무 그늘에 놓아두고 김을 매거나 모종을 하곤 했다. 그가 네다섯 살 되던 때까지도 그랬는데 자다가 깨어보면 햇빛이 들어와 눈을 부시게 하고 있었다. 속눈썹에서는 무지개가 찬란하게 만들어졌다. 개미가 고추 끝을 무는 바람에 엉엉 울면서 어머니에게로 아장아장 걸어가기도 했다.

물론 그것은 순수한 기억의 일부이기도 하지만, 어머니가 해준 이야기로 인해 동화의 한 대목처럼 추체험되곤 하는 것이었다. 그런 이야기들이 그의 미래 기억이 되어 그를 끌어당겨 고향 바다로 회귀하게 했는지 모른다.

그는 일흔이 되던 해 봄에 간암 말기 판정을 받았다. 항암 치료를 받다가 문득 그것을 접고는 아내와 더불어 고향 나들이를 하곤 했는데 늘 어머니의 무덤 앞에 앉아 바다를 내려다보다가 돌아갔다.

그는 아내와 상의하여 어머니의 무덤 앞에다 가묘 둘을 나란히 만들기로 했다. 그가 들어가 누울 가묘와 아내의 가묘였다. 포클레인 기사는 거대한 여신의 자궁 모양으로 구덩이를 팠다. 석관을 넣고 봉분을 만들고 잔디를 입혔다. 공사는 해 질 무렵에 끝이 났다. 문학청년이었던 그는 자기 가묘 앞에 앉아 출렁거리는 바다를 내려다보며 「해변의 묘지」* 한 대목을 외웠다.

바다는 황혼에 물들었다. 먼바다에서 달려온 파도가 모래밭에 이

---

* 비둘기들 노니는 저 고요한 지붕은 / 철썩인다. 소나무들 사이에서, 무덤들 사이에서 / 공정한 정오는 저기에서 화염으로 합성한다. / 바다를, 쉼 없이 되살아나는 바다를! / 신들의 정적에 오랜 시선을 보냄은 / 아, 사유 다음에 찾아드는 보답이다!

르러 하얗게 부서졌다. 세상의 모든 것은 파도같이 일어나서 파도같이 줄달음질을 치다가 파도처럼 부서져 사라진다고 그는 생각했다. 죽음이 없는, 영원을 사는 바다 앞에서 죽음이 있는 인간의 삶은 허무했다. 가슴이 뜨거워지고 눈에 눈물이 그렁그렁 고였다.

아내가 그만 가자고 손을 잡아 일으켰다. 그는 일어서서 어머니의 무덤과 자기 가묘와 아내의 가묘가 이루는 삼각 구도를 바라보았다. 아버지의 무덤은 없었다. 그의 기억 속에 아버지는 없었다. 어머니가 있을 뿐이었다. 바다의 심연 같고 갯벌 같은 어머니.

"아버지의 무덤을 만들지 않은 까닭을 그 친구는 아무에게도 말하지 않고 떠나갔어요. 친구의 속내를 잘 아는 사람들의 말로는, 그 아버지가 왼쪽 걸음을 걸은 사람인데 한국전쟁 때 인민군을 따라 북쪽으로 갔다더라고요. 아나키스트였어요."

내가 여기까지 이야기했을 때 음유시인은 장재도 끄트머리에 있는 무덤에 한번 직접 가보고 싶다고 말했다.

외로운 영혼

우리는 횟집을 나섰다. 그는 나리꽃 여자의 손을 혹시라도 놓칠세라 꼭 잡고 걸었다. 여닫이 연안에서 장재도의 모퉁이로 걸쳐진 다리를 건너갔다.

나는 인지 장애가 시작됐다는 나리꽃 여자의 얼굴을 살폈다. 겉으로 보이는 모습은 멀쩡했지만, 어느 순간 눈이 백치 여인의 눈동자처럼 먼 허공을 향해 멀겋게 열려 있곤 했다. 얼핏 꿈꾸는 듯싶기도 한데 그게 사실은 아무런 생각도 없어지는 하얀 무의식의 상태인지 알 수 없었다. 아니, 영혼이 어디론가 증발해 없어지는 상태가 아닐까. 치매(인지 장애)라는 것은 아무런 생각도 없어져버리는, 그렇게 하얀 텅 빈 순간이 한없이 지속되는 현상이 아닐까.

나리꽃 여자가 젊어서 모셨다는 작가 선생님처럼 그 여자에게 치매가 온 것인가. 치매도 감염되는 병일까. 치매는 기억과 추억의 파일들이 하나씩 지워지는 병이다. 기억과 추억은 최근의 것들부터 차례로 지워지기 시작한다고 했다. 작가의 우렁이 각시 노릇을 하고 살아온 향기로운 기억들이 다 지워지게 될까. 그뿐만 아니라 처녀 시절, 어린 시절의 기억들도 다 사라질까. 그럼 무엇만 남게 되는가. 몸의 원초적인 감각만 남게 될까. 입맛, 피부의 감각, 성감대…… 그리하여 결국에는 영혼이라는 것이 흔적도 없이 사라지고 슬픈 등신만 남게 될까.

내 가슴에 서글픈 너울 한 자락이 찬바람처럼 휩쓸고 지나갔다. 만일 그러한 증세가 나한테 오면 어찌할까. 내 아내한테 오면 어찌할까.

시멘트 다리 끝에서 아스콘 포장도로를 버리고 밝은 미색의 모래밭으로 내려갔다. 활등처럼 굽은 연안을 따라 걸었다.

모래밭 아래쪽의 갯벌에는 거무칙칙한 송장게들이 기어 다녔다.

두 집게발을 직각으로 쌍칼처럼 치켜든 송장게는 앞으로도 기고 옆으로도 기고 뒤로도 기었다. 그야말로 자유자재였다. 저 게한테 송장게라는 이름을 붙인 것은 누구일까.

연안 모래밭을 걸어가면서 그가 굳게 잡은 나리꽃 여자의 한 손을 자기 옆구리에 붙여 누른 채 말했다.

"바다는 한 선생님의 문학을 잉태하여 키워준 우주적인 늪인 기라예. 선생님이 되돌아갈 영원이라는 시간의 무덤이기도 할 터이지예. 선생님의 바다는 뫼비우스의 띠처럼 선생님이 처음에 길을 나섰던 애초의 그 자리이지예. 되돌아가 영원히 멈추어 있어야 될 종착점이기도 할 터입니다."

나는 또 나리꽃 여자의 어두운 보라색의 자잘한 주근깨 널린 얼굴을 살폈다. 치매가 시작됐다는 선입견 때문인지 그 여자의 눈동자에서 검은자위는 작아지고 흰자위는 커져 있는 듯싶었다.

우리 일행은 무덤 앞에 이르렀다. 무덤 서편에는 산등성이에서 뻗어 온 잿빛 암벽에 자귀나무 한 그루가 있었다. 꽃부채 모양새의 자귀꽃合歡花들은 진즉 지고 없었다. 부부의 방 앞에 심으면 꽃향기 때문에 불감증이 치유되고 금실이 좋아진다는 꽃나무.

장재도 앞으로 펼쳐진 푸른 바다 한가운데에는 또 한 마리의 날아가는 두루미 모양새인 득량도가 떠 있고, 그 섬 너머에는 묽은 보라색 안개 너울을 쓴 고흥반도가 서남쪽으로 뻗어 나가고 있었다.

나는 늘 이른 아침에 잠자리에서 일어나자마자 토굴 창문을 열치고 득량도를 바라보면서 환상적인 생각 하나를 머리에 굴리곤 했다. 세상의 모든 것이 잠들어 있는 동안 그 섬 득량도는 학처럼 (장자의 붕새가 그러하듯) 우주의 무한 시공을 휘휘 날아다니다가 날이 새기 직전에 되돌아와 그 자리에 안착해 있곤 하는지 모른다는 생각.

장재도도 밤이면 장자의 붕새처럼 저 득량도와 함께 우주의 무한 시공을 한없이 날아다니다가 새벽녘에 돌아오곤 하는지도 모른다. 이 섬, 두루미의 날갯죽지와 모가지 어름에 묻힌 육신과 영혼은 이 날아다니는 섬을 타고 영원 세상으로의 여행을 할 것이다.

나는 횟집 사장에게서 들은 것을 그들 부부에게 이야기했다.

"육십 몇 년쯤 전, 그때만 해도 저 여닫이횟집이 앉은 곳 양옆에는 초가 여섯 채가 듬성듬성 늘어앉아 있었대요. 그 작은 동네의 맨 오른쪽 가장자리에 있는 코딱지만 한 움막에 작달막하고 얼굴이 예쁘장한 서른아홉 살의 과부가 살았는데 열아홉 살 난 딸 하나가 있었어요. 어느 날부터인가 그 딸의 배가 불러지기 시작했지요. 안동네의 한 청년하고 배가 맞은 것이었어요……. 배가 불러버렸으니 둘을 그냥 짝지어주면 될 터인데 그들을 그렇게 해줄 수 있는 형편이 아니었어요. 청년의 아버지하고 그 딸의 과부 어머니가 젊은 시절부터 이미 깊이 사귀어왔는데 그러한 사실을 딸도, 청년도 다 알고 있었던 것이지요. 그러니까 그 과부하고 청년의 아버지는 밤이면 과부의 움막에서 은밀하게 만나고, 청년하고 그 딸은 이 장재도 끄트머리, 바로 이 무덤 자리에서 만나고…… 그랬던 것이지요."

그가 성급하게 물었다.

"그 결과 어떻게 되었어요?"

"운명의 장난인지 그 과부도 동시에 배가 불러지기 시작했어요. 그것을 안 딸과 청년이 어느 날 밤에 봇짐을 쌌습니다. 서울로 간 그들은 먹고살기 위해 일을 해야 했어요. 딸은 부른 배를 숨긴 채 가발 공장에 다니고, 청년은 구두 공장에 다니면서 함께 자취를 했는데, 어느 추운 겨울밤에 연탄가스를 마시고 그 딸은 아기를 배 속에 담은 채 죽고 청년만 살아났어요."

섬을 둘러싼 청남색 바다가 출렁거렸고, 갈매기가 횟집 주위를 선회하고 있었다. 그가 "아하" 하고 슬픈 탄성을 내뱉었고, 내가 말을 이었다.

"청년은 아버지가 돌아가시고 난 다음에 혼자 고향으로 돌아왔는데, 새로이 장가를 가려 하지 않고 아버지의 어장하고 농사를 물려받아 하면서 묵묵히 살았어요. 늙어지면서 위암 판정을 받았는데 그것이 폐로 전이됐어요. 살날이 얼마 안 남은 것을 안 그 사람은 땅 주인한테 이 자리를 자기한테 무덤 자리로 팔라고 했는데 땅 주인이 안 된다고 했어요. 그런데도 그 사람은 날마다 이 자리에 나와 앉아 저 횟집 주위에 있던 움막 자리를 건너다보곤 하다가 이 자리에서 숨을 거두었어요. 안동네 사람들은 그 사람을 불쌍하게 여기고 땅 주인을 설득해서 이 자리에 묻어주었답니다."

음유시인은 그 무덤 앞에서 자기 나리꽃 여자의 손을 굳게 잡고 있었다. 나리꽃 여자는 무덤 앞에 엉덩이를 붙인 채 앉아서 흰자위

많은 눈으로 출렁거리는 바다를 바라보았다.

음유시인의 편지

남해로 돌아간 음유시인이 석 달쯤 뒤에 나에게 이메일로 편지 한 통을 보내왔다.

한 선생님께 올립니다. 그동안 소식을 전하지도 찾아뵙지도 못한 것은 우리에게 슬픈 사건 하나가 발생한 까닭입니다.
남한강 변에 있는 그 여자의 아름다운 그림 같은 집이 불에 깡그리 타 버렸습니다. 그 여자와 제가 그 집에서 머무른 지 닷새째 되는 날. 제가 잠깐 인근 도시의 백화점에 다녀오는 사이에 일어난 일이었어요.
저는 그날 아침에 치매가 급속도로 진전되는 그 여자의 브래지어와 속옷과 잠옷 모두가 낡아 있는 것을 발견하고 새것으로 사 오려고 나갔어요.

(그 여자의 잠옷은 알 수 없는 비밀을 지니고 있었어요. 그 여자는 남자의 헐렁한 미색 남방셔츠를 잠옷으로 사용했어요. 물론 연분홍의 잠옷 바지와 저고리가 없는 것이 아니었는데 늘 그 남방셔츠를 잠옷으로 입는 것이었어요. 까닭을 물어도 그 여자는 대꾸하려고 하지 않았어요. 상담사에게 그 말을 했더니 그 남방셔츠가 그 여자의 마음을

편안하게 해주어 그러는 모양이라고 했어요. 그게 어쩌면 멀리 떠나 간 작가의 남방셔츠인지도 모르는 것이었어요. 그래서 저는 더욱 그 잠옷을 다른 것으로 바꿔주어야겠다는 생각을 한 것이었어요.)

그 여자의 잠옷과 브래지어와 팬티를 사러 간 그날은 팔십 늙은이인 제가 새로이 겪은, 특별하게 가슴 설레고 행복한 날이었어요. 저는 그 여자 브래지어의 가슴둘레가 85이고, 컵의 크기가 A이며, 팬티 사이 즈는 95라는 것을 알아냈던 것입니다. 설레는 가슴을 어쩌지 못한 채 백화점의 속옷 점포에 들어가 그것들을 한사코 수수하고 부드러 운 소재로 다섯 벌씩 샀어요. 잠옷은 여신의 속옷다운 순면 100수의 하얀 원피스 모양새로 골랐어요. 키가 158센티미터였으므로 거기에 맞추어 달라고 했어요. 귀금속 코너로 옮겨 가서 금빛 실반지도 하나 샀어요. 손가락 사이즈가 17인 것도 알아냈거든요. 그걸 파는 점원이 "애인이 아주 깜찍스럽게 귀엽고 아름다우신가 봐요" 하고 빙긋 웃었 어요. 그걸 사가지고 나오는데 가슴이 두근거리고 눈앞이 어질어질했 어요. 푸른 하늘에 흘러가는 흰 구름장이 수런거리고 모든 산이 춤을 추는 듯싶었어요. 그 선물들을 받고 행복해할 여자의 얼굴을 머리에 그리며 돌아왔는데 그사이에 여자의 그림 같은 집이 불타버린 것이었 어요.

그 여자가 해진 브래지어와 팬티와 잠옷으로 사용하는 남방셔츠를 삶기 위해 가스 불을 켜둔 채 깜빡 잊고 밖에 나가서 멍히 앉아 있는 사이에 일어난 불이었습니다. 가스 호스에 불이 붙어 순식간에 집 전체로 번진 것이었습니다. 그래도 제 나리꽃 여자는 다행히 무사했습니다.

어쩌면 그 불로 인한 집의 소실은 제 여자를 위해 다행인지 모릅니다. 인지 장애가 점차 심해지고 있는 제 여자에게는 그것이, 멀리 떠나간 작가 선생의 그림자처럼 희생하며 천사처럼 산 모든 시간과 공간이 깡그리 사라져주어야 할 업보(혹은 장애물)인지도 모르니까요.

한 선생님, 이것은 선생님에게만 귀띔하는 비밀인데요, 저는 그 집을 팔자고 조르고, 제 나리꽃 여자는 그 집을 팔지 않으려고 했습니다. 그 밀고 당기기가 사실은 오래전부터 일어났습니다. 저는 제 여자가 멀리 떠나간 작가 선생으로부터 벗어나게 해서 제 여자의 모든 것을 오롯이 차지하려는 것이었는데, 제 여자는 멀리 떠나간 작가 선생과 은밀하게 살았던 그 시공을 남에게 넘기기를 죽기보다 더 싫어한 것입니다.

마침내 저는 제 여자에게 인지 장애가 점차 심해지고 있다는 것을 말해주었습니다. 당신의 모든 기억과 추억의 파일이 하나씩 지워져간다는 것, 머지않아 당신의 기억은 하나도 남지 않으리라는 것을 말해주고 설득했습니다.

사랑하는 제 나리꽃 여자는 서러이 울면서 모든 기억 파일이 지워진 채 등신이 되어버린 자신을 버리지 말아달라고 저에게 통사정했습니다. 물론 저는 제 여자를 끌어안은 채 절대로 당신을 버리는 일이 없을 거라고 달랬고, 이후 그것을 증명해주려고 무진 애를 써왔습니다.

선생님, 이것은 저 혼자만의 생각인데 제 여자가 온전한 정신 상태였을 때 그 집을 일부러 태워 없애려 한 것이 아니었을까, 하고 저는 의심합니다. 제 여자는 자기가 모신 작가 선생과 자신만의 시공으로 그 집을 영원히 간직하고 싶었던 게 아닐까. 한 선생님, 제가 그렇게 의심을 한다는 것이 제 나리꽃 여자에게 큰 죄를 짓는 게 아닐까요.

어쨌든 이제는 남한강 변에 가야 할 일이 없어졌습니다. 제 여자는 작가 선생과 보낸 삶들을 잊고 온전히 저만의 여자가 되어가고 있습니다. 잔인하고 슬프고 이기적인 생각인지는 모르지만, 그런 의미에서는 인지 장애라는 것이 고마울 수도 있습니다.

늦바탕에 든 우리 부부는 남해의 창선도와 산동면 사이의 해협, 죽방렴 어장들 주위에 일어나는 흰 물살이 가슴을 설레게 하는 해협을 내려다보며 삶을 즐기곤 합니다. 생선회에다가 와인을 적당하게 마시고 나란히 누워 낮잠을 즐기다가 일어나서 명상 음악을 틀어놓고 욕조에 따뜻한 물을 받습니다. 기억들을 상실해가는 제 여자를 대신해서 제가 그 모든 일을 다 하곤 합니다.

따스한 목욕물을 무릎이 잠길 정도로 채우고 나서 우리 부부는 알몸이 된 채 욕조 안으로 들어갑니다. 서로의 몸에 물을 끼얹고 몸 여기저기를 마사지합니다. 동물들이 그러하듯 오목한 부분을 핥기도 하고 돌출된 부분을 빨아주기도 합니다. 저는 아찔한 오르가슴을 느끼는데 나리꽃 여자는 젖먹이처럼 핥고 빤 것을 삼켜버리곤 합니다. 제 여자는 영혼이 멀쩡했을 때 그러한 사랑 방법이 나와 자신을 회춘하게 한다고 했습니다.

한 선생님, 천국이라든지 극락이라든지 하는 곳은 하늘 어디에 있지 않습니다. 우리가 살고 있는 남해 창선도의 토굴 안팎이 천국이고 극락입니다. 우리 부부는 늘 영원이라는 시간을 삽니다. 한순간 한순간의 오르가슴 같은 행복감을 느끼는 시간들이 곧 영원 아닐까요.

저는 한 선생님이 부산 세미나에서 "아름답게 산 삶이 꽃이듯이 자신이 돌아갈 때가 언제인가를 알고 돌아가는 아름다운 죽음도 꽃인 것이다"라고 한 말씀을 마음에 새기며 삽니다.

한 선생님, 우리는 앞으로 한 이십 년은 더 살아야 합니다. 백 세 시대입니다. 인지 장애로 인해 백치가 되어가지만 정교하게 조탁된 여신상처럼 되어가는 여자는 저와 한날한시에 죽어서 제 토굴 마당의 석탑 주위에 재로 뿌려질 것입니다. 며칠 전에 자그마한 표지석 하나를 만들어 석탑 앞에 세웠습니다.

"이 토굴 마당에 어느 이름 없는 음유시인과 먼저 떠나간 그의 아내와 그 이후에 만난 나리꽃 여인이 함께 영원의 시간을 살고 있다."

한 선생님의 건강과 행운을 빌며, 남해 창선 지족 마을의 해산토굴에서 한 이름 없는 음유시인이 올립니다.

첨기 : 한 선생님, 아마 선생님은 저보다 훨씬 더 오래 사실 터입니다. 우리가 떠나간 다음에 혹시 여기 죽방렴에서 잡히는 싱싱한 회를 잡수러 오시게 되면 제 토굴 앞의 석탑 앞 상석에 꽃 세 송이만 놓아주

시길 바랍니다. 한 송이는 제 몫으로, 다른 한 송이는 제 아내 몫, 또 다른 한 송이는 제 나리꽃 여인의 몫으로요.

왜 신은 열일곱 소년의 피로 나를 괴롭히는 것일까

유명한 바이올리니스트이자 관현악단의 열혈 지휘자였던 늙은 토스카니니가 이런 말을 했다.

"나는 노인이다. 그런데 왜 신은 열일곱 소년의 피로 나를 괴롭히는 것일까."

이 말이 언제부터인가 나의 말이 되었다. 평생을 광기 같은 젊은 열정으로 산 그는 지휘를 할 때면 언제든지 이미 악보를 모두 외워버렸으므로 그것을 보지 않고 지휘했고, 관현악단원들의 연주가 마음에 들지 않으면 들 때까지 그들을 극성스럽게 한도 끝도 없이 채근했다.

나이가 쌓여가는 오래전부터 나는 나의 문학적 감수성과 세상사 혹은 우주 질서에 대한 판단력을 신뢰할 수 없게 되었다. 내가 쓴 문장이 치밀한지, 장면 하나하나가 건조하게 묘사되지 않았는지, 또 섬세하지 않고 얼멍얼멍하게 직조됐는지, 내가 표현하고자 하는 주제가 제대로 형상화됐는지, 아름답고 그윽하고 향기롭게 표현됐는지를 의심하곤 한다. 나는 그것들이 내 마음에 들 때까지, 그것들이 나를 황홀하게 할 때까지 고치고 또 고친다.

기껏 쓴 것들을 다시 깊이 읽어보면서 나는 절망에 빠지곤 한다. 절망은 나를 우울하게 한다. 절망하고 우울에 빠질 때마다 그것들이 결국 내가 바라고 꿈꾸는 대로 이루지리라는 희망을 가지고, 짜증 내는 나를 참을성 있게 달래며 노예처럼 부리고 채근한다. 그러한 나의 광기 어린 의지에 종속되어 사는 나는 내 삶을 부단히 즐김으로써 나의 노인성 우울증과 소외와 고독을 극복하려고 애쓴다.

완성이란 있을 수 없다. 절대적인 신만이 완성된 존재이다. 나는 그 완성을 위해 사막을 건너가는 낙타처럼, 바위를 굴리며 정상으로 올라가는 형벌을 받은 시시포스처럼 쓰고 다시 고쳐 쓰는 행위를 동어반복처럼 해내려고 분투한다. 그런데 그것은 허공중에 발자국을 남기려는 새의 몸부림 아닐까.

삼 년 전에 부산 어느 대학의 '문학과 노인'이라는 세미나에서 주제 발표를 했는데 그것은 내 노년의 삶을 되돌아보고 내다보는 계기가 되었다. 여기서 나는 성난 얼굴로 내 노년의 삶을 되짚어 총괄해보았다.

나는 두려워하지 않고 소설을 쓴다. 공작새 수컷이 암컷들과 세상을 향해 꼬리와 날개를 활짝 펴서 찬란한 무지갯빛 어린 문양을 과시할 때 치부인 항문이 노출되는 법이니까.

노인은 건조하게 살다가 막판에 고려장이 되듯 어두운 곳에 유폐됐다가 폐기처분돼야 하고, 다만 죽음을 피동적으로 기다리는 존재여야 하는가.

영원한 청춘은 없다. 이 책을 손에 든 당신도 당신 삶의 끝자락에서는 노인이 되지 않을 수 없다. 노인의 인구는 해마다 늘어간다.

나는 그 죽음을 어떤 자세, 어떤 마음으로 받아들여야 하는가. 자신의 예술 세계를 성취할 만큼 했지만 더 나아갈 데가 없다고 자살했을지도 모르는 로맹 가리, 가와바타 야스나리, 어니스트 헤밍웨이처럼 스스로를 끝장내야 하는가. 폴 발레리처럼 "바람이 분다, 살려고 몸부림쳐야 한다"고 소리치며 분투하듯 살아야 하는가.

'좌우간에 건강하게 오래 살아놓고 볼 일이다'라는 미욱한 듯싶은 말이 있다. 그것은 일차적으로 생물학적으로 오래 살고 싶어 하는 탐욕일 수도 있을 터이고, 이차적으로는 미완의 삶을 늘그막에까지 부단히 완성해내려고 분투하고 그것의 드높은 보편적 가치와 영원성을 획득하려는 의지의 표현일 수도 있을 터이다.

좌우간 아름답게 산 삶이 꽃이듯이, 어떤 숭고한 가치를 추구하기 위하여 버티다가 자기 돌아갈 때가 언제인가를 알고 돌아가는 순응의 죽음도 아름다운 꽃일 터이다.

이 소설은 나의 참모습 찾기와 다름없다. "실패는 중요하지 않다. 당신을 웃음거리로 만드는 용기가 필요하다"는 채플린의 말에서 용기를 얻어 이 소설을 완성했다.

글을 쓰는 일은 우주의 율동, 자연의 섭리 혹은 신의 뜻을 깊이 읽어 독자들에게 누설하는 것, 천기누설일 터이다. 다산 선생이 그랬듯 나는 나의 그러한 뜻을 알아주는 단 한 사람을 위하여 소설을 쓴다君子著書傳 唯求一人知之. 나는 살아 있는 한 글을 쓰고, 글을 쓰는 한 살아 있을 것이다.

나를 양생해주는 아내에게, 늘 아비의 글이 의미 있다고 위로해주는 자식들에게, 이것을 쓰는 데 힌트와 용기를 주고 응원해준 사람들에게, 책을 정성껏 만들어준 위즈덤하우스 여러분에게 감사한다.

2018년 가을로 가는 길목에서

해산토굴 노인 한승원

도깨비와 춤을

초판 1쇄 발행   2018년 9월 17일
초판 2쇄 발행   2024년 10월 18일

지은이   한승원
펴낸이   최순영

출판1 본부장   한수미
라이프 팀장   곽지희
디자인   하은혜

펴낸곳   ㈜위즈덤하우스   **출판등록**   2000년 5월 23일 제13-1071호
주소   서울특별시 마포구 양화로 19 합정오피스빌딩 17층
전화   02) 2179-5600   **홈페이지**   www.wisdomhouse.co.kr

ISBN   979-11-6220-899-1 03810